鳥居的密室

鳥居の密室
世界にただひとりの
サンタクロース

島田莊司——著
高詹燦——譯

【總導讀】

新本格推理小說之先驅功臣島田莊司（十二次增補版）

推理評論家 傅博

《占星術殺人事件》是新本格推理小說的先驅作品

說到日本之新本格推理小說的發軔時，誰都知道其原點是一九八七年，綾辻行人所發表的《殺人十角館》。但是少有人知道黎明前的那段暗夜的故事。凡是一個事件或是現象的發生，都有原因的，不是平空而來的。新本格推理小說的誕生也不例外，現在分為近、遠兩因來說。

一九五七年，松本清張發表《點與線》和《眼之壁》，確立社會派推理小說的創作路線，之後，新進作家都跟進。之前以橫溝正史為首的浪漫派（又稱為虛構派）推理小說（當時稱為偵探小說），隨之衰微，最後剩下鮎川哲也一人孤軍奮鬥。

但是稱為社會派推理作家的作品，大多是以寫實手法所撰寫之缺乏社會批評精神，甚至不少作品變質為風俗推理小說，到了一九六〇年代後半就開始式微，於是第一波反動勢力抬頭，就是幾家出版社之浪漫派推理小說的重估出版。

最初是一九六八年十二月，桃源社創刊「大浪漫之復活」叢書，收集了清張以前，被稱為偵探作家之國枝史郎、小栗虫太郎、海野十三、橫溝正史、久生十蘭、橘外男、蘭郁二郎、香山滋等代表作，獲得部分推理小說迷的支持。之後由幾家出版社分別出版了「江戶川亂步全集」、「夢野久作全集」、「橫溝正史全集」、「木木高太郎全集」、「濱尾四郎全集」、「山田風太郎全集」、「大坪砂男全集」、「高木彬光長篇推理小說全集」等精裝版不下十種。

另外，於一九七一年四月由角川文庫開始出版的橫溝正史作品（實質上是文庫版全集，達一百卷），與角川電影公司的橫溝作品的電影化之相乘效果，引起橫溝正史大熱潮，合計銷售一千萬本。象徵了偵探小說的復興，但是沒有出現繼承撰寫偵探小說的新作家。此為遠因之一。

遠因之二是，一九七五年二月，稱為「偵探小說專門誌」以重估偵探小說、發掘偵探小說之新人作家、推動推理小說評論為三大編輯方針的《幻影城》創刊。

《幻影城》於一九七九年七月停刊，在不滿五年期間，以特輯方式，有系統地重估了偵探小說，確立了從前不被重視的推理小說評論方向，並舉辦「幻影城新人獎」，培養出一批具「新偵探小說觀」的新進作家，如泡坂妻夫、竹本健治、連城三紀彥、栗本薰、田中芳樹、筑波孔一郎、田中文雄、友成純一等。

《幻影城》停刊後，浪漫派推理小說復興運動也告一段落，只有泡坂妻夫等幾位幻影城出身的作家，以及《野性時代》出身的笠井潔陸續發表偵探小說而已。代之而興起的，就是被歸類於推理小說的冒險小說。一九八〇年代，日本推理小說的第一主流就是冒險小說。

近因是帶著《占星術殺人事件》登龍推理文壇的島田莊司的影響。《占星術殺人事件》原來是於一九八〇年，以《占星術之魔法》應徵第二十六屆江戶川亂步獎的作品，雖然入圍，卻沒得獎。改稿後，於八一年十二月以《占星術殺人事件》，由講談社出版。

占星術是把人體擬作宇宙，分為六部分，即頭部、胸部、腹部、腰部、大腿和小腿。各由不同行星守護。又每人依其誕生日分屬不同星座，特別由星座守護星祝福其所支配部位。

一九三六年幻想派畫家梅澤平吉，根據上述占星術思想，留下一篇瘋狂的手記，被殺害陳屍於密室。手記內容寫道，自己有六名未出嫁女兒，其守護星都不同，如果各取被守護部位，合為一個完美的處女的話，生命實質上已終結，其肉體被精練，昇華成具絕對美之永遠女神，變為「哲學者之后（阿索德）」，保佑日本，挽救神國日本之危機。

之後，六名女兒相繼被殺害分屍，屍體分散日本各地，好像有人具意識地在繼承梅澤的遺志。但是梅澤的手記沒人看過，何來有遺囑殺人呢？兇手的目的是什麼？四十年來血案未破，成為無頭公案。

四十三年後的春天，事件關係者寄來一包未公開過的證據資料給占星術師兼偵探的御手洗潔，請他解決這一連串的獵奇殺人事件。名探御手洗潔如何推理、解謎、破案之經過，請讀者直接閱讀本書，這裡不饒舌，只說本書是一部蒐集古典解謎推理小說的精華於一書的傑作。

故事記述者石岡和己是名探的親友，完全承襲柯南．道爾的福爾摩斯探案；御手洗潔根據四十年前的資料做桌上推理，是沿襲奧希茲女男爵的安樂椅偵探；書中兩次插入作者向讀者的挑戰信，是蹈襲艾勒里．昆恩的「國名系列」作品；炫耀占星術、分屍的獵奇殺人，是繼承約翰．狄克森．卡爾的浪漫性和怪奇趣味。

本書出版後毀譽褒貶參半，否定者認為這種古色古香的作品，不適合社會派（實際上是寫實派）的推理小說時代，卻不從作品的優劣作評價。肯定者即認為是一部罕見的本格推理傑作。這些肯定者大多是年輕讀者。

處女作是作家的原點，至今已具三十年作家資歷的島田莊司，其作品量驚人，已達七十部以上，非小說類之外，都是本格推理小說，而大多作品都具處女作的痕跡。

島田莊司的推理小說觀

在日本，小說家寫小說，評論家寫評論，各守自己崗位，工作分得很清楚；不像台灣的作家，人人都是天才，詩、散文、小說、評論樣樣寫，產品卻都是垃圾一大堆，但是有例外。現在日本推理文壇，也有例外，兩位作家——島田莊司和笠井潔，卻是雙方兼顧的作家。

笠井潔的評論著重於理論與作家論（有機會另詳說），島田莊司的評論大都是宣揚自己的「本格 mystery」理念。

那麼島田莊司的本格推理小說觀是怎樣的呢？我們可從一九八九年十二月，島田莊司所發表的長篇論文〈本格ミステリー論〉（收錄於講談社版《本格ミステリー宣言》一書裡）可獲得解答。

島田莊司擁有非常獨自的推理小說觀，把八十多年來的日本推理小說，大概按時代分為三種類，以不同名稱稱呼，意欲表達其內容的不同：清張（一九五七年）以前的作品群稱為「探偵小說」，即偵探小說也。清張為首的社會派作品稱為推理小說。自己發表《占星術殺人事件》以後之推理小說稱為「ミステリー」，即 mystery 的日文書寫。以下引用文，一律按其分類名稱書寫，筆者的文章原則上統一為「推理小說」。

島田莊司對「本格」的功用定義如下：

——「本格」並非為作品的優劣之基準而發明的日本語。同時也非要衡量作品的社會性價值的尺子，只是要說明作品風格，並與其他小說群做區別分類之方便性而登場的稱呼而已。

繼之說明本格的構造說：

——「本格」就是稱為推理小說這門特殊文學發生的原點。並且具有正確地繼承這種精神的作家，在歷史上各地區連綿不斷地生產本格作品，而且從這些本格作品所發散出來的精神，也不斷地引起本格以外之「應用性推理小說」的構造。

島田莊司認為推理小說的原點是「本格」，由本格派生出來的作品就是「應用性推理小說」，他故意不使用「變格」字樣，他說：

——在前文使用過的「應用性推理小說」，就是指具有愛倫・坡式的精神，屬於幻想小說系統以外之作家，運用自己獨特的方式撰寫的犯罪小說。

島田莊司一面承認二次大戰前，被稱為「本格探偵小說」的作品就是「本格」，而另一面卻認為部分作品是非本格作品，但是沒有具體舉出作品名說明。

而二次大戰後，部分人士所提倡的「推理小說」名稱，他認為是「本格探偵小說」的同義語，在「推理小說」上不必冠上「本格」兩字。至於清張以後的「推理小說」，是從「本格」派生的，屬於「應用性推理小說」，所以「推理小說」群裡沒有「本格」

作品。

——現在因這些理由，「本格推理小說」這名稱，在出版界廣泛使用。可是，現在所使用的這語言，是否對上述的歷史，以及各種事項具正確的理解，然後才合理地使用，這就很難說了。

島田莊司認為清張以後的冒險小說、冷硬推理小說、風俗推理小說、社會派犯罪小說都是從「推理小說」派生出來的（前段引文的「這些理由」、「上述的歷史」、「各種事項」就是指推理小說的派生問題）。因此「推理小說」本身要與這些派生作品劃清界線，方便上稱為「本格推理小說」而已，實質上並不具「本格」涵義。由此，島田的結論是「本格推理小說」原來就不存在，名稱是誤用的。

——那麼，「本格」或是「本格ミステリー」是什麼？

——已經理解了吧。「本格 mystery」不是「應用性推理小說」，是指極少數的純粹作品。從愛倫・坡的〈莫爾格街之殺人〉的創作精神誕生，而具同樣創作精神的 mystery 就是。

最後，島田莊司認為愛倫・坡執筆〈莫爾格街之殺人〉的理念是「幻想氣氛」與「論

理性」。所以島田的結論是，「本格ミステリー」須具全「幻想氣氛」與「論理性」的條件。

島田莊司的這篇論文，饒舌難解，為了傳真，引文是直譯，不加補語。

島田莊司的作品系列

話說回來，島田莊司，一九四八年十月十二日出生於廣島縣福山市，武藏野美術大學商業設計科畢業後，當過翻斗卡車司機，寫過插圖與雜文，做過占星術師。一九七六年製作自己作詞作曲的ＬＰ唱片〈LONELY MEN〉，一九七九年開始撰寫小說，處女作《占星術殺人事件》就是根據自己的占星術學識撰寫的作品，出版時是三十三歲。一九九三年移居美國洛杉磯。

以《占星術殺人事件》登龍文壇之後，島田莊司陸續發表本格推理小說已達七十部以上，非小說約二十部。以偵探分類，可分為三大系列，第一是「御手洗潔系列」，第二是「吉敷竹史系列」，第三是「犬坊里美系列」與一群非系列化作品。這是方便上的分類。島田所塑造的配角，如牛越佐武郎刑事、中村吉藏刑事，在各系列露面。現在依系列，簡介島田莊司的重要作品，書名下之括弧內的「傑作選Ｘ」為皇冠版島田莊司推理傑作選號碼。

一、御手洗潔系列

御手洗潔，這姓名很奇怪。「御手洗」在日本是實有的姓名，但是很少。當一般名詞使用時，是「廁所」之意。「御手洗潔」即具清潔廁所之意。作家往往把自己投影在作品的登場人物，不一定是主角，有時候是旁觀者。日本的「私小說」主角，大多是作者的分身。在島田作品裡，這種現象很明顯，不只是御手洗潔，記述者石岡和己也是島田莊司的分身。

據島田的回憶，小學生的時候被同學叫為「掃除大王」，甚至譏為「掃除廁所」，理由是「莊司」的日語發音souji與「掃除」同音。所以把少年時的綽號，做為名探的姓名。御手洗潔的本行是占星術師，島田曾經也是占星術師。石岡和己是御手洗潔的親友，並非作家，記述御手洗潔破案經過的《占星術殺人事件》以後，改業做作家。島田也是發表《占星術殺人事件》後成為作家的。

御手洗潔也是一九四八年出生。勇敢、大膽不認輸、具正義感、唯我獨尊、旁若無人的言動等性格，也是與島田莊司共有的。

01《占星術殺人事件》（傑作選1）：

一九八一年二月初版、一九八五年二月出版第二次改稿版。「御手洗潔系列」第一集。長篇。初版時的偵探名為御手洗清志，記述者是石岡一美。不可能犯罪型本格小說的傑作。

02《斜屋犯罪》（傑作選15）：

一九八二年十一月初版。「御手洗潔系列」第二集。長篇。北海道宗谷岬有一座傾斜的房屋流冰館，連續發生密室殺人事件，辦案的是札幌警察局的牛越刑事，他不能破案，向東京求援，被派來的是御手洗潔。島田莊司的早期代表作，發表時也只獲得部分推理小說迷肯定而已，但是對之後的新本格派的創作具深大影響，就是「變型公館」的殺人。如綾辻行人之《殺人十角館》等「館系列」，歌野晶午之《長形房屋之殺人》等信濃讓二的房屋三部曲，我孫子武丸之《8之殺人》等速水三兄妹推理三部曲都是也。

03《御手洗潔的問候》（傑作選12）：

一九八七年十月初版。「御手洗潔系列」第三集，收錄密室殺人之〈數字鎖〉、具向讀者的挑戰信之〈狂奔的死人〉、寫一名上班族的奇妙工作之〈紫電改研究保存會〉、綁架事件、密碼為主題之〈希臘之犬〉等四短篇的第一短篇集。

04《異邦騎士》（傑作選2）：

一九八八年四月初版。一九九七年十月出版改訂版。「御手洗潔系列」第四集。長篇。以御手洗潔探案順序來說，是最初探案。一名失去記憶的「我」，尋找自己的故事。屬於懸疑推理小說。《占星術殺人事件》之前的習作《良子的回憶》之改稿版。

05《御手洗潔的舞蹈》（傑作選31）：

一九九〇年七月初版。「御手洗潔系列」第五集。收錄三篇中篇：〈戴禮帽的伊卡洛斯〉寫掛在二十公尺高之電線上的男人屍體之謎、〈某位騎士的故事〉寫四名癡情的男士，為一名女人殺人及其方法之謎、〈舞蹈症〉寫每逢月夜，一名老人就扭腰起舞之謎。此三篇之外，另一篇〈近況報告〉，是以石岡和己的視點記述同居者御手洗潔的日常生活、個性、思想、行動，對御手洗的粉絲來說，是一篇至高的禮物。御手洗潔的中短篇探案不多，至今只出版三集，書名蹈襲柯南道爾的福爾摩斯短篇探案集的命名法。即「御手洗潔的問候」、「御手洗潔的舞蹈」、「御手洗潔的旋律」。

06《黑暗坡的食人樹》（傑作選5）：

一九九〇年十月初版。「御手洗潔系列」第六集。長篇。江戶時代，橫濱黑暗坡是刑場，有很多陰慘的傳說。樹齡兩千年的大樟樹是食人樹，至今仍然有悲慘事件發生，與黑暗坡的藤並一族的連續命案是否有關？本書最大的特色是全篇充滿怪奇趣味。四十萬字巨篇第一部。

07《水晶金字塔》（傑作選18）：

一九九一年九月初版。「御手洗潔系列」第七集。長篇。一九八四年在澳洲的沙漠，發現一具被燒死的屍體，從其駕照得知，他是美國軍火財團一族的保羅．艾力克森。他是美國紐奧良南端的埃及島上的巨大玻璃金字塔的建造者。建造這座金字塔的目的是什麼？與他之死有關係嗎？一九八六年來到這座金字塔拍外景的松崎玲王奈，首日看到狼頭人身的怪物，牠與傳說中之埃及的「冥府使者」很相似。之後不久，保羅之弟李察．艾力克森，陳屍在金字塔旁的高塔之密室內，死因是溺斃。兄弟之不尋常死亡意味什麼？四十萬字巨篇第二部。

08《眩暈》（傑作選9）：

一九九二年九月初版。「御手洗潔系列」第八集。長篇。故事架構與處女作有點類似，一名《占星術殺人事件》的讀者，留下一篇描寫恐怖的世界末日之手記：古都鎌倉一夜之間變成廢墟，出現恐龍，死人遺骸都呈被核能燒死的現象，而由一對被切斷的男女屍體合成的錯置體復甦。「幻想氣氛」十足的四十萬字巨篇第三部。

09《異位》（傑作選19）：

一九九三年十月初版。「御手洗潔系列」第九集。長篇。在《黑暗坡的食人樹》與《水晶金字塔》登場過的好萊塢日籍女明星松崎玲王奈，於本書成為綁架、殺人嫌疑犯。

玲王奈最近時常夢見自己的臉噴出血的惡夢。有一天有名的女明星失蹤，當局懷疑是玲王奈的作為。不久，被綁架的幼兒都被殺，全身的血液被抽盡，恰如傳說上的吸血鬼之作為。難道玲王奈是吸血鬼的後裔嗎？御手洗潔會如何推理，為玲王奈解圍呢？四十萬字巨篇第四部。

10《龍臥亭殺人事件》（傑作選10、11）：

一九九六年一月初版，「御手洗潔系列」第十集。長篇。御手洗潔一年前到歐洲遊學，岡山縣貝繁村之龍臥亭旅館發生連續殺人事件時，他不在日本，探案的主角是石岡和己。岡山縣在日本是比較保守的地區，橫溝正史之《獄門島》的連續殺人事件舞台，就是岡山縣的離島，一九三八年日本最大量（三十人）的殺人事件舞台也是岡山縣。本書是目前島田莊司的最長作品，他花了八十萬字欲證明其「多目的型本格 mystery」（多目的型是指在一個故事裡有複數的主題或作者的主張）。如在下冊插入四萬字以上的「都井睦雄之三十人殺人事件」，原來這事件與故事是沒關係的。「多目的型本格 mystery」的贊同者不多。

11《御手洗潔的旋律》（傑作選33）：

一九九八年九月初版，「御手洗潔系列」第十一集。收錄中、短各兩篇。〈IgE〉與〈波士頓幽靈畫圖事件〉為本格推理中篇，前者寫美少女失蹤事件，與川崎市內的S餐廳的男廁所小便斗不斷被破壞之謎。後者寫御手洗留學美國哈佛大學時，大廈壁上的Z字被射擊十二槍之謎。〈SIVAD SELIM〉與〈再見了，遙遠的光芒〉兩則短篇為非推理小說，前者寫御手洗與記錄者石岡和己，對於是否參加高中的音樂會而吵架的經過，後者寫御手洗的德國友人與松崎玲王奈的一段交往，都是作者欲突出名探御手洗潔的形象之小品。

12《P的密室》（傑作選32）：

一九九九年十月初版，「御手洗潔系列」第十二集。收錄兩篇中篇：〈鈴蘭事件〉與〈P的密室〉。這兩篇都是御手洗幼年時代的探案。在〈鈴蘭事件〉開頭，記述者石岡和己寫道：本篇是呼應御手洗的粉絲要求而撰寫的。事件發生於一九五四年，御手洗五歲，在幼稚園上學，同學的父親橫死，警方判斷是事故死亡，御手洗獨自調查找出真兇。〈P的密室〉是御手洗七歲時解決的密室殺人事件。畫家與有夫之婦陳屍在密室，雖然女人之丈夫被捕，御手洗提出異論而破案。

五歲的名偵探，可能是世界推理小說史上，最年輕的偵探。島田莊司神話，信不信由你！

13《俄羅斯幽靈軍艦之謎》（傑作選23）：

二〇〇一年十月初版。「御手洗潔系列」第十四集。長篇。一九九三年八月，即御手洗潔赴歐洲一年前，他收到松崎玲王奈從美國轉來一封她首次到美國拍「花魁」電影時，影迷倉持百合寄給她的舊信，內容說，前個月九十二歲的祖父倉持平八的遺言，希望在美國的玲王奈向住在維吉尼亞州之安娜・安德森・馬納漢轉達：「他對不起她，在柏林，實在對不起。」但是他卻不透露對不起的理由。他又希望她能夠到箱根之富士屋飯店，看到掛在一樓魔術大廳暖爐上的那一張相片。

於是御手洗帶石岡來到富士屋。此相片攝於一九一九年，箱根蘆湖為背景，一夜之間湖上出現一艘俄羅斯軍艦時的幽靈相片。直接關係者都已死亡的歷史懸案，御手洗如何解決？

14《魔神的遊戲》（傑作選6）：

二〇〇二年八月初版。「御手洗潔系列」第十六集。長篇。五、六十歲的女人連續被殺分屍事件，在御手洗潔遊學英國蘇格蘭尼斯湖畔發生，掛在刺葉桂花樹上的「人頭狗身」的怪物意味些什麼？

15《螺絲人》（傑作選21）：

二〇〇三年一月初版。「御手洗潔系列」第十九集。長篇。本書採取橫排與直排交互排版的特殊方式，可說是作者之新嘗試，是否成功讓讀者判斷。故事發生於瑞典與菲律賓兩地，發生的時間相差也有一段距離。全書分四大章，第一、第三章橫排，是御手洗的手記，寫他在瑞典的醫學研究所接見一位年齡與自己差不多、失去部分記憶的中年人馬卡特的經過。

第二章直排，馬卡特撰寫的幻想童話〈重返橘子共和國〉全文，主角艾吉少年出遊，來到巨大橘子樹上的鄉村，博學、長壽的老村長，有翼精靈……第四章橫直排交互出現，御手洗根據這本童話，推理馬卡特失去部分記憶的原因，因此發現在菲律賓發生的事件。

16《龍臥亭幻想》（傑作選13、14）：

二〇〇四年十月初版。「御手洗潔系列」第二十集。長篇。龍臥亭事件八年後，當時的本事件關係者在龍臥亭集會。在眾人監視的神社內，業餘的年輕巫女突然消失，三個月後，從地震後的地裂出現其屍體。之後，發生分屍殺人事件。這樁連續殺人事件與明治時代的森孝魔王傳說有何關係？吉敷竹史在本書登場，與御手洗潔聯手解決事件。

17《摩天樓的怪人》（傑作選20）：

二〇〇五年十月初版。「御手洗潔系列」第二十一集。長篇。一九六九年御手洗潔在紐約哥倫比亞大學任教（助理教授）。住在曼哈頓摩天大樓三十四樓的舞台劇大明星，因患癌症，臨死前向他告白，於一九二一年紐約大停電時，她在一樓射殺了自己的老鬧。這棟大樓曾經發生過複數的女明星在房間內自殺，劇團關係者被大時鐘塔的時針切斷頭，又某天突然吹起大風，整棟大樓的窗玻璃都破碎，本大樓的設計者死亡等事件，都與住在這棟大樓的「幽靈（怪人）」有關。她要御手洗推理，告白後即去世。幽靈的真相是什麼？

18《利比達寓言》（傑作選25）：

二〇〇七年十月初版。「御手洗潔系列」第二十五集。收錄兩篇十萬字長篇。表題作〈利比達寓言〉寫二〇〇六年四月，在波士尼亞赫塞哥維納共和國莫斯塔爾，四名男人同時被殺害，其中三名是塞爾維亞人，三人之中兩名的頭被切斷，另一名是波士尼亞人，頭同樣被切斷之外，胸腔至腹部被切開，心臟以外的內臟全部被拿走。此外四名男性的性器都被切斷拿走。北大西洋條約機構（ＮＡＴＯ）之犯罪搜查課之吉卜林少尉來電，要「我」（克羅地亞人。御手洗潔的朋友，本事件記錄者）聯絡在瑞典的御手洗潔，請他到莫斯塔爾來解決這次獵奇殺人事件。另一長篇是〈克羅埃西亞人的手〉，同樣是蘇聯崩壞後，獲得獨立的國家內的民族糾紛為題材的本格推理小說。

19《星籠之海》（傑作選35）：

二〇一三年十月初版。「御手洗潔系列」第二十七集。八十萬字巨篇。御手洗潔想要去四國，調查五百年前織田信長時代，瀨戶內海之村上水軍的秘密武器「星籠」之真相時，遇到在瀨戶內海的小島興居島的小海灣上，未滿一年就漂來了六具身分不明而腐爛的男人屍體事件。

御手洗與石岡和己一起來到廣島縣福山市。在收集漂流屍體的證據過程中，御手洗遇到了綁票事件、嬰兒死亡事件、大學助教的愛情殺人事件，以及辰見洋子與小坂井茂事件。御手洗以快刀斬麻式地解決事件的過程中，屍體漂流事件的真相就愈明顯，五百年來的懸案「星籠」的秘密也漸漸被揭開。這是一部島田莊司所提倡的二十一世紀本格推理小說的示範作。

20《折傘的女人》（傑作選36）：

二〇〇八年十月初版。「御手洗潔系列」第二十三集。收錄〈ＵＦＯ大道〉與〈折傘的女人〉等兩部中篇。前者寫御手洗受女小學生之託，帶著石岡和己來到鎌倉極樂寺時，一位老婆婆告訴御手洗說，她在黎明時，在家前看到一群乘著ＵＦＯ的外星人，在山坡附近使用光線槍打仗。這種不可能發生的事件，御手洗如何解決呢？後者寫御手洗從收音機聽到，在下雨天把雨傘放在道路上，故意讓車輛軋過的女人之動機。是一篇安樂椅偵探的推理作品。

21《御手洗潔的追憶》（傑作選37）：

二〇一六年六月初版。「御手洗潔系列」第二十九集。收錄七部短篇。但是這七篇都不是御手洗探案。第一篇〈御手洗潔，那個時代的幻象〉是寫御手洗到美國好萊塢時，我（沒姓名，應該是作者島田莊司）到飯店找他閒談的經過，其內容不外是提升御手洗的身價。第二篇〈天使的名字〉是寫御手洗潔之父御手洗直俊於太平洋戰爭爆發之半年前，參與內閣直屬之「總體戰研究所」，當模擬外務大臣的故事。〈來自石岡老師的記事〉、〈給石岡的信〉、〈與石岡老師的長訪談〉都是關於石岡和己的記事，內容不外是要讓讀者多多認識石岡。第六、七篇〈希亞費〉、〈御手洗咖啡館〉是寫御手洗潔教授的生活片斷。

22《鳥居的密室》（傑作選38）：

二〇一八年八月初版。「御手洗潔系列」第三十集。長篇。楓八歲那年的聖誕節那天，母親澄子被絞首死亡，陳屍在密室。當天父親肇於京阪電鐵鐵路自殺。警察當局認為住在附近的國丸信二是兇手，把他逮捕。但是密室之謎卻不能破。楓被父親之姊姊美子扶養。楓十九歲那年，她正在準備投考大學時，由我的介紹認識了御手洗潔。御手洗檢討了十一年前的事件，找出真兇，並破密室之謎。

二、吉敷竹史系列

島田莊司發表第二長篇《斜屋犯罪》後，風評與處女作一樣，毀譽褒貶參半。島田認為「本格mystery」尚未能被一般推理小說讀者接受，須擬出一套戰略計畫，推廣「本格mystery」。島田的策略之一，就是撰寫擁有廣大讀者的旅情推理小說，先打響自己的知名度，然後再回來撰寫「本格mystery」；另一策略就是到全國各所大學的推理文學社團宣揚「本格mystery」。島田的兩個策略，算是都成功了。他在京都大學認識了綾辻行人、法月綸太郎、我孫子武丸等人，鼓勵他們寫作，並把他們的作品推薦給讀者，而確立了新本格推理小說。

另一方面，島田莊司從一九八三年開始，以短篇寫御手洗潔系列作品，長篇寫旅情推理小說，而塑造了離過婚的刑事吉敷竹史。其離婚妻加納通子偶爾會在「吉敷竹史系列作品」露面，是一位重要配角。他們離婚前的感情生活，作者跟著故事的進展，借吉敷的回憶，片段地告訴讀者。

所謂的「旅情推理小說」大多具有解謎要素，但是它與解謎要素並重的是，描述地方都市的人情、風光。故事架構有一定形式，住在東京的人，往往死在往地方都市的列車內或地方都市。辦案的大多是東京的刑事。

吉敷竹史是東京警視廳搜查一課殺人班刑事，一九四八年出生，與島田莊司、御手洗潔同年，只從年齡來說，就可看出吉敷竹史也是作者的分身，所以其造型與寫實派的平凡型刑事不同。

長髮、雙眼皮、大眼睛、高鼻梁、厚嘴唇、高身材，一見如混血的模特兒。這種素描就是島田莊司的自畫像。

01《寢台特急1／60秒障礙》（傑作選7）：

一九八四年十二月初版。「吉敷竹史系列」第一集。長篇。被殺害剝臉皮陳屍在浴缸裡的女人，在其推定的死亡時刻後，卻在從東京開往西鹿兒島的寢台特別快車隼號上被目擊。是一人扮二人？抑或是二人扮一人的詭計嗎？

02《出雲傳說7／8殺人》（傑作選8）：

一九八四年六月初版。「吉敷竹史系列」第二集。長篇。被分屍成八個肉塊的女性，其胴體、兩腕、兩大腿、兩小腿分別放在大阪車站與山陰地區的六個地方鐵路終站，找不到頭部而且其指紋全部被燒毀。兇手的目的是什麼？

03《北方夕鶴2／3殺人》（傑作選3）：

一九八五年一月初版。「吉敷竹史系列」第三集。長篇。事件是五年前的離婚妻加納通子打來的電話為開端，東京的刑事吉敷竹史，被捲入北海道的連續殺人事件。通子最初被誤認為從東京開往北海道的「夕鶴九號」列車殺人事件的被害者，其次成為釧路的公寓殺人事件的加害者。吉敷竹史在查案過程中，發現兩人結婚前之通子的重大秘密。吉敷獲得札幌警察署刑事牛越佐武郎的協助，終可破案。是一部社會派氣氛濃厚的旅情推理小說之傑作。

04《奇想、天慟》（傑作選17）：

一九八九年九月初版。「吉敷竹史系列」第八集。長篇。行川郁夫只為了十二圓的消費稅，刺殺了雜貨店女老闆，行川被捕後一直閉嘴不說出殺人的真正動機。吉敷竹史深入調查後，發現行川三十年前曾經出版過一本推理小說集《小丑之謎》，是寫一名矮瘦小丑，在北海道的夜行列車廁所開槍自殺，被發現後，廁所門再次被打開時，屍體消失無蹤……吉敷又由札幌警察局刑事牛越佐武郎告知，三十多年前北海道發生過類似事件，吉敷於是重新調查此事件。是一部本格推理融合社會派推理的傑作。

05《羽衣傳說的回憶》（傑作選26）：

一九九〇年二月初版。「吉敷竹史系列」第九集。長篇。吉敷竹史偶然在東京銀座的畫廊看到叫做「羽衣傳說」的雕金。他懷疑是離婚妻加納通子的作品。他回憶一九七二年，初次遇到她時的情景：她為了搶救一隻將被車撞死的小狗，反而自己受傷，吉敷把她帶到醫院治療，之後兩人開始交往，翌年結婚。結婚當天通子向吉敷說：「如果結婚的話，我將會死掉。」結婚後通子的行動漸漸不正常，七九年兩人離婚。吉敷至今一直不能忘記與通子相處的這六年。在「吉敷竹史系列」加納通子繼《北方夕鶴2／3殺人》登場的作品。

之後，吉敷到羽衣傳說之地，京都府宮津市辦案時，偶然遇到通子，吉敷又被捲入與通子母親有關的離奇死亡事件。

06《飛鳥的玻璃鞋》（傑作選28）：

一九九一年十二月初版。「吉敷竹史系列」第十一集。長篇。住在京都的電影明星大和田剛太失蹤第四天，被切斷的右手腕寄到他家裡。十個月後事件尚未解決，吉敷對這件管區外的事件發生興趣，向上司要求，讓自己去京都辦案，上司不允許，討價還價的結果，上司開出一個條件，限定一個星期的期間，要他解決事件，不然的話要辭職。

吉敷如何對付這事件？一篇具限時型懸疑小說的本格推理小說。日本的警察制度，不允許越境辦案，吉敷為何瀆職辦案呢？這與離婚妻加納通子來電有關嗎？

07《淚流不止》（傑作選30）：

一九九九年六月初版。「吉敷竹史系列」第十五集。八十萬字大長篇。開頭兩個不相關的故事分別進行。最初是吉敷的離婚妻加納通子三次登場，這次與前兩次不同，這次完全是通子不幸的半生之紀錄。作者詳細記錄通子在盛岡之少女時期的性幻想，以及遭遇過多次的非尋常的死亡事件，通子決心接受精神治療，欲究明自己的過去之經過。

另一個故事是吉敷有一天，在公園內，看到一位老婦人向著噴水池大聲獨白的光景，她說，三十九年前在盛岡發生的河合一家三人（夫妻與女兒）的慘殺事件的真兇，不是丈夫恩田幸吉，恩田是無辜的。吉敷聽完後，詳細質詢老婦人，然後決定單獨重新調查一家三人殺人事件。

書後附錄一篇編輯部之訪問記〈代後記——島田莊司談《淚流不止》〉。由本文可看出作者之寫作動機與作者之正義感。

三、犬坊里美系列

二〇〇六年島田莊司新創造之第三系列。主角犬坊里美對讀者並不陌生，在《龍臥亭殺人事件》首次登場後，當時她還是一名青春活潑的高中生。之後在御手洗潔探案中出現過，甚至御手洗出國時，在《御手洗諧模園地》裡，與石岡和己合作解決過事件，可見她稍早就具有推理眼。跟著時光的推移，里美高中畢業後，在橫濱之塞里托斯女子大學法學部學習法律，畢業後在光未來法律事務所上班，並準備司法考試，考試及格後到司法研修所受訓，研修後被派到岡山地方法院實修。

01《犬坊里美的冒險》（傑作選22）：

二〇〇六年十月初版。「犬坊里美系列」第一集。長篇。故事從二〇〇四年夏天，二十七歲的犬坊里美為司法修習，來到岡山地方法院報到寫起。被派到這裡的修習生有六位，實修第一階段是律師事務，於是她與五十一歲的芹澤良，被派到丘隣之倉敷市的山田法律事務所實習。

他們兩人到山田法律事務所上班第一天，就碰到一個之前被殺、屍體消失，而前幾天腐爛屍體突然出現五分鐘，然後又消失的怪事件，而當局當場逮捕一名屍體出現時，在屍體旁邊的流浪漢藤井寅泰，他對殺人經過、動機一句不說，里美認為必有驚人的內幕，她開始調查。

四、非系列化作品

島田莊司的非系列化作品，占小說作品的三分之一以上，與其他本格派推理作家比較，其比率為高，作品領域也廣泛，有解謎推理、有社會派推理，也有諧模（戲作）作品。

01《死者喝的水》（傑作選29）：

一九八三年六月初版。第三長篇。非系列化作品第一集。前兩篇不可能犯罪型長篇，不能獲得廣大讀者支持，於是作者在本篇，改變創作路線——不在犯罪現場型推理。偵探是在第二長篇《斜屋犯罪》以配角身分登場的札幌警察局之牛越佐武郎刑事。他與社會派推理的刑警一樣，靠著兩隻腳搜查被害者，實業家赤渡雄造於旅行中被殺，其後被分屍，裝在兩只皮箱寄回家裡的獵奇事件。文中作者對「水」展現衒學。

02《被詛咒的木乃伊》（傑作選4）：

一九八四年九月初版。長篇。原書名是《漱石與倫敦木乃伊殺人事件》。明治大正時代的文豪夏目漱石為主角之福爾摩斯探案的諧模作品。夏目漱石留學英國時，每晚被幽靈聲音騷擾，他去找名探福爾摩斯，由此被捲入一樁木乃伊焦屍案。全書分別以福爾摩斯助理華生與夏目漱石兩人之不同視點交互記載事件經緯。夏目漱石眼中的英國首屈一指的名探是怪人。諧模推理小說的傑作。

03《火刑都市》：

一九八六年四月初版。長篇。連續縱火殺人事件為主題的社會派本格推理小說之傑作。中村吉藏刑事唯一為主角的作品。都市論——東京，與推理小說的「多目的型本格 mystery」。

04《高山殺人行1／2之女》（傑作選16）：

一九八五年三月初版。長篇。旅情推理小說第四長篇，但是與上述三作品不同的是非吉敷竹史系列作品。一般旅情推理小說不能或缺的是列車、飛機、船舶等交通工具與其時間表。日本特有之旅情推理能夠成立的最大因素是，這些交通工具之運行時間的正確性。但是本書並不使用這些工具與時間表。所使用的是島田平時喜愛的轎車。

上班族齋藤真理與外資公司的上級幹部川北留次有染。某天，川北從高山別墅來電說，殺死妻子初子，要她替他偽造不在犯罪現場證明，要她打扮成初子，駕車來高山，途中到處留下初子的印象。「兩人扮演一人」的詭計是否成功？故事意外展開，讓讀者意想不到的收場。

05《那年夏天，19歲的肖像》（傑作選34）：

一九八五年十月初版，二〇〇五年五月出版改訂版。長篇青春事件小說。全篇以主角「我」的觀點，回憶十五年前，十九歲那年夏天目睹的殺人事件，以及對該兇手的戀情與交往經過。一九七〇年初夏，「我」所騎乘的機車與卡車相撞，致使折斷肋骨、鎖骨等，必須入院兩個月。開刀後十天，「我」已經可以下床，由於無事可做，只好每天貼在窗前，眺望外面的大廈建設現場。不久，發現林立的高樓大廈之間，有一棟二層樓的和式家屋，裡面住著一對夫妻與一個美少女，「我」對這位少女一見鍾情。為了仔細觀察這位少女，「我」向朋友借來望遠鏡。有一天晚上，他模糊地看到了少女拿刀殺父的畫面。翌晚，又看到少女拖著一大包東西到建設工地內掩埋的畫面。於是「我」退院後，便積極地與少女接觸，終於機會到來。

06《開膛手傑克的百年孤寂》（傑作選24）：

一九八八年八月初版，二〇〇六年十月出版改訂版。長篇。一八八八年，英國倫敦發生令人心寒的連續獵奇殺人事件。五名被害者都是娼妓，她們被殺後都被剖腹拿出內臟。事件發生至今已一百多年，倫敦警察當局尚未破案。島田莊司不但取材自這件世界十大犯罪事件之一的「開膛手傑克事件」，並加以推理、解謎（紙上作業）。

開膛手傑克事件的百週年之一九八八年，東德首都東柏林也發生模仿開膛手傑克的連續娼妓獵奇殺人事件。名探克林．密斯特利（Clean Mystery，島田莊司迷不陌生吧！）如何解釋相隔百年的兩大獵奇事件呢！

07《伊甸的命題》（傑作選27）：

二〇〇五年十一月初版。收錄兩篇十萬字左右的長篇。表題作〈伊甸的命題〉所指的是：「由男性的細胞核所創造的複製人，是否能夠具備卵巢這種臟器」的疑問。由此可知本篇乃以懸疑小說形式討論複製人的小說。

另一篇〈Helter Skelter〉，是島田莊司於二〇〇一年發表論文〈二十一世紀本格宣言〉，重新宣揚自己的本格理念，然後請幾位作家撰寫符合其本格理念的推理小說，而本人也寫了一篇示範作品，分發給每位參與的作家做參考。這篇作品就是〈Helter Skelter〉，本文不提示其內容，讓讀者去欣賞島田莊司的二十一世紀推理小說。（其實二〇〇一年以後的島田作品，很多是這類小說。）

【導讀】

我們都是彼此的聖誕老人

作家 文善

在日本推理文壇，一般以綾辻行人一九八七年出版的《殺人十角館》為「新本格」推理始祖，一九八七年更被稱為「新本格元年」。但如果以社會派當道以後的本格推理復興為界，則以島田莊司一九八一年出版的《占星術殺人事件》為更早。雖然如此，但島田莊司的作品，總是和綾辻行人和其他的一些新本格浪潮的作家，有著微妙的分野。

雖然也是帶著華麗浪漫的詭計，但是島田莊司並沒有像綾辻行人一樣，為了表現最純粹的解謎，甚至把小說中的角色「符號化」，島田莊司很多作品，都展現了他在人文方面的關懷。所以雖然炫目的詭計設定一看便知道是血統純正的本格推理，但是字裡行間卻彷彿有著社會派的靈魂在遊走。而這種特質，一直持續到今天的《鳥居的密室》。

《鳥居的密室》於二〇一八年在日本出版。但小說背景是一九七五年，御手洗當時已經在外國完成其他學位，回國並在京都大學的醫學院的攻讀。雖然這部是御手洗潔系列作，但是這次他的拍檔並不是石岡，而是一名在京都上補習班的大學重考生「我」。故事以他第一人稱的視角，和御手洗聊起補習班同學小楓八歲時發生的怪事——在聖誕節的夜晚，家中所有門窗都上了鎖的情況下，小楓的母親在一樓被殺害，而在二樓熟睡的小楓不但逃過一劫，醒來的時候卻發現枕邊竟然多了一份禮物。能在密室出入自如，難道兇手是聖誕老人？殺害小楓母親的動機是什麼？當時小楓所住的社區，居民也接二連三遇到怪事，難道除了聖誕老人外，連神明也看不過眼發怒了？

乍看之下，這是一部結合了「who dun it」、「how dun it」，和「why dun it」的典型本格推理。可是，在這個故事的背後，島田莊司卻把解謎的鑰匙，放在控訴社會的匣子中。

案件發生在小楓八歲的時候，大概就是一九六四年東京奧運左右的時間。那是日本第一次舉辦奧運，也是奧運會第一次在亞洲舉行，日本政府投入了大量資源在奧運建設和周邊的配套，除了各個體育場館，東海道新幹線和首都高速公路也在那時建成，當時和奧運有關的直接投資就有二百九十五億日圓，間接投資更達九千六百億日圓*。這大大推動了當時日本的經濟，個人消費和房地產大大增長，造就了當時所謂的「奧林匹克景氣」，也形成了現代都市日本的雛形。

然而，不是每一個日本人，都能享受奧運帶來的成果。

大量基建背後是對勞工的剝削，急速的都市化破壞原來的城市風貌，使人們居住質素下降。小說中的命案和發生一連串怪事的公寓，就是在都市化蔓延到京都時，發展商為了爭取在每一寸地建房並向空中伸延，即使一部分被鳥居的橫樑貫穿著也在所不計，形成了像是鳥居插在公寓中的奇怪建築。在一片景氣下，有一部分被遺忘了的人，每天為生活掙扎著——為了錢而不再和睦的夫妻、為了生活忽略孩子的父母、沒有家庭溫暖的小孩，連期盼著聖誕老人的童真也變成奢侈……這樣的日本，走過了五十年，在年號從昭和到平成到今天令和，經歷了「失去的二十年」，即將再次舉行奧運之際，這個二〇一八年成書的故事，別有一番吊詭的味道。

小說的副題是「世上唯一的聖誕老人」，在小楓的生命裡，八歲時那唯一一次聖誕老人的造訪，讓她明白「希望」的意思；在御手洗的幫助下，她解開懸案的真相，為另一個人帶來希望，成為了那個人的聖誕老人。《鳥居的密室》透過這群住在這棟奇怪建築、被社會忽視遺忘的人，連合了「who dun it」、「how dun it」，和「why dun it」，但是解謎的關鍵，也許就是要我們先成為彼此的聖誕老人。

＊參自維基百科。

序章

妻子躺在一旁的床上，有馬這晚一樣無法熟睡，昏昏沉沉地爬出被窩，離開房間走下樓梯。他感到周身疼痛、倦怠。現在正值十二月，所以睡衣外頭披著一件鋪棉棉袍。血氣直衝腦門，雖然不是很強烈，但還是感到頭痛。他想藉由外頭的寒氣讓頭腦冷靜一下。

今晚是聖誕夜嗎？他站在馬路上思索此事。但現在的他沒那個興致。到底是什麼原因，最近總是睡不熟。一整晚輾轉難眠，夜裡多次醒來。這種夜晚一再持續，無法熟睡，所以白天時一樣疲憊難消。要他很乾脆地起床到公司上班，他實在提不起勁。連吃早餐的力氣也沒有。話說回來，他根本就沒食欲，甚至覺得反胃作嘔。

像這樣起床後，會覺得自己直到剛才醒來為止，彷彿整晚都在做夢。所以最近他從早到晚都感到頭痛。也常做噩夢。常在這樣的狀態下醒來。

而此刻他同樣是在天未亮的時刻突然醒來，因感到尿意而起床上廁所，他不想就這樣重回那痛苦的床鋪，於是披上棉袍，搖搖晃晃地走出房間。床鋪原本應該是供人安睡的舒適場所，但現在卻成了一處苦悶之地。

他極力將棉袍的前襟兜攏，身子蜷縮，在寒天下於馬路上佇立了半晌，所幸此刻平靜無風，但滲進脖子裡的寒氣還是令人難受。不過他心想，這樣好歹比待在被窩裡受苦來得強，於是他又繼續站了一會兒。為什麼最近會變成這樣呢，他想花點時間思索這個問題。

有馬所住的松坂莊，位於錦天滿宮的參道旁。所以要是他從自己的二樓住家走下樓，右手邊便是通往天滿宮的石板地參道。他看了一下手錶，現在是清晨四點半。這種時間，參道上當然沒有前來參拜的香客。就連天滿宮的街道一樣沒有行人，一片悄靜。

這時他心裡納悶的發出一聲「咦？」。抬起下巴瞬眼一瞧，發現前方竟然有人影。在馬路旁、暗巷裡，只要定睛細看，便會發現一個又一個蹲在地上的人影。

而且模樣古怪。他們的頭低得好深，甚至讓人懷疑是不是頭貼著地面。頭探進膝蓋彎曲的雙腳之間。

這是怎麼回事？這姿勢不太正常。那怪異的彎曲姿勢，宛如瑜伽修行者一般。是醉漢嗎？但最引人注意的，是他們一身怪異的裝扮。個個衣衫襤褸，而且還不是普通的破爛。那身破布彷彿歷經多年的風吹雨淋般，說得更難聽一點，就像被人遺棄在山中的屍體身上所穿的衣服，殘破不堪。

是流浪漢嗎？這是有馬率先想到的念頭。但他旋即發現不是。突然一股不安湧上心頭。這不可能啊，那些人影好像穿著盔甲。

這街上有奇怪的東西。而且是一大群。是來歷不明的東西？還是亡靈？不過這裡是京都的街道，四條河原町離這裡也不遠，應該算是市中心吧？

他感到背脊發涼，變得益發清醒。因為天色昏暗，之前一直沒看清的馬路對面，連商店街的微弱亮光也照不到的深邃暗處，有幾個緩緩挪動的人影。

數量還不少，模樣讓人很想用絡繹不絕來形容，正緩緩向前行進。

是遊蕩的亡靈嗎？有馬心中暗忖，懷疑自己的眼睛。難道我人還躺在床上，正在做噩夢嗎？這群人在做什麼？是從哪兒冒出來的？又要去哪兒呢？

有馬以他逐漸清醒的腦袋，伴隨著恐懼展開思考。他重新端詳自己此刻親眼所見之物。怎麼回事？這是什麼？這世界是怎麼了？這裡有什麼要發生了嗎？我所知道的世界跑哪兒去了？

漸漸地，這些人的模樣開始有了清楚的輪廓。他們全都穿著甲冑，亦即盔甲。但是卻沒戴頭盔。戴頭盔的人一個也沒有。就只是穿著盔甲，而且從盔甲底下露出的衣服，不知為何顯得破破爛爛，不是缺角就是破裂，根本已無法發揮遮身蔽體的功用。

最後一聲尖叫從有馬腹中衝向喉嚨。因為他看到那群衣衫襤褸，在黑暗中挪動的人們，蒼白的臉孔上滿是鮮血。那是敵人飛濺而來的血，還是自己傷口流出的血呢？血量多到看不出原本的膚色。

他們身上穿的破衣也被鮮血染成紅黑色。全身都沾滿了血。宛如剛從血池裡爬上岸，然後就此緩緩在馬路上行進。緩如牛步地從亮著微光的天滿宮前通過。他們欲往何方呢？大排長龍的朝北而去。北邊？那是御所[1]的方位？

並非只有步行的人影。因為身處黑暗下，所以一直都沒發現。他們的腳下也有人，一群在地上爬行的人。另外也有一群雖然還不至於爬行，但因為衰弱得無法站立，深深地彎著腰，以步履蹣跚、搖搖欲墜的動作勉強行進的人。這群人一個接一個的走著，後面拖著其他盔甲和破衣。

成群的魑魅魍魎？這句可怕的話語浮現在有馬腦中。

在周遭的暗處中，有個以奇怪的姿態蹲踞的人影開始緩緩站起身。有馬的注意力就此被他所吸引，轉移視線，定睛細看。

那名男子花了很長的時間終於站起身，緩緩抬頭。就在那一瞬間，有馬看到男子的臉。

他在笑？這念頭閃過有馬腦中，因為看到對方的上下排牙齒，但其實不然。會看到牙齒是理所當然的，男子沒有臉，只看得到白森森的骷髏頭。眼睛一帶是黑暗的凹陷，一具只有兩個大洞，裡頭沒有眼珠的骷髏，穿著破衣和盔甲站立著。

而站在遠方陰暗處的另一個人，開始緩緩撐起他原本不自然彎曲的身軀。他好不容易站起身，所花的時間長得驚人，有馬看到他的模樣後，確認他也是骷髏。不過這具灰色的骷髏，臉上覆滿鮮紅的黏稠血液。

沾滿紅黑色的血，臉上沒長肉，模樣像是逃亡武士的枯瘦身影，對站在松坂莊前的有馬一點都不感興趣。他就只是步履蹣跚的往前走，為了加入那群在馬路對面行進的亡靈們，開始邁開步伐。

成群的死者陸續往北而行。有馬心想，在這座古都住了這麼多年，之前什麼也沒想過，沒想到竟然是這麼可怕的地方。此時的這項發現，在有馬心中帶來爆炸般的恐懼。一種貫穿全身，對死亡的強烈恐懼。千年古都在此顯露出它的真面目，從黃泉之國的死亡深淵向他招手。他感到無比恐懼，彷彿腦袋會就此裂開，掉到腳下。他害怕到站不住腳。

顫抖自腳下湧出，通過膝蓋，直往上竄，並不是因為寒冷，有馬感覺自己就像被人掃倒在地，就此低頭弓身。接著他猛然清醒，明白自己得努力撐住，不能就此倒臥在地，於是他慢慢蹲下身。屁股坐向冰冷的石頭，他已沒力氣抵抗，所以他順勢往後躺下，碰的一聲，背部撞向公寓的石灰牆。

他已無暇感受疼痛。在即將消失的意識下，他睜開眼，右後方的鳥居映入眼中。

一個像是逃亡武士的黑影，正跨坐在鳥居上。然後屁股在地上拖行，就此在鳥居上方行進。

哇～有馬忍不住出聲大叫。但他只有意識裡這麼想，其實沒叫出聲。因為太過恐懼，聲音為之枯竭，就只有沙啞的擠壓聲微微從喉嚨逸洩而出。

1. 皇居。

他以這個姿勢翻身，改為趴在地上，手忙腳亂地爬行起來，模樣極為難看。他就這樣爬進公寓入口，雙手撐地，死命的爬上樓。

四周的寒氣、腳下的髒汙，他完全都不在意。就只是一味地與強烈的恐懼以及即將消失的生命力對抗，一面吐著急促而凌亂的呼吸聲，一面像發狂似地爬上樓梯，朝妻子仍睡在裡頭的二樓住處而去。

1

東都御所的東北方，有一條從京都往北而行的私人鐵路，名叫叡山電鐵。這條鐵路的寶池車站前，建造了一座住宅街，如今已是京都的一座衛星城鎮。

寶池這個站名，源自於它西邊的一座池子。這是江戶中期為了解決農地用水不足的問題，而在寶曆年間建造的人工池。對農民來說，是重要的水資源，所以稱之為寶池。可能是年代還不夠久遠的緣故，池子沒有相關的傳承，以京都來說，這種情況相當罕見。若說到傳說，位於隔壁街東邊的天台宗寺院、赤山禪院，皆有耐人尋味的故事流傳。

從平安朝一直持續至今的千年古都——京都，過去也曾是怨靈橫行的魔界都市。而京都的中心，昔日天皇居住的御所，為了封印災禍入侵的鬼門，採取了各種對策。鬼門指的是東北方，所以圍繞現今御所的外牆，沒有東北角。這裡造了一個像「凸」字右肩處的內凹，消除了鬼門位於東北方的概念。此處稱之為「遠辻」。

從這個內凹處往東北方畫一直線，稱作「猿線」，這條線是區隔魔界所畫的結界，在這條直線上擺一排猿猴，讓猿猴來守護京都的鬼門，就是這樣的構造。此乃一種超能力大戰的想法，這同時也透露出平安京的都市計畫中，既嚴肅又重要的一面。日文的

「猿」字音同「去る」（saru），所以自古人們相信猿猴具有驅逐妖魔的靈力。這是公卿們信奉的言靈[2]下的產物。

一條戻橋[3]的傳說就是個典型的代表，在平安京的時代，呈棋盤狀的大路外頭是魑魅魍魎潛伏的可怕魔界。像洛北這種雜草叢生的荒涼之地，愈往山腳的方向而去，愈會看到奇怪的神社或祠堂，邪惡的惡鬼、來路不明的妖魔，都棲息其中。這些惡靈不時會對御所，甚至是整個京都，帶來天災或瘟疫等災禍。

因此，設置在這條魔界結界線上的衛兵——猿猴，扮演了很重要的角色，而坐落在這條線上的幸神社、赤山禪院、日吉大社等，正是猿猴坐鎮的前線基地。不過，赤山禪院屋頂上，那隻手持御幣和鈴鐺等神器的猴子，現在仍坐鎮其上。據說這隻猴子不時會到街上作惡，所以才用鐵絲網將牠困住。

寶池車站前有家咖啡廳，店名叫「猿時鐘」，相當奇特。關於這名稱的由來，當然是因為坐鎮赤山禪院的那隻猿猴的傳承，才取這個名字，不過「時鐘」本身，是店主榊敬一郎昔日以優等的成績自京都帝國大學畢業，獲賜銀錶，對此頗感自豪，因而開始以蒐集時鐘當嗜好，在店內擺出其蒐藏品當裝飾。

他有各式各樣的座鐘、掛鐘，只要看中意就買回家蒐藏，但數量愈來愈多，該往哪兒擺放成了頭痛的問題。這時，剛好隔壁一位廚藝精湛的老婦人過世，她經營的大眾飯館結束營業。由於老婦人的家人不知該怎麼處理這個店面，於是榊以低於市價的價錢頂下這家店，因為他自己也愛喝咖啡，於是他決定經營一家咖啡店。並將自己蒐藏的掛鐘擺在店內，掛滿整面牆。隔壁人家結束營業，正好幫了榊一把。

可能是因為戰前有許多優秀的木匠，全國各地都看得到外型木雕精美的掛鐘。榊不辭辛勞，勤走各地，四處加以評鑑收購。「猿時鐘」店內擺滿蒐藏品的牆壁，是相當特別的景觀，深深吸引了蒐藏迷的目光。此事馬上在京都傳開，報紙、室內設計雜誌、女性雜誌的記者們蜂擁而至，時常加以報導。愛好古董時鐘的京都同好們，也都會搭乘叡山鐵道前來參觀，而電台攝影師也在聽聞風評後前來採訪。

店內的鐘擺型掛鐘，有歐洲的名牌、美國的精品，以及日本製的高級品，不過榊最自豪的，是德國赫姆勒（HERMLE）公司製作的大型鐘擺時鐘，此乃外殼加上精巧雕工的傑作。

經營者榊在上了年紀後，成了常寫俳句的風雅之人，還發行同人誌，在店內販售，所以也聚集了不少同好。而榊也生性好客，只要客人問及掛鐘的事，他總會開心地講解。他晚年很享受這樣的生活，但過了八十歲後，便因血管方面的疾病而過世。而與他結縭五十載的妻子，也在隔年追隨他的腳步辭世。

咖啡廳「猿時鐘」以及牆上這些珍貴的鐘擺掛鐘，由他那身為上班族的兒子勉繼承。

2. 日本人認為語言帶有一股不可輕視的靈力，稱之為言靈。
3. 平安時代有位叫淨藏的修行者，向當時名為「土御門橋」的這座橋祈求能見到他已故的父親，結果死者竟暫時重回人間。後來才有「一條戻橋」的稱呼。

由於他還是上班族，所以店面交由四條嫁來的妻子美子經營。美子以前就常在店裡煮咖啡，所以沒什麼問題，不過美子也因此感覺到榊家的一切全落在她肩上。這包括了煮咖啡、做輕食等店裡的工作，以及為丈夫做飯等家事。夫妻倆膝下無子，不過現在家中只剩她一個女人，她已做好心理準備，明白自己得好好奮鬥才行。然而，等候她的命運，卻遠遠超乎她的預期。

婆婆過世的隔年，正好是東京奧運。對榊美子而言，這三年是變動最大的一段期間，過去從未有過這樣的經歷。在奧運平安落幕的昭和三十九年（一九六四）歲末，聖誕節早晨，這次換她在錦天滿宮經營鑄造工廠的弟弟肇（半井肇）過世，原因是他自己撞向沿著鴨川行駛的京阪電鐵首班車。

此事登上新聞頭條，在整個京都府吵得沸沸揚揚。報社記者和週刊雜誌記者也湧進猿時鐘採訪此事，所以她一整個月關門不做生意，整天關在家中。她已沒有娘家可回，父母過世後，弟弟將老家賣了，換取現金。榊美子的公公婆婆也已過世，沒有多餘的積蓄可供她到遠處避風頭。

會發生這種事，是因為弟弟自殺的那一晚，在他們位於錦天滿宮鳥居旁的自家一樓住處，弟弟的妻子澄子在寢室裡遭人勒斃。兇手是在弟弟的鑄造工廠上班的工人國丸信二，已遭逮捕。

此事引發軒然大波的另一個原因，是這個屋子呈現密室狀態。一樓和二樓的所有窗戶和玻璃門，其半月鎖或螺旋鎖都嚴密上鎖，無法從外頭打開。而說到房門的鑰匙，除了遭殺害的這名主婦外，沒人持有。美子事後才知道，就連與妻子分居的弟弟肇也沒鑰匙。不過，肇的妻子是遭勒斃，並非自殺。

悲劇在於弟弟他們夫婦倆還有個獨生女，名叫楓。弟弟肇在清晨臨死前，還打電話到美子家跟她說，他現在用的是公共電話。

「我太太死在家中的一樓。」

劈頭就說這麼一句話。

「怎麼會？」

美子驚訝地問道，但肇一概沒回答，就只是接著往下說。

「我女兒小楓在二樓睡覺。如果這樣下去，等今天早上我女兒醒來，就會看到她命喪一樓的媽媽。」

美子說不出話來，就只是靜靜聽肇解釋。他到底想要我做什麼呢？

「我不想讓八歲大的女兒受到這樣的打擊，所以我希望妳現在馬上到我家一趟，把我女兒帶走。別讓她看到媽媽。抱歉，姊，可以讓她在妳位於寶池邊的家中住下，將她養育成人嗎？拜託妳了。這是我此生最後的請求。」

「等、等一下。你打算做什麼？」

美子問。

「我的事不重要，就拜託妳了。」

語畢，肇掛斷電話。

「等一下！」

還有許多事想問。但電話已經掛斷。他太太為什麼死了？工廠要怎麼辦？他讓太太經營的店面呢？弟弟接下來打算做什麼？雖然弟弟叫她去家裡一趟，但美子知道地點，卻沒鑰匙，要怎麼進屋啊？

美子感到茫然。這時隔壁房間傳來丈夫痛苦的聲音。丈夫胃潰瘍，從昨晚便一直嘔吐。她一直忙著照顧丈夫，幾乎沒怎麼睡。

弟弟的太太死了，這件事已經明白。但身為丈夫的弟弟，接下來打算做什麼？為什麼他不自己想辦法照顧小楓呢？

她抬起頭望向窗外，天色仍暗。一大早腦袋還迷迷糊糊，無法搞清楚眼前的情況。就算他叫我去他家，但我沒鑰匙，要怎麼進屋呢？看來弟弟也欠缺冷靜。丈夫從昨晚就不斷嘔吐，我無法扔下他，自己離家出門。

美子回到寢室，雖然心裡急，但還是在丈夫身旁看顧了他半晌。要是再這樣磨蹭下去，小楓會醒來。不過，再早也是七點左右的事，在那之前還有時間。她以慌亂的腦袋展開思考。

丈夫在嘔吐時，多次說自己恐怕是胃癌，但應該不可能。因為去醫院後，醫生診斷說是胃潰瘍。要是連丈夫也罹癌的話，我的往後人生要怎麼過啊？美子思索著此事，感到絕望。最近悲劇接連發生，這到底算是哪門子的考驗？莫非該請人來消災解厄？媽媽和婆婆都已過世，她的兄弟姊妹也只有這麼一個弟弟，但偏偏又是那副德行。想到這裡，眼淚都快流下了。

我沒事，我已經好多了，丈夫如此說道，美子聽了之後，這才向丈夫說出剛才弟弟打電話來所說的內容，以及他們夫婦之間發生的事，接著美子吩咐丈夫好好歇息，就此離開家門。

本以為電車已經發車，但一早只有少數幾班車，她實在沒耐心再等下去，所以她來到白川通，攔下一輛計程車，就此前往錦天滿宮。

下車後，她一路奔過空蕩蕩的商店街，傳出響亮的腳步聲。來到天滿宮的鳥居下方後，穿著制服的員警早已到來，口中呼出白色的氣息，朝參道旁的玻璃門鋪上一塊布，打破門上的玻璃。小心翼翼地從打破的洞口伸手進入，努力解開門上的螺旋鎖。

美子來到員警身旁，報上姓名，並說明情況。她說剛才弟弟打電話給她，說女兒在二樓睡覺，請她把女兒帶走，別讓女兒看到一樓母親的遺體。

另一名員警點了點頭，問她有沒有屋裡的鑰匙。美子搖了搖頭，員警見狀鬆了口氣，把他所知道的情況全告訴了美子。

妳弟弟半井肇剛才衝撞京阪線的首班電車，已經身亡。衣服中留有遺書和名片，所以我們才得知他的住處地址。遺書裡充滿了怨恨，提到他和妻子都是被他底下的工人國丸信二殺害。刑警馬上趕往國丸住的公寓，說他是重要關係人，要請他到警局一趟。美子就像在做夢似的，聽他說出整件事的始末。

玻璃門開啟，窗簾拉向一旁，由弟妹經營，光線昏暗的章魚燒店內，就此呈現眼前。

美子低頭看錶，現在時間還不到七點，街上仍舊昏暗。冬天日出晚，太陽尚未升起，空氣冷冽。矗立在一旁的天滿宮鳥居，因為漆黑而看不清楚上方，看起來就像一根奇怪的石柱，感覺黑暗又詭異。

美子惴惴不安地和員警們一同走進店內。她避開那些簡陋的桌椅而行，指著通往裡頭房間的那扇門。那裡是弟弟他們夫婦的寢室。

員警以手帕披在門把上，握住門把轉開門一看，弟妹澄子仰躺在地上。她閉著眼睛，棉被直蓋至下巴，所以乍看顯得很平靜，就只覺得她是在睡覺，教人鬆了口氣。警察微微掀起棉被的一角，碰觸她的右手後說道：

「很冰冷。」

接著握住她的手腕量脈搏，然後伸另一隻手探她脖子。

「她死了。」

員警靜靜地說道，美子忍不住發出一聲驚呼。

另一名員警指著枕邊榻榻米上的繩帶。好像是和服用的衣帶繩。

「嗯。」

員警望著澄子的屍體，暗自頷首。

「這應該是兇器。脖子上有勒痕，也有吉川線[4]。」

他如此說道，掀起棉被，並微微敞開睡衣的衣襟，望向她胸口的肌膚。

美子覺得很難過，強忍了下來。女人像這樣變成屍體後，就得任由這麼多男人看自己的肌膚。

「不好意思，我去看看樓上的小楓……」

美子說。

「可以嗎？」

經此詢問後，員警們點頭表示同意。

「不過，請什麼都不要碰，也別按電燈開關。」

員警說。

「要握門把時，請先披上手帕。」

美子點頭，離開現場，她按照剛才來的方向，橫越店內的水泥地面，走上商店街旁的樓梯。

二樓也是店面，販售年輕人穿的衣服以及錦天滿宮的參拜紀念品。她緩緩橫越昏暗的店內，走近裡頭的房間，先以手帕披向門把，然後才輕輕打開門，她看見小楓正安靜地睡著覺，棉被往上蓋到嘴巴處。甚至可以清楚聽見她的呼吸聲，所以美子鬆了口氣。這孩子安好無事。

在小楓枕邊的榻榻米上，擱著一個方形的大包裹。美子一時間不明白這個包裹有何

4. 指遭勒斃的被害者在掙扎時，於頸部出現的傷痕，多半是與勒痕垂直的指甲抓傷傷口。

含意。因為她沒有孩子。隔了一會兒，她才恍然大悟。這是聖誕老公公給的禮物。今天是聖誕節。美子心想，應該是弟弟或死去的澄子放的吧。

這時不能叫醒小楓。如果叫醒她，就會奪走她自己醒來時發現禮物的樂趣，而且小楓會懷疑這包裹是她帶來的，得讓小楓覺得這是聖誕老公公趁她熟睡時擱在這兒的。雖然不清楚放禮物的人是弟弟還是弟妹，但這是放禮物者的心意，她不能礙事。

於是美子悄悄關上房門，回到位於這層樓中央的收銀台旁，將一張鐵管椅搬到通道中央，緩緩坐下。她打算就此靜坐不動，不出聲，等候小楓自己起床。為了不打擾小楓睡覺，美子沒從椅子上站起身，也忍著不在店內來回踱步。所以當員警為了報告樓下現場的情況，或是問她幾個問題而走上樓時，她也都是自己走向樓梯回應。她告訴警方「女孩平安無事」後，都盡可能離小楓遠一點，不發出聲音，說話也盡量壓低聲音，小心不去吵醒她。

她決定也要讓員警們知道她的想法，請他們配合。如果想調查二樓的話，小楓很快就會醒來，請等她醒來後再調查。

員警頷首表示同意，並對她說：「反正我們也沒什麼事要問小楓。如果妳和小楓聊過後，她提供證詞，說她看過什麼，或是聽過什麼的話，請馬上告訴我們。」

美子馬上答應，她跟警方說：「我不想讓小楓看到她母親在一樓的遺體，等孩子醒來後，會馬上帶她到屋外去。」警方聽了之後立刻回答：「澄子女士的遺體，等我們檢查完畢，就會馬上運走。然後安放在五條警局的太平間，請您放心。」

美子鬆了口氣。接著警方對她說：「因為妳弟弟的遺體也在那裡。」她大受震撼，連她也覺得自己這樣實在太自私了。聽到弟妹的事，沒什麼感覺，但一聽到和自己有血緣關係的至親發生的事，就大受震撼。一來也是因為她猜想遺體可能損傷慘重，但她之所以大受震撼，並不光只是因為這樣。

關於弟妹，有很多方面都令她看不順眼。例如在她這位大姑面前，弟妹的言行舉止總是顯得很刻意，對男性常客總會賣弄風騷，或是有親暱舉動，超出應有的限度，美子都很看不慣。但美子也會自我檢討，擔心是她自己嫉妒。丈夫似乎沒有精子，美子始終沒能受孕。她一直渴望有孩子。相反地，弟弟和弟妹則老是公開說他們不需要孩子，尤其澄子更常這麼說，但偏偏輕易就有了身孕。想到弟妹可能是顧慮到她，才刻意說那種話，就覺得痛苦不已。女人的顧慮，有另一個別名叫「勝利」。

員警躡腳走下樓梯，美子回到鐵管椅坐好，之後她覺得自己好像孤零零地在這一層樓等候了好長一段時間。但其實可能只有三十分鐘左右。美子一直很認真地思考接下來該怎麼做。小楓應該已經快八歲了，也得思考轉學的事。她或許已經可以照顧自己，但還是需要人照料。

美子位於寶池的住家，公公和婆婆接連在前年和去年過世，家裡變得寬敞許多，所以有地方收留小楓，她甚至能有自己的房間。但美子要準備猿時鐘的餐點，實在無法分身照料小楓。另外，至少也得幫丈夫和小楓準備早餐和晚餐才行。是否可以叫小楓到咖啡廳裡來吃飯呢？只是到時候不確定是否有空出的桌位。

該雇人到店裡幫忙嗎？得煮咖啡、準備輕食、清洗餐具、清掃整理、打掃家裡。這樣划算嗎？但最重要的是，我受得了嗎？我實在不喜歡那孩子的媽。一面要將小楓當自己的孩子養育，一面又動不動想起她母親的模樣，我辦得到嗎？

不知道丈夫會怎麼說。照我的觀察，丈夫不是喜歡孩子的那種類型。不知道是不是因為這個緣故，從沒聽過丈夫說他想要孩子。

美子心想，告訴那孩子她父母的死訊，這是她該負起的責任嗎？可是，似乎沒其他人選了。若真是這樣，弟弟怎麼會替我安排這麼悲慘又吃虧的角色呢。我又是基於什麼道義，非得親口告訴小楓這件事不可呢？不論是弟弟還是弟妹，我明明都沒受過他們任何關照啊。

我真的辦得到嗎？想到這點，頓時感覺心情像墜入深邃的無底洞一般。要什麼時候告訴她？告訴這種小學年紀的孩子。告訴還很需要父母的年幼稚子。

像她這個年紀的孩子沒了父母，有辦法順利長大嗎？精神會健全嗎？會不會變得精神狀態不穩，有暴力傾向，或是成了不良少女？若走到那一步，我將永遠都和這個問題兒童一起生活，得無時無刻緊盯著她。我有辦法承受嗎？

是明天，下禮拜，下下禮拜，還是下個月？雖然多少會延遲，但應該就是這麼久了。到時候我得告訴她——從今以後，妳就沒有爸爸媽媽了。而且還得跟她說，妳媽媽是遭人殺害。至於「妳爸爸是撞電車自殺的」，這種事我真的說得出口嗎？那孩子聽了之後會怨恨我吧？就算不是由我來說，這世上有人可以若無其事地對一個孩子說出這樣的話嗎？

話說回來，肇為什麼要撞電車自殺呢？是因為工廠經營不順嗎？她不曾從弟弟和澄子口中聽過這件事。我們姊弟倆一直分隔兩地，互不干涉，過著對自己人生負責的生活。

起居室微微傳來碰撞的聲響，那女孩起床了。一想到這裡，美子頓時緊張起來。這時她才發現房裡已變得無比明亮，因為太陽已經升起。

才剛想到這點，房門突然粗魯地打開，小楓從裡頭露臉。一頭亂髮，外加惺忪睡眼，可見她還沒完全清醒，但這孩子突然大叫一聲：

「媽！」

美子為之一驚，小楓把她誤認成是媽媽了。她感覺這是要她負起責任的聲音，她現在得振作一點才行。

站起身後，淚水不自主的湧出。這年幼的孩子，今天一早同時失去了父母。而她還完全不知情。

「小楓。」

美子喚道，但她的聲音卻是又陰沉，又小聲。

「啊，姑姑！」

小楓無比開朗地朗聲問候。她飛快地走出房間，露出燦爛的笑臉，雙目圓睜。望著她那綻開的笑臉，美子就像看到了什麼異次元的東西一般。她大為吃驚，應該說是嚇了一大跳，沒想到兩人的心情竟然有這麼大的落差。

這孩子的母親明明死在樓下，她卻滿面喜色，散發出強烈的歡愉，幾乎快要盈滿整個二樓。這孩子高興得忘我，這到底是怎麼回事？美子心想，沒想到女孩子會發出這麼大的聲音。因為她長時間沉浸在陰沉的想法中，甚至忘了世上有這麼開朗的聲音。

「姑姑，我收到這個耶！」

女孩伴隨著滿面笑容，大聲說道。

「是聖誕老公公給我的！」

孩子雙手捧著包裹，遞向美子面前。

美子呆立原地，半晌說不出話來。

「喏，這裡還有封信。上面寫著『抱歉，之前一直沒能送禮物給妳』。是聖誕老公公寫給我的信！」

茫然佇立了一會兒後，美子猛然回神。

「啊，對啊。真是太好了。」

好不容易擠出這句話來。美子心想，原來就是這件事讓這孩子這麼開心。

可能是聽到這樣的大聲喧譁以及聲響，兩名警察緩緩走上樓梯。他們心想，應該可以了吧。

「啊。」

這年幼的孩子發出一聲驚呼，笑容迅速從臉上消失，可能是因為家裡從來不會一大早就出現外人。

「早安。」

警察向孩子問候。小楓雖然一時露出畏怯的神情，但還是點頭回禮。

「我們想調查一下這面窗戶。」

員警指向玻璃窗，對美子說道。

「每扇窗都牢牢鎖上是吧。」

他們一面走近，一面說道。

接下來他們要工作了，於是美子對小楓說：

「小楓，接下來和姑姑一起搭計程車到我家玩，好嗎？妳去換衣服準備一下。自己可以嗎？我們去吃蛋糕好了，我有好吃的蛋糕哦。」

小楓一時間露出納悶的神情，但還是怯生生地點了點頭。接著問：

「媽媽呢？」

「妳媽媽？嗯，呃……她到某個地方去了，不過待會兒她就會過來。」

美子除了說謊，別無他法。

2

和小楓一起搭計程車回到寶池旁的住家後，美子先準備早餐給小楓吃，然後前去探望丈夫的情況，確認丈夫仍在安睡後，她前往隔壁的「猿時鐘」為開店做準備。丈夫要請假的事，昨晚已向公司報備過。

美子帶小楓到咖啡廳，讓她坐向廚房裡離美子最近的座位，給她蛋糕吃。小楓似乎認為父母不在的生活只是暫時，她取出聖誕老公公送的家家酒玩具組，開始很乖地自己玩了起來。因為知道這裡是咖啡廳，所以她自己也取出小小的紅茶茶具組，假裝以茶壺朝茶杯裡倒茶，並假裝喝茶。美子看著這一幕，心想，等這孩子長大後，可能會幫忙店裡的生意吧。這樣的日子應該也挺快樂的。

家家酒玩具組雖然連同箱子一起帶來，但警方說想採集上面的指紋，所以包裝紙交給了警方。他們說日後會歸還，所以連同聖誕老公公給的那張便條紙也留在原處。小楓似乎對此感到不滿，憑她孩子的直覺，感覺出情況非比尋常。

美子環視店內，猿時鐘一概沒做任何聖誕節裝飾，因為她對聖誕節不感興趣。如果是過年的裝飾，她也懂得稍微應景一下，但之所以對聖誕節不感興趣，可能是因為沒孩子的緣故吧。

現在才上午，所以店內沒客人。自從公公過世後，喜歡時鐘的同伴以及俳句的同好們，突然都不再上門，店裡變得冷冷清清，時常從一早到太陽下山都沒有客人上門。雖然對家計有所影響，不過現在家人增加，店裡生意清閒反而慶幸。

為了不讓小楓感到無聊，美子特別振作精神。當小楓開始露出孤單之色時，她就請小楓站起來，帶她到掛滿牆壁的掛鐘前一一解說。從公公那裡聽聞的小故事不勝枚舉，但小楓似乎不感興趣。想想也對，古董時鐘方面的知識，只適合老年人。

美子回到原位，將小楓玩的家家酒咖啡杯洗乾淨，倒入些許咖啡，端給小楓。接著她心想，孩子應該會覺得咖啡難喝，於是又在另一個杯子裡倒入牛奶。一位專職的大人如此用心款待，小楓似乎很開心，拿起小杯子湊向嘴邊，小口的啜飲著。

孩子露出開心的面容，美子看了也跟著開心，她這才發現，這種心情就是有孩子的生活所帶來的樂趣。但想到這裡，頓時又湧現一股淒苦，心情跌落谷底。美子心想，女人這種生物，還真是令人討厭呢。

美子開始在意起丈夫，她對小楓吩咐一句「妳在這裡等我一下哦」，返回家中，到寢室查看丈夫的情況。丈夫雖然臉色蒼白，但已起床，略有好轉。看來，他晚上比較難受。白天時倒是都沒什麼大礙。

「要吃粥嗎？肚子餓不餓？」

經她詢問後，丈夫應道：

「煮稀一點，像水那樣。」

「如果是米湯，你應該能喝吧。」

「還有，幫我磨個蘋果泥吧。」

「我知道了。」

美子如此應道，回到店裡，開始在廚房煮粥，磨蘋果泥。走出廚房時，她看到一個裝點心的袋子，於是拿了出來，將它倒入小盤子裡，給乖乖待在這裡等候的小楓當犒賞。接著她心想，要是凡事都顧慮這麼多，肯定要不了多久就吃不消。今後還要陪伴她很長的時間，要是顧慮太多，精神上會太疲累。

「姑姑，媽媽什麼時候會來？」

小楓問。這是美子害怕的問題，她無法馬上回答，得再想個謊言來因應才行，但一時之間想不出比較合理的謊言。她邊做事邊思考，過了半晌才說道：

「我也不知道耶，我想她會打電話來。」

她抬起頭，正好與一臉認真注視著她的小楓四目交接。美子心生怯意，急忙移開視線。

接著她又低下頭，專注在清洗的工作上。這時，裝在門上的鈴鐺作響，一名男性常客探頭。

「早安。」

他語氣開朗地問候。

「一份陽光特餐。」

男子說完後，坐向靠窗的座位。接著從手邊的書報架上拿起一份報紙，攤開看了起來。

那開朗的聲音拯救了美子。這是這名男客的習慣，他看報時一概不說話。於是美子默默煮著咖啡，以烤麵包機烘烤厚片吐司，塗上奶油，附上和小楓的家家酒玩具組很相似的迷你容器，裡頭裝著柑橘醬，替客人端至桌上。

「謝謝妳。」

客人向她道謝，美子回以一笑，回到廚房。

「這孩子哪來的？」

客人問。

美子按照平時的習慣，笑著回應：

「是我收養的孩子，今後會一直和我們同住。」

她以輕鬆的心情回答，但是在話說出口的瞬間，她暗呼不妙。因為小楓納悶地抬起頭，與她四目交接。這件事她還沒告訴小楓。

小楓似乎已察覺此事不太對勁，背後藏著嚴重的事態，一件刻意瞞著不讓她發現的重大事態。美子知道這孩子已經察覺。

證據就是這天一直到上床睡覺為止，小楓都沒問過媽媽的事。

從那之後，小楓一直保持沉默。過了一個禮拜、一個月，她始終沒問到爸媽的事。

一直到昨天為止，都還跟她在一起的父母，突然失去了蹤影，但這孩子卻不問原因，這點實在有點異常。而美子也感覺得出，小楓原本開朗的個性，正慢慢變得陰沉、寡言。

在小楓來到這裡的那天，她察覺到不對勁。因為她明白不能問媽媽什麼時候會來。美子認為是自己造就小楓這樣的想法，是因為她的失言，或是她的神色。透過她與客人之間不經意的交談，小楓明白自己再也不可能重回位於錦天滿宮旁的家，並知道不能問媽媽的事。美子猜想，對一個八歲的孩子而言，想必很痛苦。

不該用那樣的做法，應該是兩人促膝而坐，定睛望著孩子雙眼，以更巧妙、更真誠的方法來傳達才對。偏偏我卻用想得到的最糟糕做法來處理，但我實在沒辦法。

她想像小楓是怎麼看待此事。不能問媽媽的事，這當中的原因她是怎麼想？會覺得是失蹤嗎？也就是說，她以為自己被媽媽拋棄了嗎？還是說，她知道媽媽已經死了？關於小楓一概不問的原因，美子想破了頭，還是想不出個所以然來。

會不會是這種處置方式超乎孩子的能力呢？正因為這樣，孩子內心深受重創。雖然內心受創，但因為她只是個孩子，所以只能仰賴大人才得以生存。因為明白這點，所以保持沉默，想默默聽從她的指示。經這麼一想，便很確定是這樣沒錯，感到坐立難安，覺得自己不配當母親。

美子痛罵自己是個沒出息的大人，但她還是依賴著小楓的沉默。後來小楓到附近的小學就讀，在接下來這五年，她小學畢業上國中前這段時間，美子一直都拖延沒說出她父母死亡的事。而小楓同樣也沒問過，就只有她來到家中的那天問過一次。

到了小楓國一那年暑假，美子這才說出她父母遭遇的那場悲劇，但小楓聽了之後一樣沒有反應。就只是點頭，不顯一絲悲傷和沮喪。至少看在美子眼中是這種感覺。她早知道了嗎？美子甚至有這樣的懷疑。她是從誰口中聽到，還是從報上看到？

小楓成了一名個性古怪的孩子。若問她是什麼樣的個性，一時間倒也難以說明。她其實不是那種難搞的個性，平時也會和人談笑，學校的老師也都誇她愛護動物，而且她很用功，在學校的成績也都名列前茅，是一位優等生，就算被推選為班級委員，她也不會推辭。但總覺得她的生活似乎與周遭沒任何關聯，她擁有自己的世界，一直都活在自己的世界裡。

小楓與丈夫勉之間，也沒有什麼會讓人擔心的問題存在。丈夫似乎也很喜歡小楓，從沒露出排斥的表情，兩人很快便打成一片。這當中有個契機，記得是小楓來到家中的隔天，警察前來找小楓，將聖誕老公公給的信歸還她。當時不知道是什麼原因，給了她花的種子。勉覺得有趣，將種子撒在玄關旁的花圃裡，並教小楓如何照料。從那之後，小楓一直很細心照顧，終於等到花開，她摘下鮮花，帶到猿時鐘來當裝飾。勉見到小楓這樣的舉動，似乎覺得這孩子很可愛。

也因為這個緣故，小楓也很喜歡勉。勉的個性溫和，平時完全不會發牢騷，而且以前他立志要當高中老師，還擁有教師執照，所以很喜歡教導孩子。隨著小楓年紀漸長，勉也愈來愈常指導她功課，可能是他善於指導，小楓對此並不排斥，相當用功。

夏天的昆蟲採集、植物採集，勉也都會率先帶她到戶外去。住家鄰近山邊，往寶池的方向走，充滿綠意，環境優美。拜勉之賜，小楓在小學、國中時，成績一直都很好，常保持在校排前十名內，而且常擔任一學期的副班長。之所以當副班長，是因為她是女生，成績方面還是小楓比較好。出席家長教師會時，小楓也都是美子的驕傲。

小楓也很明白自己能有好成績的原因，對勉充滿感謝。應該是小四那年吧，她一面幫忙準備咖啡廳裡的菜餚，一面說爸爸（勉）很有學問，而且不會喝醉酒打媽媽，所以她很喜歡爸爸。

雖然聽了高興，但美子心裡卻五味雜陳。換句話說，小楓知道弟弟肇酒醉會打老婆的事，同時美子也想起自己當初選擇嫁給勉的原因。弟弟肇從小就討厭念書，比較擅長運動，但成績總是慘不忍睹。而且他個性粗暴，老愛跟人打架，人見人厭，所以小學到國中，美子都瞞著不讓人知道同校的半井肇是她弟弟。這種偷偷摸摸的心情，長期在美子心中產生不良影響。

而勉則是會念書，成績又好的優等生，和他父親一樣都是京都大學畢業，與肇是完全不同的類型，而且滴酒不沾。美子就是喜歡他這點，就此與他成婚。換言之，美子抱持和小楓一樣的理由，而選擇了勉。

不過勉的腸胃不好，而且喜歡在半夜看書，不容易入眠，漸漸地，變得早上起不了床，因而抱怨朝九晚五的工作不適合他。勉會念書，又會考試，成績過人，這是他的天分，但除此之外，美子看不出他有什麼才能。看起來也不像是適合當醫生或律師的料。而且話說回來，他當初念的既不是醫學院，也不是法學院，所以現在當然無法改行。

雖然他個性溫和，但也有優柔寡斷的一面，他說的話有時前後不一。也就是說，他說的話常會更改。才正覺得他最近露出空洞的神情，接著某天他突然就說自己辭去了公司的工作。他的藉口是睡不好覺，身子吃不消。美子正納悶他打算怎麼做時，勉竟然說他要在家裡開補習班。美子大為驚訝，問他要設在家中的哪裡。勉說，他打算在庭院蓋一座組合屋。

小楓小六時，勉教她功課，似乎教出了興味來。拜女兒之賜，他的教師魂就此覺醒。由於猿時鐘近來收益提高，所以勉似乎有了一份依賴的心態，覺得就算暫時少了他這份收入也還是應付得來，但美子卻對家中經濟感到不安。

好在楓不是個麻煩的孩子。上了國中，得知父母都已過世後，她的個性也沒多大改變。對此，美子著實鬆了一口氣。因為之前她時常擔心到夜不能眠。也許小楓是個個性強烈的孩子，不過她個性並不固執。乍看之下，或許大家都認為她是個個性陰鬱的孩子，那是因為她不會自己主動跟人說話，但她其實是個本性率直、溫柔的女孩。她說日後想從事可以對社會有助益的工作，想當一名護理師。

但是丈夫勉卻莫名其妙展現了固執的一面。可能是他當了補習班老師，成了孩子王，就此性情改變，言行變得很強硬。他一聽小楓日後想當護理師，馬上叫她要念醫學院，日後當一名醫生。既然一樣是從事醫學工作，那就要當領導人。

小楓說：「我不想當醫生，我是女生，所以當護理師就行了。」這番話惹惱了勉，他對小楓說：「說這什麼話，妳不是班級委員嗎？而且妳是我的女兒，要是成績差，我絕不能接受。」顯得趾高氣昂。甚至還說：「既然妳說要當護理師的話，那就去念京都大學。如果是其他大學，我可不出學費哦。尤其是私立大學，絕對不行，因為我們家可沒那個閒錢。」

家中經濟變得拮据是事實，勉明白這是他所造成。由於他是京大畢業，所以開設的補習班也招收到一些學生，但頂多也就十多人，而且收費便宜。他這裡似乎出不了能考上京大或阪大的學生，因為這裡是鄉下地方，那些優秀的學生不會到勉的補習班來，像這種高材生都是搭電車到市內的補習班上課。

因此長期以來，補習班的收入只算得上是零花。如果想多賺點錢，就得到市內那些保證可以讓孩子上知名大學，而且確實能辦到的知名補習班裡當講師，或是到市內開補習班。不過勉很瞧不起這種激烈的競爭形態，而且金錢方面的風險也確實頗高。家中經濟愈來愈窮困，在這股責任意識下，原本個性溫和的勉，也開始變得嚴厲起來。就像俗話說的「人窮智鈍」。

那是小楓國一那年秋天的事，美子感覺他們夫妻間的關係也吹起了蕭瑟的寒風。丈夫是京大畢業的高材生，且個性溫和，雖然稱不上相貌出眾，但身材高大。日後想必能成為備受眾人敬重的大人物，是國家或地方的重要人才，而她也能引以為傲。這個想法雖然沒跟任何人提過，但當初結婚時，美子確實預見這樣的未來，對此充滿期待。

但她的計畫卻被迫遭到修正。這位京大畢業的菁英，如今只是個補習班講師，而且是那種隨處可見，甚至更不如的鄉下補習班。場地還是在自家庭院搭設的組合屋，毫無名氣，所以能招攬的學生數可想而知，也全都是一些成績低落的學生，因此收入遠遠不及勉一開始所假想的金額。

但仔細想想，勉的父親敬一郎也是如此。雖然當過公務員，得過京大的銀錶，但也不算出人頭地。

可能是心裡焦急，勉的個性也慢慢產生改變。原本的溫和模樣逐漸消失，變得很固執，為了一點小事就動怒，而且頻頻發牢騷，怨天尤人，也常會有挖苦人的言行，有時甚至還會有壞心眼。不應該是這樣才對，美子本以為勉會是個更有出息，更值得倚賴的伴侶。美子心想，勉自己可能也有自覺，但最失望的人莫過於我。

不光是夫妻關係，本以為勉和小楓之間的父女關係融洽，沒想到現在也變得很尷尬。對於強行將自己的價值觀加諸在她身上的父親，小楓對他的尊敬意識變得猶如風中殘燭般薄弱，美子看得很清楚，這又令美子更加感到焦急不安。

如今美子才明白，勉過去之所以性情穩定，是因為背後有京大畢業這份驕傲支撐著他。但現在的狀況，不是一名京大畢業生該有的處境，與勉原本描繪的未來景象相去甚遠，所以過去他都佯裝對自己京大畢業一事漫不在乎，現在卻對此展現得無比執著。他想主張唯有京大才是世上的最高學府，並深受這樣的想法局限，認為自己就是京大出身，所以很了不起，重回考生時代那種受人誇讚的身分。換句話說，現在的勉就只能以此為傲。

他強迫女兒小楓也要進京大，如果順利的話，他和補習班都想用小楓來宣傳，從中可看出他心裡打的如意算盤。如此低俗的計畫，連小楓也感覺到了，可能是這樣，她才開始對父親的幼稚感到失望吧。

就在這時候，發生了一件怪事。而這或許也和他們家中的氣氛有關。掛滿咖啡廳「猿時鐘」牆上的鐘擺掛鐘泰半都已故障不會動，所以無法顯示正確時間。沒上發條，鐘擺便靜止不動，純粹只能當裝飾。

但當中就只有赫姆勒公司生產的掛鐘，鐘擺還會動，一名常客發現此事，告訴美子。

「就只有這個掛鐘會動嗎？」

美子這才注意到此事。

「不。」

她笑著否認，但看過之後，它確實在動，所以美子想停住它的鐘擺，讓它和其他掛鐘一樣。但她馬上發現辦不到，因為可以看見鐘擺的那扇玻璃門，外面上著鎖。

附門鎖的鐘擺時鐘約有三個，而赫姆勒公司的這個大型掛鐘也是其中之一。三把鑰匙都放在主屋房間的金庫裡，偏偏現在只有附門鎖的這個時鐘鐘擺在擺動。於是美子馬上返回主屋，轉動密碼轉盤，打開金庫取出鑰匙，回到店裡打開前門，伸手停住鐘擺。

那天，這件事就此落幕。客人也很快就對這件事不感興趣，美子也沒細究箇中原因。她只覺得是不小心晃動到鐘擺或時鐘本身，也許是地震，或是有人碰觸時鐘，晃動到了它。但如果是這樣的話，其他時鐘的鐘擺為什麼不會動？這個層面她倒是沒有深思。

那是隔天下午的事。時鐘發出噹的一聲清響，她吃驚地望去，發現又是赫姆勒公司的時鐘。店內的兩名客人也驚訝地望向牆壁。吃驚的美子靠近細看，發現赫姆勒公司製的時鐘，鐘擺正在擺動，因此指針也跟著行進，所以時鐘作響。

美子又急忙趕回主屋，從金庫裡取出鑰匙。打開有雕刻的時鐘前門，伸手停住鐘擺。她覺得詭異，所以沒把門合上，朝鐘擺靜靜注視了半晌。她伸手握住後，鐘擺馬上停下，似乎不會再擺動了。她靜靜注視了好一會兒，但還是覺得它不會再有動作，於是她關上門，心想可能是有人惡作劇吧。這樣的話，還是得上鎖才行，於是她把門鎖上。

但隔天來到猿時鐘一看，那個掛鐘又開始動了。

鐘擺的前門附門鎖，美子已仔細鎖好。她抓住門把加以確認，的確無法打開。

那把鑰匙她已帶回家中，收在金庫裡，除了他們夫妻倆外，沒人可以打開金庫。轉盤號碼只有他們夫妻知道，他們都沒告訴小楓。而且不用說也知道，勉和美子都沒打開時鐘的前門擺動鐘擺，他們原本就沒理由這麼做。為了謹慎起見，她也向勉和小楓問過此事，他們都是一愣，說不知道。

過去從沒發生過這種事。鐘擺突然開始自己動了起來。而且就只有赫姆勒公司製的掛鐘。這到底是怎麼回事？美子感到納悶不解。和勉商量此事，他也同樣百思不解。

美子還和公公認識的那些見多識廣的常客們討論此事，但沒人知道答案。他們就只是笑著說：「這是真的嗎？」但是讓他們見識那實際擺動的鐘擺後，他們個個都說不出話來。

某天晚上，關上咖啡廳店門後，美子和家人一起在客廳喝茶，聊到那離奇的鐘擺。

結果小楓突然提到這麼一件事。

「半夜裡有隻小猴子跑進店裡，搖晃那個鐘擺。」

勉和美子都驚訝地望向小楓，只見她一臉認真，不像是在開玩笑。

「什麼？喂，小楓，妳是說真的嗎？」勉問。

小楓點頭後說道：

「是真的。」

「妳親眼看過嗎？」

「我看過，是一隻小猴子。牠跑進店裡，晃動那個時鐘的鐘擺。」

小楓一臉認真的神情，不像是在說謊。美子看得出來，她對此堅信不疑，所以才會說出口。

勉望向美子，夫妻倆面面相覷。勉張著嘴，為之愕然。他的眼神在問：「這孩子沒問題吧？」

猴子跑進店裡，不可能有這種事。關店之後，美子總會把門窗關好，玻璃窗是嵌死的，無法開關，根本沒有空隙可以讓猴子從外面進入。

小楓是做夢才說出這樣的話來嗎？但她不敢加以確認。因為小楓的表情無比認真，美子不想和女兒起爭執。

不過，就算小楓說謊，但只有赫姆勒公司做的時鐘鐘擺會擺動，這也是事實。

隔天到店裡一看，赫姆勒公司的時鐘鐘擺又動了起來。

於是勉走向前，用鐵絲將鐘擺牢牢固定。這麼一來，鐘擺再也無法動彈了。

除了赫姆勒公司的時鐘外，其他時鐘都沒半點動靜。這件事就這麼落幕了，不過，這個謎始終沒能解開。

3

「御手洗，這世上沒有聖誕老公公吧？」

我邊走邊欣賞四條通商店街的聖誕節裝飾，向一旁的御手洗如此問道。那是一九七五年冬天的事。

「這該怎麼說呢。」

御手洗沒看我，直接這樣回答。四條的人行道上滿是人潮的熱氣，但每次來到十字路口，從北邊吹來的寒風就會拂面而來。

「我實在不想輕易贊同你的說法。」

他看著一名聖誕老公公站在遠處的醬菜店門口向行人發傳單，繼續說道。

「他不該存在的理由何在？這根本就是個完全被看穿的世界啊，啊，抱歉！」

御手洗差點撞到兩名女子，急忙側身避開。是兩名臉和脖子都塗了香粉的藝妓。兩人皆姿態優雅地低頭行禮，錯身而過。

「完全被看穿？」

我不懂他的意思，出聲詢問。

「像這些把臉塗白的藝妓，是聽店裡老闆娘的吩咐，而刻意打扮。老闆娘要她們這樣打扮，是希望能有大批客人到自己店裡來，想要過個好年。

「而站在醬菜店前面的聖誕老公公，其實也不是真正關心京都的孩子們是否幸福。他只是收了隔壁糕餅店的錢，向路人發傳單而已，而糕餅店只希望店裡的蛋糕能趁聖誕節多賣一點。

「而那邊的兩名女子，對化妝品很感興趣，一直站在店門口不走。她們想讓自己變漂亮，好擄獲可以向人炫耀的男友，贏過身旁的好友，然後像這樣……」

一名大腹便便的女性在人行道上與他們擦身而過。

「想留下個好種。能抓住男人的時間很短，而適合生產的年齡更短。她們希望自己生下的孩子上學後，在成績的比賽中勝出，這樣就能得意地將其他眼紅的媽媽們都比下去。然後希望孩子上大學，有好工作，最後讓自己過著優渥的老年生活。」

「哦。」

我如此應道，嘆了口氣。御手洗常會說出這種奇怪的話來。像這種時候，我都搭不上話。

「御手洗，這是真的嗎？女人真的都這麼想嗎？」

「這個嘛……」

御手洗如此回應，莞爾一笑。接著我們從四條通的人行道左轉，走進麩屋町通。

「這你大可不必知道，你早晚會有深切的體認。」

「我沒辦法理解。」

走進巷弄後，〈聖誕鈴聲〉這首歌的樂音就此遠去。

「全世界都受到女性道德觀的感染，變成一座完全被人看穿的監獄。要是當中有一位憨傻的老爺爺，不是為了自己的欲望、勝負、名譽，而是為了那些孤獨的孩子們，自掏腰包為他們發禮物，那是多棒的事啊。沒錯，我相信，我相信他的存在，不能單純只是拿它當幻想來看。如果是這樣的話，誰要來解救在生存的戰役中，身心都受到汙染的女性同胞呢？」

我默默的走著。邊走邊思考。和御手洗在一起，有時就會有這種情形，不過，御手洗知道我此刻腦中所想的事嗎？

「御手洗，你知道我在想什麼嗎？」我問。

「咦？什麼意思？我哪知道啊。」

御手洗一臉驚訝地說道。但我覺得他這是在演戲。感覺他向來都這樣裝傻。

「為什麼這樣問？」

在他的詢問下，我想了一會兒，開始說明。說出我一直在等候時機，計畫要跟他說的事。

「我現在上的補習班，有個叫榊楓的女孩……」

我想和她聊聖誕老公公的事，但她不是御手洗說的那種女孩。

「她是考生對吧？」

「是的。和我一樣，都是沒考上京都大學，改以京都府立大學為目標，不過她家人說，如果考不上國立大學，就沒辦法讓她念。雖然她成績不錯，但是她說，如果她的實力只能上私立大學的話，她就不念大學了。」

「還有京都府立醫大對吧？」

「是的，是醫大。她也說這所不錯，有醫學院護理系。榊楓雖然想念文學院，但她也很憧憬當一名護理師。」

「聽起來像是父母的想法。」

「她沒有父母，她八歲時失去了父母。」

「八歲時失去了父母？」

「沒錯。」

「同時嗎？這麼說來，是遭遇事故嘍？」

「不知道，因為她沒特別說，好像是有什麼原因。後來她由親戚養大，沒有兄弟姊妹，孤零零一個人。她沉默寡言，和其他人不太一樣，有時會說出奇怪的話來，所以好像沒有女性朋友，如果是在學校，整天和同學待在一起的話，也許會在教室裡遭人霸凌。」

「她怎麼了嗎？」

「她說她相信聖誕老公公的存在。」

「嗯～」

御手洗不以為意地應道。

「不過，她可不是頭腦不清楚哦，因為她成績很好。在國文方面，聽說可排進全國前十幾名。她還寫故事呢，偶爾也會畫漫畫。」
「哦。可是，她不知道聖誕老公公這種風俗背後的詭計嗎？」
「她當然知道那是父母送的禮物。不過她堅稱，她這一生中曾經有一次收過真正的聖誕老公公給的禮物。對此堅信不疑。」
「嗯，那是小時候的事吧？」
「聽說是發生在八歲的時候。」
「是嗎，不過，為什麼她知道不是父母送的？」
「據她所說，當時她父母好像已經過世了，而且她之前從未收過聖誕老公公送的禮物。也曾瞞著父母，睡前偷偷將襪子放在枕邊，但隔天早上滿懷期待的望向襪子，裡頭卻什麼也沒有。」
「嗯。」
「她父親曾對她說，我們家是佛教徒，所以基督教的聖誕老公公不會來。她父親因為工廠經營得不順利，變得有點神經衰弱。」
御手洗頷首。
「確實是有這樣的事。那麼，她父母過世後呢？」
「她由親戚收養，現在仍和他們同住，不過，聖誕老公公也沒造訪過她的新家。」
「就此度過落寞的少女時代是吧。」
「沒錯。於是她心想，為什麼聖誕老公公都會到每個人家中？我的朋友當中，有人甚至是寺院住持的孩子，但也都收到禮物，為什麼就只有我沒有？」

「確實會這麼想。在人格形成期，有這樣的特殊性可不太妙啊。」

「御手洗，你怎麼看？像這樣的女孩，她的一生當中，聖誕老公公只去過她家一次。這件事……」

「你問我原因嗎？」

「是的。」

「應該是有人同情她，自願化身聖誕老公公，送她禮物吧。」

「沒錯，大家都會這麼想。我也這麼認為。而十九歲的她，應該也不只一次這麼想過。」

「嗯，應該也沒其他答案了。」

御手洗也這麼說。我心想，竟然連他這樣的人也這麼說，心中略感意外。

「不過這是不可能的事。」

「為什麼？」

「聖誕夜時，她家是完全密室。她家是兩層樓建築，而且當時她姓半井，睡在二樓的起居室裡，二樓窗戶的半月鎖全都上鎖，一樓的玻璃門則是採螺旋鎖。門窗全都關得緊密，家中的出入口有三處，但聽說也全都上鎖了。所以外人不可能進入家中，除了真正的聖誕老公公外。」

「聖誕老公公送的禮物，該不會是擺在門外吧？」

「不是，是擺在她枕邊的榻榻米上。」

「是手掌大小的禮物嗎？」

「也不是，是家家酒玩具組，裝在一個大紙箱裡。大約是雙手環抱的大小。」

「她睡在二樓？」

「沒錯。」

「和誰睡？」

「一個人。」

「一個人？那麼，誰睡一樓？一棟兩層樓建築的房子，該不會就只有一個八歲大的孩子自己睡吧？」

「好像就她一個人。」

「咦？」

御手洗瞪大眼睛。

「那麼，持有她家鑰匙的人，就是聖誕老公公。」

「只有她母親才有鑰匙。」

「咦？她母親當時不是已經過世了嗎？」

「是這樣沒錯……」

「喂喂喂，你講的話很奇怪呢，顛三倒四的。」

「接下來的問題，你直接問她本人好嗎？接下來我正好要去見她。可以的話，你也一起來吧。」

「去哪兒？」

「去現場。離這裡很近，如果你有興趣的話。她也說想向醫學院的人詢問護理系相關的問題。」

「這是為了查出誰是聖誕老公公嗎？」

「是的。不過，背後好像有一起重大的案件。」

「重大的案件？」

我穿過一整排都是醬菜店或食品店的錦市場商店街，帶著御手洗來到天滿宮那條短短的參道入口。

「嘩，這是怎麼回事！」

御手洗仰望參道入口處的石鳥居，驚訝地說道。每次帶人來這裡，大家一定都會這麼說。

「鳥居的左右兩邊都插進兩側的建築裡了！」

「沒錯。」我說。

「為什麼會變成這樣？」

「大家都說這是都市化的浪潮帶來的結果。」

「東京奧運帶來的高度經濟成長大浪，也湧向了這座千年古都是嗎？」

「沒錯。」

「從鳥居底下可以望見錦天滿宮。那裡祭祀的是菅原道真大人對吧。」

「是的。」

「這位學問之神不知道作何感想。這條小小的參道，也受到競賣土地的狂熱洗禮，沖昏頭的人們將這塊充滿古風的土地拿來買賣，想盡可能擴張占地，所以除了參道的石板地外，旁邊的土地都賣光了，買家將收購到的土地邊界往天空延伸，自然就會抵到鳥居的邊緣，是這樣沒錯吧？」

「一定是這樣沒錯。」

「不小心忘了那裡立著鳥居，但土地賣出的錢已進了某人的口袋，為時已晚。這是很適合做為伊索寓言的小故事。買家只好在占地內盡可能將建築物蓋滿，結果鳥居的邊緣就這樣進了室內，對吧？」

最喜歡開這種玩笑的御手洗，笑彎了腰。

「或許可拿來當衣帽架呢。對了，那位姓榊的女孩呢？」

「她八歲時就住在右側這棟房子裡。」

我指向鳥居右側的建築。

「就睡在二樓的房間嗎？」

「沒錯。」

「一樓是漢堡店吧。」

「是的。不過當時是賣章魚燒，榊小姐，也就是半井楓小姐，聽說她母親每天都做章魚燒。二樓現在還是和以前一樣，販售天滿宮的參拜紀念品，或是適合年輕人的衣服和飾品之類的東西。我和榊小姐約在這家漢堡店見面。」我說。

我們吃著起司漢堡等候時，榊楓穿著一件橄欖綠牛角扣大衣，低著頭走進店內。她一見到我，微微「啊」了一聲，抬起右手向我打招呼。接著一面低頭行禮，一面走近，戰戰兢兢地坐向我們前方的椅子。然後又向御手洗行了一禮。

「這位是京大醫學院的御手洗先生。」

我加以介紹。

「我常跟妳聊到的。」

「啊，是。」

小楓意識到御手洗的存在，如此回應，難為情地低著頭。

「聽說妳想考府立大或府立醫大是吧？」御手洗問。

「啊，是的。但我可能考不上。」

她低著頭說，似乎無意脫下大衣。

「關於醫學院護理系，妳不是有想問的問題嗎？」

我加以催促。她低著頭，很小聲地問道：

「啊，是的。護理系也會進行解剖或是動物實驗嗎？」

「不會。」

御手洗很乾脆地應道。

「啊，不會是嗎，太好了！」

「沒有動物實驗，但會上解剖課。」

「咦……」

她的臉蒙上一層暗影。

「有兔子的解剖，以及人體。」

「咦，是哪個部分呢？」

「全部。不過，都是已經解剖好的，會將分割好浸泡在福馬林裡的檢體送來，給大家看。也會碰觸。」

「咦～這我可能辦不到。」

她的頭更低了。

「妳想當護理師嗎？」

「啊，是的，我對此很憧憬……」

「聽說妳相信聖誕老公公的存在對吧。」

她聽了之後，先是沉默不語，接著才又開口。

「我知道這很奇怪，但我不想否認。」

「我也相信。」御手洗說。

「咦？」

「其實凡事都一樣，當人們堅信不疑時，真正的事物就會出現。」

小楓先是沉默了一會兒，接著她深深點頭。

「我遇見了真正的聖誕老公公。不，雖然我沒看到他的臉。」

「是妳八歲那時候對吧。」

「是的。」

「就在這個家對吧。」

我在一旁說道。小楓不發一語地點頭，看得出她心中的猶豫。到底是該說，還是該保持沉默。長期以來，她一直為此感到苦惱。

「榊小姐，不是有件長期令妳感到苦惱的事嗎？如果妳想讓自己心情舒暢，就該說給御手洗聽。」

「嗯。」

她應了一聲，然後又陷入沉默。

「沒關係。」

御手洗笑著說道。

「妳大可不必勉強自己說。」

「不，我想說。因為有太多不解的地方，畢竟當時我才八歲。不過，聖誕老公公的事我不想說，我想悄悄留在心裡。」

接著她又陷入沉默。

「不過，只要談到那件事，就會說到聖誕老公公。十一年前，我住在這兒，當時這裡和現在不同，那裡有一面隔間牆，對面是起居室。」
「這裡同時也是妳家對吧。現在沒人住，單純只是店面。」我說。
「嗯，我住這裡的時候，這裡空間更小，這邊靠近寺町商店街的這一側，有章魚燒的燒烤台，我媽每天都忙著烤章魚燒。而靠近鳥居的那面牆壁，有三面玻璃門，裡頭擺放桌子，可以坐著吃章魚燒。夏天還賣草莓冰、紅豆冰。」
「意思是說，聖誕老公公來的那天晚上，這裡是密室？」
「沒錯。一樓靠鳥居那一側的窗戶和門，全都是像螺絲一樣，靠轉動往內壓來鎖緊的門鎖……」
「螺旋鎖。」
「是的。那面牆以及寢室牆壁都有窗戶，不過一樓全都是螺旋鎖。」
「是舊式的鎖吧。不過確定全都牢牢鎖上嗎？」
「是的。」
「門呢？」
「那邊的右側牆壁，有通往後面巷弄的門，還有這個樓梯處的門。只要走進一樓的這扇門，爬上樓梯，就能通往二樓的店面，不過這扇門也關著，兩邊都各設有兩個鎖，四個鎖全都牢牢鎖著。」
「嗯，一樓的門就這些了嗎？」

「是的，再來是玻璃門，全都關緊了。」

「再來是二樓對吧。」

「是的。」

「我們上去看看吧，可以嗎？」

小楓點頭，我們三人就此進門，朝樓梯走去。

走上樓梯，打開二樓入口處的門後，裡頭的確擺滿了許多女學生走向的商品。運動服、大衣、牛仔褲、裙子、圍巾、手套、布偶、化妝品、各種飾品，還有附近錦天滿宮的參拜紀念品。例如手帕、手巾、護身符、記事本、相片集、木製的湯匙、筷子、碗等等。

御手洗馬上朝牆邊突出的鳥居走去。

「哎呀，這個有意思，竟然沒拿來當衣帽架，旁邊還有扇玻璃窗。這個呢？」

「是，這扇窗和當時一樣。」

「這樣啊，看起來很老舊，都生銹了呢。」

「是的，我小時候它就已經很老舊了，窗鎖很硬。」

「二樓的窗框是金屬，用的是半月鎖對吧。二樓的窗戶都是這樣嗎？」

御手洗環視店內，如此詢問。寺町商店街那一側的牆壁也有窗戶。兩個地方都用同樣形式的金屬框窗戶，上頭附有半月鎖。

「是的，二樓的窗戶全都是這種形式的鎖，老舊又不易轉動，所以店裡的人都會朝它滴油。」

「嗯，就這兩個地方有窗戶？」

「是的，滴了油之後就比較好開了。」

御手洗朝窗邊蹲下，臉湊向窗框和半月鎖周圍，仔細觀察。

「看不出有縫隙，似乎連一根絲線都穿不進來。這是絕對無法從外面打開的鎖。也無法從外面鎖上。這裡和寺町商店街那一側的窗戶，在聖誕節早上都是上鎖的嗎？」

「是的，所以沒人進得來。這種情形就叫密室嗎？」

當時有位中年女性店員從裡頭回到店內，小楓認識她，朝她行禮問候。

「不過，誰確認過窗戶都上了鎖？妳當時還只是個孩子，真的確定是這樣嗎？也許是後來慢慢變成這樣的說法……」

「啊，這絕不可能，這件事是可以確定的。」

小楓斬釘截鐵地說道。

「為什麼？」

「因為警察確認過這件事。」

「警察？」

御手洗嚇了一跳。

「為什麼警察會來？如果只是因為聖誕老公公來到一處門窗緊閉的密室裡，警察應該不會來吧？」

御手洗說完後，小楓突然低下頭，沉默不語。

4

我們走下樓，坐向空著的位子，我買了咖啡給小楓、御手洗，還有我自己，再度談起那件事。

「妳在枕邊發現聖誕老公公送的禮物，是妳八歲那年十二月二十五日早上的事對吧？」

御手洗如此詢問。小楓默默點頭。

「我枕邊有個禮物，我簡直不敢相信，開心極了，我好想跟大家說。包裝紙上還貼著一封聖誕老公公寫的信……」

「怎樣的信？」

「上面寫著『抱歉，之前一直沒能送禮物給妳』。我心想，終於也來到我家了，很開心地抱起禮物，一躍而起，然後我在二樓的店內看到美子媽媽，就是我現在的媽媽，她坐在椅子上，無精打采地面向通道。但我當時什麼也不知道，自己一個人開心地大呼小叫著：『聖誕老公公給我這個，給了我這個。』」

「因為是第一次收到禮物，當然高興了。」

「嗯，沒錯。當時我高興得什麼事也不去想。接著美子媽媽跟我說，小楓，妳現在和我一起到我家去。我問她為什麼，她說，妳媽媽到某個地方去了。」

「嗯？前一天晚上妳在睡覺時，妳母親還在吧？」

「在，這是當然，她睡在一樓。於是我問，她什麼時候回來？美子媽媽回說她不知道。」

「嗯。」

御手洗露出嚴肅的表情。

「接著我問爸爸去哪兒，美子媽媽回說，他也不在，去某個地方了，不知道什麼時候會回來。」

「妳猜他們是一起到某個地方去了，是嗎？」

「不。」

小楓馬上搖頭否認。

「因為……那陣子我爸媽經常吵架。我爸常打我媽，而且還喝醉酒。而我媽則是常問我，小楓，和媽媽一起住好嗎？如果沒有爸爸，妳可以接受嗎？所以我心想，應該是那樣的結果吧。」

「嗯，也就是說，妳母親想離婚嘍？」

「是的，她是這麼想。」

「不過，妳當時是和母親同住吧？」

「不，是我爸都不回家。」

「咦，可是妳父親有地方睡覺嗎？」

「工廠有間休息室，他好像都在那裡過夜。在附近喝完酒後，就回工廠睡覺。」

「工廠在附近嗎？」

「是的，從這裡走一分鐘就可以走到。」

「這樣啊。」

「我媽要他歸還家裡的鑰匙，所以我爸無法進家門。我媽好像對我爸說過：『我很快就會離開這個家，你再等一陣子。』然後我就穿上衣服，和美子媽媽一起下樓，結果看到屋內有好多男人，有的用捲尺量地板，有的朝窗戶拍粉。」

「穿著制服嗎？」

「是的，當中也有穿制服的警察。現場氣氛無比嚴肅，當時年幼的我心想，好像發生了什麼事，是媽媽失蹤了嗎？但她會丟下我自己一人走嗎？應該不是，她很快就會回來的。

「但美子媽媽用力拉著我的手，以身體擋住，不讓我看到一樓的景象，不管我問什麼，她也什麼都不說，但我當時因為收到禮物，很開心，所以什麼也沒想。等來到戶外後，美子媽媽遇見一名認識的人，就此站著聊了起來，於是趁這個機會，我跟美子媽媽說，我想讓隔壁的國丸看一下我的禮物，就此跑進那棟公寓，走上樓梯。」

小楓伸手指向從窗口可以望見的那棟建築，鳥居的另一頭直接插進建築裡。

「國丸是？」

「一位和我很熟的叔叔，常照顧我。他是我爸爸工廠裡的工人。我讓他看聖誕老公公送的禮物後，他也很替我高興，直說『真是太好了』。後來我走下樓梯時，美子媽媽已來到樓下迎接我，我們馬上前往大路，攔了一輛計程車，就此前往美子媽媽位於寶池的家。本以為只是去那裡住一陣子，但沒想到後來一直在那個家生活，再也沒回到這裡。連姓氏也改成榊，就連小學也轉到附近的寶池小學。

「我媽完全沒來看我，我心裡納悶，不知道是怎麼回事。也一直都沒和我爸見面，等到我從美子媽媽口中得知真相，時間已經過了五年多……」

「真相到底是什麼？」

御手洗毫不顧慮地問道。

「在那個聖誕夜，我媽死在這個屋裡的寢室。」

「妳說什麼？」

御手洗也發出一聲驚呼。

「是的，當真是天堂與地獄。那年的聖誕節，我同時經歷了天堂和地獄。」

「死因是什麼？」

「我是在上了國中之後才得知。聽說是遭勒斃，我媽被人勒住脖子殺害。」

我們倒抽一口氣，無言以對。

「是誰做的……？」

「不可能有人進得來啊！」

小楓抬起臉，用力地說道。

「不可能進得了家中。所有門窗、玻璃門，全都上了鎖。螺旋鎖緊緊鎖著，二樓的窗戶也都鎖著半月鎖，而一樓靠巷弄以及靠寺町商店街的門，也全都鎖好。門上各設有兩把鎖，全都鎖著。所以門共有四把鎖，沒人有鑰匙。全部鑰匙都由我媽保管。」

「妳父親的鑰匙也被妳母親拿走了嗎？」

「是的，我爸只有工廠的鑰匙。」

「嗯，那麼，妳父親也不可能進入家中嘍？」

「是的。」

「妳父親從那之後就下落不明嗎？」

「不，那天早上，我爸衝撞電車自殺。京阪線的首班車。在那之前他打電話給美子媽媽，她是我爸的姊姊，我爸請她在我醒來看到媽媽之前，先把我帶離家中。因為不想讓我看到媽媽的屍體。」

「嗯？為什麼妳父親知道這件事？總之，妳在八歲那年的聖誕節，同時失去父母是嗎？」

「是的。」

「這對八歲的孩童來說，是很沉重的負擔呢。」

「不光他們兩人，我還失去一位對我來說很重要的人。」

「誰？」

「住公寓的國丸先生。他是我爸的員工，很疼愛我。」

「等等，這件事我想等會兒再問。雖然妳父親拜託他姊姊美子女士帶妳走，但美子女士卻一直在二樓的店內通道上等妳起床？」

「是的，因為警察很早便已趕來，將我媽的遺體搬走，安放在太平間，所以不必急著將我帶走。」

「這樣啊，那我明白了。不過，為什麼警方那麼快就展開行動？」

「我想，應該是我爸將遺書夾在錢包裡，裡頭有名片，上頭寫有半井鑄造工廠的地址，而且也寫了這個住家的地址，所以警方才會那麼快就趕來。」

「那我漸漸懂了。不過，有件事令人納悶。妳父親進不了這個家，他沒有鑰匙。不光妳父親，任何人都進不來。這樣的話，誰有辦法殺害妳母親呢？」

「沒錯，聽說沒從我爸的屍體上找到家裡的鑰匙，所以……」

小楓低語道。

「沒人有辦法行兇。不過，只有一個人有辦法。」

「誰？」我問。

「聖誕老公公。」御手洗說。

「他進入這個家中，並將禮物放在她枕邊。這樣的話，只有他能走到樓下小楓她母親的寢室裡，將她勒斃。」

「這不可能。一位送禮物給我，這麼溫柔的人，怎麼會殺害我媽呢？」小楓以強硬的口吻說。

「嗯，我當然也這麼想。」

御手洗馬上如此說道，接著他沉默了片刻。他思考後說道：

「螺旋鎖牢牢鎖上的門，無法從外頭打開。二樓窗戶的半月鎖也一樣。緊鎖的半月鎖，絕對無法從外頭轉動打開。就算用針、線、鐵絲，都沒辦法。我剛才仔細觀察過了。二樓窗戶的半月鎖附近，沒有可從外面進入室內的縫隙，就算再細的細線也一樣。不過小楓，警察是如何進入這個屋子的？」

「聽說是打破那扇玻璃門靠螺旋鎖附近的玻璃，手伸進去轉開螺旋鎖。」

「這樣啊，說得也是。然後就在一樓寢室發現妳母親的遺體。不過，當時妳還在二樓睡覺，警方沒叫醒妳。這是因為美子女士趕來，阻止警方這麼做嗎？」

「是的。」

「嗯。」

「聽說美子媽媽當時悄悄打開我睡覺的房門，確認我還在睡。」

「為了謹慎起見，請容我問一句，當時聖誕老公公送的禮物就在妳枕邊嗎？」

「美子媽媽說那時候就在了。」

「妳父親衝撞京阪線首班車自殺。身上帶著遺書？」

「是的。」

「遺書上寫了些什麼吧？」

「只潦草地寫了短短幾行字，上頭寫的是：我和妻子都是被國丸信二所殺。我恨他……」

「國丸信二。就是妳剛才說的那個人對吧？就住在對面公寓裡。」

「是的。接著警方在家中採集指紋，與國丸先生的指紋做比對。結果吻合。」

「原來如此。」

御手洗盤起雙臂。

「所以是他殺的嘍？」

「是的。」

「不過，他要如何進入屋內？」

「國丸先生沒有我家的鑰匙。」

「明明進入屋內殺人，卻還四處留下指紋嗎？」

「是的，確實很奇怪。」

「他有動機嗎？」

「完全沒有。」

「但他被逮捕了？」

「遭到拘留，現在仍在纏訟中。」

「咦？還在纏訟中？」

我驚訝地問道。

「那已是十一年前的事了。」

「嗯，當時還是小女孩的我，現在都長這麼大了，但那個案子還在二審。」

「對方可有招供？」御手洗問。

「不，沒有。不過……」

「不過怎樣？」

「國丸先生好像喜歡我媽。」

「喜歡妳母親？」

「是的，我媽好像也喜歡國丸先生。以前她曾經對我說，她想和國丸先生一起生活。我爸酒品不好，常打我媽，所以我媽好像已經厭倦他了。我想就是這樣，我爸才會怨恨國丸先生。」

「就是因為這樣？」

「所以聽說警方很討厭國丸先生。」

「咦？這應該沒關係吧？問題在於他到底有沒有殺人吧。」我說。

「嗯，不過聽說以前有通姦罪，和人妻發生關係的人會遭逮捕，或許就是以這個名義吧。警方和檢察官也會受個人情感所影響，而且國丸先生人長得帥。」

「這什麼啊，嫉妒嗎？」

「通姦罪是戰前的事了。不過他沒招供、沒動機，也沒有進入屋內的方法，卻還是被逮捕起訴？」御手洗說。

「是的。」

「有殺人動機的，是妳父親吧？」

「是的。」

「但妳父親一樣也沒辦法進入屋內。」

「沒錯。」

「警方也得打破玻璃才能進入。在警方打破玻璃前，玻璃都沒被打破吧？」

「完全沒有。」

「嗯，但是聖誕老公公卻進入屋內，怎麼辦到的？真是一樁不可思議的案件。」

御手洗說。

5

「御手洗先生，警方和檢察官應該都大致想過兇手進入屋內的方法吧？畢竟都起訴了。」

「或許吧。」

「然後就想到了嗎？他們想到的是什麼方法？因為那可是半月鎖和螺旋鎖呢，不是可以輕鬆打開的鎖。」

「也想不出什麼名堂。像這種時候，他們往往只會想到一點。」

「哪一點？」

「或許窗戶是開著的。」

「窗戶是開著的？」

「也就是說，家中有人打開半月鎖或螺旋鎖，忘了關。」

「這絕不可能！」

小楓馬上加以反駁。

「首先是二樓的窗戶，關窗的人不是我媽，而是到店裡工作的阿姨，她回家時一定都會上鎖。因為那好歹是店面，雖然不是什麼值錢的東西，但卻有不少商品，而且收銀台裡也有現金。而事後我媽在就寢前，一定會再檢查一遍。」

「嗯。」

御手洗點頭。

「我爸在死前一直為錢發愁。而且當時我爸聽到媽媽說要和他離婚，整天喝酒，個性變得很粗暴，我媽是真的很怕他，所以總是很留意關緊門窗。所以尤其是那陣子，我媽不可能忘記關緊門窗。」

「原來如此。」我說。

「檢察官應該是不會明白這些事才對。」

但御手洗卻笑著說道。

「雖然他們認為替弱者發聲是他們的工作，但他們卻總是只會說一句話——人是健忘的動物。」

「哦。」

「為什麼他們會這麼想呢？因為如果人不是健忘的動物，他們所編出的劇本就說不通了。」

「可是當事人會認同嗎？」

「只要加以威脅就行了。別讓嫌犯睡覺，通常都會認罪。」

「聖誕老公公也這麼想嗎？」

我突然想到，如此詢問。

「聖誕老公公？」小楓問。

「假設聖誕老公公是某個人好了。他是否也會在心裡想，小楓所在的半井家，今晚應該是忘了關門才對。」

「這什麼意思？」

「因為聖誕老公公如果是一般人的話，應該會在某家玩具店買好禮物，事先做好準備吧？如果他知道絕對進不了屋子裡，就不會那麼做了，因為這樣禮物就白買了。如果他準備了禮物，那不就表示他知道有可能進入屋內嗎？」

「你說的對，沒錯。」

御手洗同意我的說法。我點了點頭，接著說道。

「這樣的話，二十四日的聖誕夜，知道自己能夠進入半井家的人，這世上就只有兩個。分別是小楓妳，以及妳已故的母親。」

「這麼說來，她母親就是聖誕老公公？」

「這不可能。」

小楓很肯定地說道。

「我媽不可能是聖誕老公公。」

「為什麼？」

「我從沒跟我媽說過聖誕老公公的事，而且我對她說過謊。我說自己一直都沒收到禮物，我已經對聖誕老公公不感興趣了。我媽也相信了我說的話，她和我爸都認為，聖誕老公公根本就不存在於這個世上。」

「可是……」我說。

「而且我收到的禮物，是我真正想要的東西，長期以來一直都想要。所以我很高興。我沒跟我媽說過家家酒玩具組的事。因為我們之間的氣氛，讓我說不出口。如果是我媽準備的禮物，應該會是不同的其他東西才對，這點我知道。」

小楓如此說完後，御手洗應了一聲「原來如此」。

「如果是這樣的話，聖誕老公公就不存在了。剩下的都是無法進入屋內的人。」

「沒錯。」

小楓說。

「絕對進不來的人。後來我也一直在思考這個問題，想了好幾年，這才做出這個結論。以同樣的道理展開推理，沒人可以進入屋內，所以我才相信，那是真正的聖誕老公公。」

現場沉默了半晌，接著我馬上點頭回應。

「說得也是。」

我被小楓的這番話說服了。再怎麼看，也沒人進得了她們家。唯一能進家門的母親偏偏又不是。這樣的話，就只有真正的聖誕老公公才辦得到。

這時，我心頭又湧現另一個疑問。如果真的是聖誕老公公的話，那麼，勒斃小楓母親的兇手又是誰？這樣不就也是聖誕老公公幹的嗎？

這起殺人案再怎麼看都是普通人所為。近乎神明的聖人，不可能殺人。這樣的話，那天晚上的聖誕老公公應該也是普通人才對。我心中湧現這股疑問。

問題一直在原地打轉。聖人與殺人犯緊緊牽連在一起，就此形成這個謎。天使與惡魔緊緊相連，所以搞得我腦中一團混亂。我理不出頭緒，最後思考就此停頓。

「還有另一種說法。」

御手洗說。

「檢察官可能就是採用這個說法。」

「是什麼？」

「妳母親讓國丸先生進入家中。」

「哦。」

我如此應道。的確有這個可能。

離開漢堡店後，我們三人一同前往錦天滿宮參拜，接著在鎮上閒逛。小楓邊走邊跟我們解說，她說這一帶已完全算是市街，她小時候遊玩的小巷弄和空地全都不見了。仍保留當時原樣的，就只剩天滿宮內的院落。當時的店家也全都不在了，以前喜歡的點心店、什錦燒店，還有酒店，現在都不知跑哪兒去了。說到這裡，她笑著補上一句：「不過我們自己的章魚燒店也一樣不在了。」

來到一棟大樓前，小楓就此停步。一樓是洋貨店，地下室是義大利餐廳。二樓可以望見英語會話教室的文字。

「這裡曾是我爸爸的工廠。」

小楓說。

「不過現在已經完全沒留下半點痕跡。我爸爸的工廠算是半地下室，在這一帶原本有通風扇，用來將地下的熱氣排往路面，因為夏天非常悶熱。」

「確實離妳家很近。」

御手洗轉頭望向來時路，如此說道。

「走路只要一分鐘左右。妳父母過世後，住家和工廠馬上全都轉手對吧。」

「是不是轉手我不太清楚，因為當時我還只是個孩子，不過住家是租來的，工廠也是租來的，所以……」

御手洗頷首。

「這樣啊，說得也是。這一帶還有哪些店家，是從妳住在這裡的時候一直經營到現在嗎？」

「那家定食店。」

小楓馬上應道，指著一間老舊的黑房子。外頭掛著一塊老舊的暖簾，上頭印有大吉兩個字。看起來確實像是經營十多年的店家。

「其他還有嗎？」

「沒有了。」

「有比較親近的左鄰右舍嗎？」

「有國丸先生，以及其他認識的阿姨們。不過他們都不在了。」

「這樣啊。」

「我得回家了，否則美子媽媽會叨念的。」

「是嗎，那沒關係。我們就此道別吧。」

御手洗如此說道，小楓向我們低頭行了一禮後，朝河原町車站的方向跑去。

「小智，你也差不多肚子餓了吧？雖然早了點，要不要去那家定食店吃晚餐啊？」

御手洗說。

我們掀開印有大吉的暖簾，走進店內，店內並非像我所熟悉的那種學生街定食店，而是狹長型的店內格局。有長長的吧台，背後是高起的榻榻米地面，設有矮桌，地上擺放坐墊，並有一排隔間用的屏風。

似乎可容納不少人，但可能是時間尚早，店內空無一人。牆壁、窗框、室內的裝飾，全都老舊泛黑，店面看起來就像一家古董店，但我在心中想像，它或許原本是一家以可口的料理自豪，還會以美酒款待的精緻料理店。

歡迎光臨——吧台裡傳來一名男子的迎接聲，仔細一看，是位看起來年過八旬的老翁，感覺像是因為他和這家店都上了年紀，所以才改為經營廉價的定食店。掛在吧台後方牆上的鯛魚裝飾，以及擺在層架上的大尊達摩，也全都泛黑。

「今天有好吃的赤鮭哦。」

老翁道。御手洗坐向吧台，望著掛在店內的一面小黑板。上頭寫著今天的推薦料理，以及單品料理等等。

「那麼，我就選它當定食吧。」

御手洗如此說道。我懶得思考，也跟他點一樣。

「那麼，我也一樣。」

好的——老翁如此應道，著手準備。雖然上了年紀，但聽力似乎還不錯，沒再反問。

「我再加一瓶啤酒吧。」

御手洗說。接著轉頭望向一旁的我，向我確認道：

「你還未成年吧。」

感覺像是藉口。他接過老闆遞出的酒瓶，往杯裡倒酒，津津有味地喝著酒。

「小楓的那起事件，還真是不可思議呢。」

我朝一旁的御手洗說出心中所想。

「聖誕老公公和殺人犯進入完全的密室中，是這樣沒錯吧？一個理應無法進入的家。」

「是啊，進入了一個半月鎖和螺旋鎖都牢牢緊鎖的密室中。天使和惡魔同時入侵。天國和地獄同時來訪。從那個聖誕日開始，那女孩的人生完全變樣。」

「要是只有天使就好了……」

御手洗聽了，嘴角泛起笑意。

「你說的沒錯。不過，這正是提示。」

「提示？」

「嗯，很重要的提示。」

「怎麼說？」

「因為有辦法可以進入。有兩個想進屋的人。他們從中發現了方法，所以兩個人都進屋了。」

「咦！」

「喜劇潛藏在各個地方，尤其是在最大的悲劇身旁。」

「喜劇？」

「天使與惡魔擠在一塊兒。」

「你說有方法……」

我不由自主地低語道。

「沒錯，兩者擠在一起的情況，告訴了我，實際上存在著這樣的方法。」

我微微側頭。因為我不懂御手洗這番話的含意。

「御手洗，你知道兇手闖進那嚴密上鎖的屋內，用的是什麼方法嗎？」

經我詢問後，御手洗搖了搖頭，說道：

「不知道。」

「一般人應該是辦不到才對吧。」

「鑰匙只有小楓的母親持有，就連她父親以及鄰居也都沒能持有，如果這句證詞沒錯的話，確實有點困難。」

「這麼說來，她說那是真正的聖誕老公公，你也贊同她這個主張嘍？」

「那家鳥居插進屋內的章魚燒店，老闆娘半井太太的女兒小楓，曾來過這裡嗎？」

御手洗沒回答我的問題，而是向吧台裡的老先生詢問。

「有啊。」

老翁望著手中的東西，頭也沒抬，馬上便回答道。感覺似乎一直在聽我們交談。御手洗應該也是這麼想，才會這樣詢問。

「我還記得她幼稚園時，和她遭殺害的母親到我店裡來過好幾次。」

「她父親呢？」

「她父親也來過。常自己一個人到這裡喝酒，一喝就是喝很久。也會點一些小菜來吃。工作結束後就來，因為他很愛喝酒。」

「半井鑄造工廠經營得不太順利對吧。剛才我們和小楓在一起，情況都已經聽她說過了。」

「因為一直積欠債務。」老翁說。

「聽說是自殺對吧？衝撞京阪線首班車。」

「沒錯。」

「在小楓八歲那年的聖誕夜，半井太太，也就是小楓的母親，遭人殺害。在鳥居插進屋內的那個家中，形成一個密室。是這樣沒錯吧？」

「是啊。」

「對左鄰右舍來說，那應該是一起很不可思議的案件吧？」

「這是當然。」

說到這裡，老翁抬起頭來。

「命案發生至今，已經十一年了。密室之謎還是沒解開嗎？」

「因為沒人明白。」

「鎮上都沒人可以說明是誰潛入屋內、怎樣行兇嗎？」

「怎麼會有！這至今仍是個謎，一個深奧的謎。」

接著現場籠罩著沉默。老翁接著道：

「京都不是個老舊市街嗎？東京是填海造地而來，但這裡卻是千年古都，所以有不少可怕的地方。讓人懷疑這裡是怨靈橫行的市街。像我們這種從東邊流落到這裡的人，是不會懂的，這裡實在是深不可測啊。」

「嫌犯被逮捕了對吧。」

「嗯，是有一名嫌犯。」

「關於國丸信二，你對他有什麼了解？」

「那名年輕人當時也常到我店裡，所以我知道他。有時他還會帶小楓來呢。」

「他都快三十五歲了吧。看起來像是問題人物嗎？」

「我不這麼認為……」

「他好像是小楓最親近、最信賴的人呢。」

「是啊，他常陪小楓玩，還會照顧她。」

「不過，他是兇手嗎？陪孩子玩樂，卻又殺害孩子的母親。」

「不，我不清楚。既然警察那樣說，應該就是那樣吧。因為不管怎樣的人，有時都還是會失去理智。」

「聽說國丸先生和小楓的母親走得很近。」

「關於這件事，有人在背後說他們兩人有一腿。但我不相信。」

「小楓也說過，她父親酒品不好，還會打她母親，對吧。」

「哦，是有這麼回事。雖然我沒見過，但當時常聊到這件事。」

「常提嗎？」

「嗯，在那時候算是常提。好了，請慢用。」

隔著吧台，遞來一盤赤鮭。御手洗和我各一份。我們都伸出雙手接過，擺在自己面前。接著送來大碗的白飯和湯。

我們默默吃著飯。我們沉默後，老翁也跟著不說話。他一定是平時就常提醒自己，別說鄰居的壞話。

「那麼，就算那個鳥居之家發生了殺人事件，你也不覺得驚訝嗎？因為半井鑄造工廠經營不順，而且當時又是個時局暗淡的時代。」

御手洗邊吃邊問。

「不，沒這回事。我很驚訝。」

老翁馬上應道。

「那件事在這一帶鬧得沸沸揚揚。雖說鎮上也是有不少風波，但殺人事件可是完全不同層次的事啊。」

御手洗邊咀嚼邊點頭。

「半井太太遭殺害那件事發生時，正好是東京奧運那時候吧。」

「沒錯，應該就是那一年，一九六四年。那時候我還年輕力壯呢。」

「從戰後的紛亂邁入東京奧運的那個時代，鎮上發生不少風波是嗎？」

「不，倒也不是這麼說。」

不知為何，老翁馬上搖頭否認。

「事件是發生在一九六四年，那年不知道為什麼，鎮上風波特別多。讓人心裡覺得不太舒服。」

「只有那一年嗎？怎樣的風波？」

「像夫妻吵架特別多。幾乎每戶人家都傳出夫妻吵架的傳聞，不禁都讓人懷疑這當中到底是怎麼了。我當時就常想，到底是發生了什麼事呢？」

「有比較嚴重的案例嗎？」

「嚴重的案例當然有。例如將妻子推落樓梯，害她骨折。也有些夫妻到我店裡大打出手。」

「哪家的夫妻？」

「那是鳥居插進屋內的公寓，不是半井家，而是另一側的松坂莊。一對住在公寓二樓，姓有馬的夫婦，因為生不出孩子而吵架。」

「哦。」

「兩夫妻常晚上睡不著覺。半夜裡時常醒來。每天都喊頭痛。相關的瑣事我忘了，總之，他們常這樣說，為此吵架。」

「嗯。」

「某天有馬太太說，她早上起床後發現，父母擺在佛龕裡的牌位竟然轉過身去。她對先生說，都是因為你太沒用，整天只會抱怨，連房子也買不起，甚至還動手打我，所以就連爸媽的在天之靈也懶得理我們了。我還跑去問靈媒，他也說你們的祖先確實對你們夫妻很生氣。

「結果先生聽了之後大發雷霆。他說，妳竟然跑去找那種騙人的靈媒，兩人就這樣在我店裡扭打起來。連我都介入勸架，真是傷透腦筋。不過，好在是發生在沒什麼客人的時候。」

「牌位背對著她？」

御手洗如此詢問。

「沒錯，她是這麼說的，所以才變得神經衰弱。」

御手洗皺起眉頭，表情凝重。

「每晚都這樣嗎？」

「不，好像也不是每晚，不過有些晚上就是會這樣。像這樣的晚上，就像是被什麼不好的東西給附身似的，輾轉難眠，每隔幾小時就醒來，做噩夢，看到不好的東西，老覺得頭痛，變得身體狀況不佳。」

「這就奇怪了。還有其他像這類的問題嗎？」

「嗯，多著呢。像頭痛、胃不舒服想吐、耳鳴、失眠等。聽說還有人看到鬼魂呢，京都果然是個可怕的城市……」

「我問的不是這個，我是指一早發現牌位背對著人這件事。」

「這個嘛。家裡設佛龕的人家並不多呢……啊！有了。聽說有一戶人家也是這樣。一早醒來，發現祖先的牌位背對著人。他們也嚷嚷著說祖先已經懶得理他們了，說自己被祖先嫌棄。」

御手洗聞言，默默地盤起雙臂。

「那對夫婦後來就沒事了，不過在這裡大打出手的那對夫婦，後來就搬家了。」

「搬家！」我驚訝地應道。

「因為情況好像特別嚴重，那位先生阿努還上精神科就診呢。」

「上精神科？」

「嗯，固定到醫院治療。聽說他在這一帶的馬路上看到亡靈。」

「咦……」

我就此全身凍結，因為我最怕怪談了。

「他說他親眼目睹一群渾身是血的盔甲武士，還有身上連肉都不剩的骷髏在路上遊蕩。」

我完全說不出話來。

「聽說是在公寓的走廊看到了什麼，然後他們就搬家了，不過是在事件發生後才搬家的。他們如果現在還是夫妻就好了……」

現場再度籠罩沉默，過了很長一段時間，老翁才又再接話。

「說到搬家的夫妻，我記得好像還有一對……所以我總覺得，半井太太遭殺害那件事，可能是這些風波所導致的結果。」

「導致的結果？」

「沒錯，惡靈的風波導致的結果，最後終於演變成殺人事件。天滿宮所在的這整個小鎮，全都不對勁，不光是有馬先生，這裡的住戶全都像是被惡靈附身了一樣，個個面容憔悴，臉色蒼白。最後終於發展成那樣的殺人事件，我到現在仍對此堅信不疑。該發生的事，終究還是會發生。京都就是這樣的城市，一個可怕的城市。」

「有什麼原因會造成這整個市鎮遭人怨恨嗎？」我問。

「這我也不清楚，不過，不遠處不就是明智光秀的本能寺嗎？這裡是千年古都，所以許多怨靈棲宿在各地，它們有時會作惡。」

「對整個市鎮嗎？」

「沒錯，對整個市鎮。你們不是也看過那個鳥居嗎？那會遭天譴的，人絕不能做那種事。所以才會引發各種壞事，最後甚至爆發那樣的重大命案。」

「嗯。」

我已大致有所了解，重重地點頭。聽完他說的話，我覺得這種事也不無可能。

「因為這可是有證據的。」

老翁似乎興致全來了，趨身向前說道。

「發生半井澄子遭殺害的事件後，隔天開始，那些怪事突然全沒了。」

「全沒了？」

之前一直沉默不語的御手洗，發出一聲驚呼。

「沒錯，突然全沒了。真可怕。像頭痛、半夜醒來、耳鳴、看見亡靈之類的事，全沒了。而且是一下子全沒了。」

「哦。」

「就像附身的惡靈去除了一樣，後來一概沒聽到夫妻吵架的聲音。所以那果然是惡靈在作祟，在那一晚的聖誕夜達到高峰，然後附身的惡靈就此退去，也可能是因為獻上了活祭品吧。」

「因為同時有兩個人喪命對吧。」御手洗說。

「您說的活祭品，是指半井夫婦嗎？」我說。

「沒錯，因為從隔天起，就突然平靜了下來。京都還真是可怕，這裡真的是魔界都市啊。我也是因為這樣才真正見識到這點。」

老翁臉色蒼白地說道。

「那你自己又是怎樣呢？」御手洗問。

「我？我怎樣？」

「當鎮上的每個人都被惡靈附身，而變得古怪，或是睡不著覺時……」

「我沒事。既沒和我老婆吵架，晚上也不會睡不著，更不會頭痛。」

「哦。」御手洗應道。

「可能因為我是外地人，我不是在這裡土生土長，所以不會受詛咒。」

老翁一本正經地說道。

6

隔天，我和御手洗在進進堂[5]碰面。他一看到我，開口的第一句話便是：「小楓她狀況怎樣？」

「看起來很好，我們在補習班裡碰面。」

我應道。

「她說她原本其實想念法律系。」

「念法律系？」

「是的，她說她原本想成為一名法學人士。不知道是為什麼，我不清楚這當中的原因。」

「應該是為了國丸信二吧。」

御手洗馬上應道。

「小楓是想幫助他，因為她不認為國丸信二會殺了她母親。但因為他招供，所以遭

5. 位於京都三條河原町的一家知名麵包店。

到起訴。」

「咦？小楓不是說他沒招供嗎？」

「那是她自己的認知。其實國丸信二招供了，至少是處在可起訴的狀態下。雖然他後來在法庭上翻供，說他沒殺人。」

「你怎麼知道？」

「一位京大法律系出身的律師替國丸先生辯護，我請老師介紹，和對方見過面。我已看過公審紀錄，也聽他詳細說明過案情。我想到拘留所見國丸信二一面，因為等案情確定後，就見不到面了。」

「國丸先生是怎樣翻供？」

「法官以檢察官所聲稱的內容問他：『你是在懷有殺意的情況下勒斃半井澄子對吧？』他回答：『不，我沒有殺意。』最後變成他沒殺人。」

「嗯，御手洗，小楓家的密室之謎解開了嗎？當時半井家的密室，兇手和聖誕老公公是怎麼進入家中的？」

御手洗搖了搖頭。

「不。」

「沒想到也有御手洗你解不開的謎啊，那我就放心了。」

御手洗聽了之後面露苦笑。

「我覺得有機會解開，要是能再多點提示就好了。小楓放棄法律系了嗎？」

「好像是，她說法律系不適合她。而且法律和六法全書她都念不來，怎麼都提不起興趣。」

「是嗎，真遺憾。」

「她還是想念護理系。所以你看，今天我帶來了這個。」

我將書名為《猴子的戰爭》的一本繪本，擱向御手洗面前的咖啡杯旁。

「猴子的戰爭？」

他邊說邊拿起繪本，莞爾一笑。

「這是什麼書？」

「我在補習班的老師，是一位鄉土史學家，他對京都的古代史感興趣，並展開調查。他告訴我有這麼一本書，所以剛才我去了圖書館一趟，找到這本書，並借了出來。」

「似乎很有意思，但這和小楓有什麼關係？」

「大有關係。」

御手洗翻開第一頁，上頭畫有漫畫風格的圖案，許多猴子身穿盔甲，手持弓矢，與駕著黑雲前來的妖魔戰鬥。

「一開始是平安時代，平安時代猴子的戰爭。接下來是鎌倉時代，然後是戰國時代、江戶時代，最後是現代。」

「牠們這麼常戰爭啊？」御手洗說。

「沒錯，各種的怪物、妖怪，從鬼門的方位前來，為京都的市街帶來災禍。例如藥石罔效的瘟疫、精神病之類的疑難雜症、天花、傷寒，以及各種天災。像雷擊、暴風雨、大地震等等。」

「猴子與這些災禍對抗嗎？」

「沒錯。以前的人是這麼相信的。從京都中心位置的御所往東北方向畫一直線，而鬼門就位於東北方位，所以為京都帶來災禍的妖魔們常會降臨在這條線上，因而在這條線上設置猴子士兵的駐紮基地。」

「猴子部隊的前線基地。」

「正是，也就是幸神社、日吉大社、赤山禪院。」

「赤山禪院？」

「是的，就位在叡山電鐵的修學院車站。」

「我聽過。」

「與小楓家所在的寶池站相鄰。猴子部隊的總司令官，亦即最強的猴子，就在赤山禪院。」

「是這本繪本中的故事對吧？」

「嗯，沒錯。實際的那隻猴子司令官，不知道在哪裡。」

「嗯。」

「牠們全都帶著這種附繩帶的鈴鐺，以此當護身符，勇敢地奮戰。京都這個城市之所以能屹立長達千年之久，都多虧猿線上的這些勇敢的猴子戰士們。」

「那可真是謝天謝地啊，不過，我們人類又做了什麼？」

「大概就是詠歌、祈禱吧。」

「這樣啊。」

我指向書中的第一頁。

「平安時代的妖魔力量很強大，會引來暴風雨，整個京都都為之撼動。就像這幅畫所畫的，許多建築崩塌，喏，像羅生門整個被吹到那麼遠的地方。」

「嗯，真嚴重。」

「有許多猴子士兵被捲飛到空中的黑雲漩渦中，有上千隻都被吞噬喪命。但猴子們還是很勇敢，毫不畏懼的奮戰，最後終於擊退妖魔。」

「我都不知道呢。這樣的話，我以後睡覺，腳底都不敢朝向岡崎動物園了。」

「沒錯。不過，聽說這些猴子的個性相當有趣，牠們全都喜歡鐘擺。」

「鐘擺？」

「是的，尤其是赤山禪院的猴子。牠們全都擁有自己的護身鈴鐺。像這樣附著繩帶。」

我翻動頁面，讓他看那幅畫。

「啊，真的呢。」

「牠們的嗜好，就是搖晃鐘擺。」

「嗯。」

「尤其小猴子特別喜歡這麼做，只要在山上或街上，看到掛在繩帶下的東西，就無法視而不見。」

「嗯。」

「只要在街上看到像吊柿[6]、風鈴這類的東西，牠們就一定會靠近伸手摸，加以搖晃，這就是猴子的習性。」

「嗯。」

「然後請看現代篇。赤山禪院的這些猴子戰士的孩子來到山下，進入位於寶池車站旁的咖啡廳，搖晃掛鐘的鐘擺。」

「什麼？你說牠們來到咖啡廳裡？」御手洗驚訝地說道。

「沒錯。」

「這可難得了。不是來這裡喝咖啡，而是來搖晃掛鐘？」

「正是。」

「你說搖晃，那表示店裡掛鐘的鐘擺原本是停著不動嘍？」

「這裡有圖畫。」

我指出小猴子陸續把手伸進掛鐘的鐘盤下搖晃鐘擺的那幅畫。

「那家咖啡廳的掛鐘，像這樣掛滿整個牆壁。但全都是古董，所以都已故障，完全靜止不動。鐘擺也純粹只是裝飾。從赤山禪院下山的小猴子，趁半夜搖晃這些鐘擺。」

「哦。」

御手洗應了一聲，笑了起來。

「好個充滿田園風格的故事啊，下山前來搖晃鐘擺的猴子是吧。」
「小猴子一看到鐘擺，就非搖晃不可。」
「真不錯呢！」
御手洗開心的說道。
「不過，如果只是搖晃鐘擺這樣的惡作劇，倒也無害。」
「是沒錯啦，但感覺很詭異呢。因為店裡的人有好一段時間都不懂箇中原因，半夜它就自己搖晃了起來。」
「是嗎。」
「於是店裡的人感到納悶不解，就像這樣。」
我打開描繪這種模樣的頁面給他看。
「所以這家咖啡店命名為『猿時鐘』。」
「哦，是這樣嗎？」
「而這家猿時鐘，就是小楓家的店。」
「咦？是這樣啊？」
御手洗似乎也頗為驚訝。

6. 將柿子剝皮後，以繩索吊起來曬乾，以增加其甜度。

「是小楓她母親在經營，小楓說她也常會到店裡幫忙。這裡有這本繪本的作者寫的後記，作者提到他畫這本繪本的動機。」

我翻開書末那面沒有圖畫，只有文字的頁面。

「喏，作者在這裡提到，他在京都出生長大，雖已年過六十，但仍時常覺得能生在京都真好。例如像這這種時候，從別人口中得知這麼有趣的故事……要我念出來嗎？」

「嗯。」

御手洗頷首。

「京都的東北方向，亦即鬼門的方位，有一家叫『猿時鐘』的小咖啡廳。雖然我還沒去過，但聽說是一位已故的古董時鐘蒐藏家在自家隔壁開設的咖啡廳，整面牆掛滿了古董掛鐘，是一處值得一看的巧妙空間。

「這位蒐藏家以第一名成績自京都大學畢業，獲賜銀錶，就此擁有蒐集時鐘的嗜好。他那為數眾多的古董時鐘，個個年代久遠，大多已故障或是失準，已不用來報時。不過他這些時鐘網羅了古今東西，橫跨歐亞的名鐘，現在仍靜靜的掛在牆上，以往日的威風自豪。

「掛在鐘盤底下的鐘擺，就像這座千年都市一樣，已停止其動作，再次啟動的日子永遠不會再到來。從公公手中繼承這些名鐘的店面經營者，原本也是這麼認為。但某天晚上，鐘擺開始自己動了起來，指針移動，告知時間，令她大為吃驚。

「在客人的告知下，經營者以鑰匙打開掛鐘前門，急忙停住鐘擺，但隔天開店一看，掛鐘又開始動了起來。於是她再度讓掛鐘停下，結果當天晚上掛鐘又開始運作。她感到詭異可怕，差點變得精神衰弱。

「不管再怎麼讓它停下，鐘擺還是又動了起來，原本停住的時間又繼續往前。但時鐘的前門明明上了鎖，不論是猴子還是人都無法下手。這麼一來，就算是怪談的範疇了。最後，掛滿牆壁的掛鐘全都動了起來。那名女性經營者大感納悶，似乎真的苦惱起來，擔心店裡是否遭到詛咒，是否該請人來消災解厄。聽說經營者以前有位親人捲入一起嚴重的刑事案件中，所以這也不無可能。

「某天，她就讀國一的女兒這樣說道。

「『半夜裡有隻小猴子跑進店裡，搖晃那個鐘擺。』

「後來將店名改為『猿時鐘』後，附近赤山禪院的猴子們可能是就此感到滿意，店裡的鐘擺就不再擺動了。

「我覺得這個故事很有趣，晚上喝酒不時會想起，後來無意間就畫出了這本繪本。」

我結束朗讀，轉頭望向御手洗，只見他露出無比嚴肅的表情。

「這名國一的孩子，該不會就是……」

「沒錯，就是小楓。」

「果然沒錯。那麼，小楓自己聽過這個故事嗎？」

「她還記得，似乎是很久以前聽過。不過她說，當時我有說過那樣的話嗎？」

「說這句話的當事人竟然不記得？」

「沒錯，她不記得了。」

「借我看一下。」

御手洗如此說道，拿走繪本，細看作者姓名。

「日暮修太……嗯，不認識這個人。」

「好像是個在京都活動的人，你怎麼看？」我問。

「確實有意思，如果這話屬實的話。」御手洗說。

「如果這話屬實？」

「嗯，這個人也說，這是他從別人口中聽來的，似乎不是從經營者或是小楓口中聽聞。」

「沒錯，他說他沒去過店裡，不過這故事很有意思吧。」

「如果就繪本來說的話。但這是不可能的事，這根本就是幻想，而且這個人好像很愛喝酒。」

「意思這是酒鬼的幻想嘍？」

「在還沒確認前，我什麼都不想多說……姑且就稱之為夢想家吧。」御手洗說。

「今天小楓說她會一直待在猿時鐘念書，要不要去和她見個面？」我說。

「好啊，走吧！」

御手洗馬上同意，就此站起身。

7

搭叡山電鐵在寶池站下車一看，是一處很小的無人車站，走向白川通的方位後，一眼便認出「猿時鐘」。打開厚實的木門後，店內不見半個客人，小楓坐在最前方的靠窗座位念書。她一看到御手洗和我，便微微一笑，朝我們行禮問候。我已事先告訴過她，可能會和御手洗一起前來，所以她並未流露意外之色。

我們坐向小楓面前的座位後，小楓合上教科書和筆記，將它們疊在一起。這時，一位像是小楓母親的婦人端水過來，小楓向她介紹我們。

她母親面帶笑容的向我們點頭致意，我們也加以回禮。接著我們點了兩杯咖啡。

「妳知道有這麼一本繪本嗎？」

小楓的母親離去後，我將繪本《猴子的戰爭》遞向她面前。

御手洗望著掛滿牆壁的掛鐘，似乎覺得很稀罕，但一聽我提到此事，便馬上將視線移回繪本上。

「哦，這個啊。」

她拿起那本書。

「妳知道？」我問。

「只聽過書名，但這還是第一次看。嗯～」
說完後，她很感興趣地翻閱起來。
「這猴子畫得真可愛。」小楓說。
我一直靜靜等候小楓看到繪本的後半部分。最後她終於看到那部分，於是我開口道：
「這家店也出現在書中呢。喏，牆上掛滿掛鐘對吧？」
「啊，真的耶。」
小楓說。她原本臉上浮現笑容，但很快便消失了。可能是上面寫了些什麼，令她感到不安吧。接著她緊盯著文章細看，開口道：
「啊，這裡不對。他搞錯了。」小楓說。
「哪裡不對？」我問。
「這裡的鐘擺不是全動了起來嗎？」
御手洗望著牆上的時鐘，開口問道：
「猴子沒搖晃所有鐘擺對吧。」
小楓聞言頷首。
「對，並不是全部。」
「就只有那個時鐘動而已，對吧？」
御手洗伸手一指。

「沒錯，為什麼你知道？」

「因為以鐵絲固定的，就只有一個時鐘。」御手洗說。

「作者在書末寫到他畫這本繪本的動機。」

我如此說道，翻動頁面，指出作者的後記。小楓開始專注地細看，看完後她又喊了一聲。

「這不對啊。」

這時剛好她母親端來咖啡，於是她向母親說道：

「媽，我們這家店的名字，不是因為鐘擺自己動了起來，才取名叫猿時鐘對吧？」

「咦？妳在說什麼啊？」

小楓的母親邊回答，邊將咖啡杯擱在我們面前，然後接過小楓遞給她的那本繪本，就這樣站著看起了作者所寫的後記。

「嗯，他寫錯了。猿時鐘這店名是一開始就取好的，早在我們繼承這家店之前。」

「是京大畢業，擁有銀錶的那位老闆取的對吧？」御手洗問。

「啊，是的。」

「是因為赤山禪院的猴子傳說，才取這名字嗎？」

「聽說是這樣，不過我沒聽我公公親口說。」

「這家店是在您嫁來這裡之後才開設的嗎？」

「不，我嫁來之前就有了，由我公公婆婆兩人一同經營。不過在那之前，也沒取別的名字。」

「牆上掛鐘的鐘擺，也不曾全部一起動起來對吧？」小楓問。

「對，從來沒有。就只有一個。」母親說。

「感覺這位作者根本就隨便亂寫嘛。」我說。

「是啊。」母親也表示同意。

「要是他能來問我們就好了，明明同樣住在京都，又不是相隔多遠。」小楓說。

「他應該是覺得，要是問過之後，這故事就不再有趣了。」御手洗笑著說道。

「就不再有趣了？」

「因為知道事實之後，就不能寫違背事實的事，所以他才會有自覺地加以誇大。就連那些真實小說，也大多是這樣。」

御手洗喝了口咖啡，直誇好喝，小楓的母親回他一句謝謝，於是我也端起咖啡杯。

「要是有人說他說的不對，他只要回一句『我聽到的是這樣』，就行了。但要是直接問妳們，就不能用這招了。」

御手洗轉身面向小楓的母親，繼續問道：

「小楓在國一時，是否說過有隻小猴子在半夜進入店內，伸手搖晃鐘擺？」

「哦，這件事倒是真的。」

母親如此說道，坐向小楓身旁。

「咦，真的嗎？」

小楓狀甚驚訝地說道。

「妳真的對我說過，而且一臉認真呢。」

「妳不記得了嗎？」我問。

「不記得了，完全記不得。」

「這樣啊。」

「嗯，我真的說過那樣的話嗎？為什麼？」

「那麼，妳現在已不相信這件事了嗎？」

「嗯……我也不知道。不過我想，猴子半夜跑來搖晃鐘擺，應該不會有這種事。因為那個掛鐘的前門上鎖，手伸不進去。」

「妳是在國一的時候提到猴子的事，那麼，妳當時不知道時鐘的前門附門鎖嗎？」

經他這麼一問，小楓把頭偏向一旁。

「不清楚耶。不過，我當時應該不知道才對……」

「妳那時候不知道。」

一旁的母親很肯定地說道。

「當時我沒談過那件事。所以那時候我心想，妳不知道上鎖的事，所以才會那樣說。」

「哦。」

小楓點了點頭，似乎能接受這個說法。

「因為當時有客人在這裡告訴我時鐘會動的事，我急忙返回主屋，打開起居室裡的金庫，帶著時鐘的鑰匙串前來，妳不知道這件事吧？應該也沒看到過，因為妳那時候上學去了。」

「這樣啊，所以才會編出那樣的故事。因為以為時鐘的前門沒鎖……？咦？這麼說來，是我編的故事？感覺我好壞啊。」

「孩子就算半夜起床，應該也不會看到咖啡廳裡的情況吧。」我也這樣說道。

「我那時候說謊。」

「我認為不太一樣。」

御手洗在一旁幫忙解圍。

「這應該是虛實搞混。妳當時對這件事也很認真對吧。因為具有引發虛實搞混的精神狀態條件，再加上妳當時還是個孩子，所以幻想與現實的分界很可能就此變得模糊。」

「御手洗先生，這麼說來，她不就和這位繪本作家一樣嗎。這位繪本作家對於自己所寫的虛假內容有所自覺，只是為了讓故事變得有趣。但小楓並沒有這樣的自覺，這是他們之間存在的差異。」我說。

「我認為這當中有某個觸發因素，引發她將虛實搞混。」御手洗說。

「某個觸發因素？」

「其中一個當然就是鐘擺。鐘擺如果不是實際在半夜自己動起來的話，她也就不會出現虛實搞混的現象。我認為是因為這項事實而引發的某種恐慌。」

「恐慌……？」

「嗯，它超出孩子心靈這個容器的極限。」

「啊～」小楓的母親應道。

「怎麼了嗎？」小楓問。

「是當時妳腦中所接收的各種資訊。」

「資訊……例如學校生活中的規定嗎？」

「這也算是。還有妳搬來這個家之後該遵守的規矩、生活在赤山禪院的猴子們所過的生活，以及聖誕老公公。因為在孩子的腦中，這些都是同樣等級的重要資訊，沒有高低之分。所以才會全都融合在一起。」

「那麼，御手洗先生，鐘擺現象的理由也能說明嗎？可以解開鐘擺自己開始擺動的原因嗎？」

正當我詢問時，店門打開，有客人走進，於是小楓的母親高喊一聲「歡迎光臨」，起身離席，朝廚房走去。目送她背影離去後，我又問了一次。

「御手洗，你解開了嗎？」

「御手洗先生……」

小楓也開口了。

「如果您知道，請告訴我。這對我全家人來說，也是個長期以來的不解之謎。我想知道答案。」

「這對御手洗來說，是個簡單的問題嗎？」

「一點都不簡單，是很難解的謎呢。不過，要是和一九六四年的聖誕節密室相比，倒也不是那麼難。我不認為這是解不開的謎。」

御手洗如此說道，啜飲著咖啡。

「我最喜歡謎題了。」小楓說。

「咦，是嗎？」我問。

「尤其是不明白其中原因，卻又讓世人都得到幸福的謎。這算是魔法吧。」

御手洗聽了之後，默默點頭。

「我就喜歡這種事，從小就深受吸引。」

「御手洗以前也說過這樣的話呢。」

我說。

「你說從謎題到解決的方程式，會為人類帶來幸福。」

「御手洗先生也相信這種事嗎？」

小楓詢問，御手洗用力點頭。

「當然相信。我之所以喜歡偵探的工作，就是因為我深信這樣的魔法，不曾有過片刻的懷疑。」

「所以我也再次拿出這樣的書來重讀。」

小楓從疊著教科書和筆記本的書本底下，取出薄薄一本書。

「大提琴手高修？宮澤賢治是吧。」

我望著封面的文字，如此說道。

「我還是想念護理系，所以拿出《大提琴手高修》來看。」

「《大提琴手高修》？護理系？」

我問。

「為什麼？」

「因為有我喜歡的場面。高修拉大提琴，森林裡的動物們聽了之後，病都好了。」

「就靠大提琴？」我問。

「嗯。」

「原來如此。」

御手洗說完後點了點頭，莞爾一笑。

「音樂真的能治病嗎？」小楓問。

「這可不是騙人的哦，是有根據的！」

「真的？」

「那好像叫作音響療法吧。」

「音響療法？」

「嗯，也叫聲振療法、振動療法。人體的生命磁場會引發某種有益的振動，若達到體內細胞在健康狀態下所發出的振動數時，這種振動對疾病就能……」

不知為何，御手洗說到這裡突然打住。

「啊！」

他大叫一聲，彈跳而起。

「振動，生命磁場？」

御手洗喃喃自語著。仔細一看，他雙目圓睜，凝望空中。接著低語道：

「竟然有這種事，就是鐘擺。不管個體是什麼，只要像鐘擺一樣，保有固定的振動數，例如在單槓上吊五個鐘擺。這五個鐘擺的吊繩長度不一……什麼？」

接著御手洗從兩側緊抓自己的頭。

「原來如此，全都是振動嘛！」

由於他大聲叫喊，店內的客人都轉頭望向他。

「竟然有這種事！」

他大喊一聲，用力揮動著右手。

「太酷了，神總不會有錯吧，這是上天的聲音。為什麼會有這樣的關聯呢！」

說到這裡，御手洗望向牆壁，定睛凝望。

「真是太令我吃驚了，太酷了。是誰帶領我來到這裡？是振動，是弦理論。啊，原來如此，這正是千年都市的怨靈啊！」

御手洗在原地佇立了半晌。我們完全插不上話，就這樣茫然地望著御手洗。

「我一直都沒發現。啊，真是太疏忽了。好了，這樣就有辦法說明了！」

他大聲說道，雙手用力一拍。店裡的客人皆錯愕地望著他。

「難道……啊，原來如此，是鳥居！」

說到這裡，御手洗搖搖晃晃地邁步前行，從地板上橫越，然後又走了回來。接著他使出大迴轉，快步朝出口走去。

「原來是鳥居，就是鳥居沒錯！」

聽起來像是在說給他自己聽。

「什麼嘛，這樣不就都一一解開了嗎！」

接著御手洗再度雙手抱頭，然後彎下腰，以這個姿勢維持了好一會兒後，像做體操似的，再度伸直身軀。

「這一切都有可能以一個理論來說明……」

御手洗說完後，碰觸入口的大門，低頭佇立了一會兒。接著他用力一推，走出門外。

「御手洗！」

我急忙站起身，朝他追去，就此衝出店外。

我看見在馬路上來回踱步的御手洗，急忙來到他身旁，這時他才猛然注意到我的存在，劈頭就對我說：

「小智，要感謝猴子啊！」

「啥？感謝誰？」

「真想賞牠們一百根香蕉啊！因為是牠們搖晃了鐘擺，所以一切的謎題才得以解開。」

御手洗滿面喜色。

「什麼……？」

「我出去一趟。你可以在屋裡等我嗎？我待會兒會打電話給你。」

御手洗就像在下命令似的。

「呃，御手洗。」

我向他喚道，但此時的御手洗正全神貫注，根本傳不進他耳裡。

「請告訴我一件事。」

「一件事？我不會只告訴你一件事，事後我會全部告訴你。」

「一件事就好，和鐘擺有關。它為什麼會擺動？」

「鐘擺？你說鐘擺？哦！時鐘的鐘擺是吧。這問題再簡單不過了。」

御手洗此時已完全沒在想鐘擺的事。

「簡單？為什麼？是哪裡簡單？」

「現在沒時間講了，我趕時間。」

御手洗開始朝車站走去。

「為什麼？告訴我嘛。」

我跟在他後頭追問。

「告訴你什麼？」

「鐘擺，為什麼鐘擺會擺動？」

「這很簡單，請房東到店裡來就會明白了。」

「房東？哪位房東？要怎麼明白？」

「待會兒再說，待會兒再說！」

他似乎嫌我囉嗦，邊說邊朝我擺手，就此背對著我離去。

8

我納悶地返回店內後，發現小楓的母親又坐向小楓身旁的椅子。

「小智，御手洗先生怎麼了？是不是哪裡不舒服？」

小楓問。她母親也一臉驚訝，緊盯著我瞧。

「他這個人有時候就是會這樣。」

我如此說道。他那種態度，實在無法向眾人解釋原因，所以才教人頭疼。

「他是不是有點古怪啊？」小楓的母親說。

「不，沒這回事。他是個正經人。」我說。

「他是不是說他明白了什麼？」小楓問。

「嗯，他說一切都明白了。」

「一切？」母親驚訝地說道。

「一切都明白了？」小楓也說。

「例如像這家店的時鐘鐘擺半夜開始自然擺動的原因，或是之前在東京奧運那年的聖誕夜，聖誕老公公和殺人犯是如何進入那防護嚴密的密室裡。」

「連這個也明白了？」

小楓的母親驚訝地詢問，我朝她點頭。

「應該是。」

「但這是真的嗎？都已經十多年了，連警方也想不透原因呢。」

小楓也在一旁點頭。

「不，那個人專門發現警方或專家都想不透的事。既然他說他明白了，我想，那就真的是他解開謎題了。」

「這麼說來，我媽在錦天滿宮的家中遭遇的那起殺人案，也已經……」

小楓話說到一半，突然停住。想必是顧慮到她現在的母親吧。

「我也許不想知道。」小楓說。

「因為這牽涉到聖誕老公公對吧？」我說。

「御手洗先生去哪兒了？」

「不知道。他說他出去一趟，要我在屋裡等。」

「屋裡？」

「嗯，我住的公寓。所以我不能再久待了。」

「這麼說來，我們店裡的那個時鐘，不是猴子讓它晃動的嘍？」小楓問。

「這我不清楚。」我說。

「咦？為什麼？」

「因為他對我說，要感謝猴子。」

「要感謝猴子？」

「嗯，還說想送牠們一百根香蕉。」

小楓聞言，噗哧一笑。

「他說，因為猴子搖晃了時鐘的鐘擺，所以他才明白這一切……」

「明白一切？他是指錦天滿宮那棟房子的事嗎？」小楓的母親問。

「是的。」

「這麼說來，猴子晃動鐘擺的事是真的嘍？」

小楓指著牆壁說道。

「猴子晃動鐘擺的事是真的嗎？」母親問。

「這個嘛……」

我微微側頭，因為我現在仍是一頭霧水。

「應該還有其他原因吧。」

「說得也是，怎麼可能是猴子做的呢。」母親說。

「因為猴子不可能進得了店內，當時門窗都關著。」

「就算進得來，手也伸不進時鐘的鐘擺裡。」小楓說。

「可是，這樣的話，鐘擺為什麼會動呢？」母親問。

「要是現在取下鐵絲的話，鐘擺還是會動嗎？」

「以前妳爸說過，它或許還能動哦。」

「要讓鐘擺晃動，有什麼具體的方法呢？」

我說。

「第一個方法，得由知道鑰匙放哪兒的人……」

「金庫裡的鑰匙嗎？」

「嗯，半夜從金庫裡取出鑰匙，以鑰匙打開鐘擺的前門，晃動鐘擺後，再把門關好上鎖，然後將鑰匙放回金庫，這是一種做法。」

「這沒有人可以辦到。如果可以的話，就只有我爸爸或媽媽。」

小楓說。

「金庫的轉盤密碼只有爸爸和媽媽知道。」

「我和妳爸爸絕對不會做這種事。」母親說。

「說得也是。這樣的話，還有一個方法。」

「嗯，什麼方法？」

「從牆上把掛鐘取下，像這樣拿在手中搖晃，讓裡頭的鐘擺晃動，然後再掛回牆上。」

「咦，這個做法，一個人是辦不到的。」

「不可能。掛鐘太重了，而且體積又大。」

母親也說。

「啊，不行，這個方法不可能。」

母親馬上想到一點。

「那個赫姆勒公司製造的掛鐘體積龐大，所以釘在牆上，應該無法輕易從牆上取下。」

「這樣啊。」我說。

「御手洗說過類似的話嗎？」小楓問。

「啊，不，他沒說過。」

「那麼，他說過什麼？」

「他急著離開，也沒告訴我原因，就只跟我說，找房東過來就會明白。」

「找房東過來？」

「房東？」

母親也說。

「為什麼是找房東來？」

「房東不就是爸爸嗎？」

「不對，這指的一定是永山先生。」

「永山先生……」

我如此問道，因為這是個沒聽過的名字。

「是這家店的屋主，所以算是房東。」母親加以說明。

「和你們熟嗎？」我問。

「很熟啊，老房東過世後，改由他的兒子媳婦繼承。雖然不像跟老房東一樣那麼熟，但我每個月都會付他們店租。」

「他會到店裡來嗎？」

「完全不會，他們夫妻倆都在上班，好像很忙。」

「一次都沒來過？」

「以前好像來過一次吧，而且這裡一直都是古董品愛好者，或是俳句同好的老先生們聚會的場所，所以他們有所顧慮吧。」

「嗯。」

「現在已不像以前那樣，所以我倒是希望他們能來。」

「不過，御手洗先生說永山先生來了之後就會明白，這話是什麼意思？有這個可能嗎？」小楓說。

「那位永山先生從事怎樣的工作？時鐘的技工嗎？還是機械技師？」我問。

「完全不是。我想，他是在製藥公司上班。他說他從事一般的事務工作。」

「開設這家店的是……」

「不是永山夫婦，這裡原本是永山先生的母親開設的定食店，不過那已是很久以前的事了。他母親原本是旅館的千金，有一身好廚藝，所以就開起了京都料理的定食店。但她過世後，店裡一時沒有人手，而我公公當時也正為沒地方擺放他蒐藏的時鐘而發愁，於是他想，那就向他們租下店面，把蒐藏的古董鐘全掛在牆上，作為時鐘存放處，並兼作咖啡廳。」

「就這樣開始經營是嗎？」

「是的，那已是三十年前的事了。不過永山先生的父親也已過世，現在是兒子這一代繼承了房子，他是位上班族，妻子也同樣每天出門上班，而且他們沒有孩子，所以我們一直都很少碰面，但因為是鄰居，不時還是會說說話。」

「他人不錯吧。」

「嗯，是個好人，很好相處。」

「那麼，現在仍是他的上班時間吧。」

「他太太在。他太太最近都只做上午班，中午就回來。我去請她來一趟好了。」小楓說。

「不過，要以什麼理由請她來呢？」

「只能加以說明了。就說，以前我們店裡掛鐘的鐘擺都會自己動起來，後來店裡來了一名京大的學生，他說只要向鄰居詢問，就會明白原因。」小楓說。

「就說，我買了好吃的蛋糕，請到店裡來喝杯咖啡或紅茶吧。這樣說妳看怎樣？今天我剛好買了創意日式蛋糕。是抹茶口味，做得很講究，非常好吃哦。」

「這樣啊，那我就這樣跟她說。」

小楓就此站起身，推開門走出店外。店面與永山家的房子算是同一棟建築，不過店內似乎沒有通往永山家的出入口。與建築本身相比，牆壁的木材看起來比較新，也許是當初店內在重新裝潢時，將相通的門封住了。

過了一會兒，裝在門上的鈴鐺響起，小楓返回店內。身後跟著一名約五十多歲的婦人。也許年紀與小楓的母親相差無幾，不過她一臉笑咪咪的模樣，頻頻鞠躬問候，這種爽朗的感覺給人年輕的印象。

小楓的母親站著與她聊了一會兒，接著對她說一聲「我這就去準備」，請她就座後，便走進廚房。

「讓你們請客，真不好意思啊。」

永山太太如此說道，坐向小楓身旁的椅子，也朝我鞠躬行禮。我急忙回禮。

「哎呀，真不簡單，好多掛鐘的蒐藏品啊。」

永山太太望著牆壁，說出她的感想。

「我以前在雜誌上看過這裡的介紹，一直很想自己來親眼瞧瞧，但都沒機會前來打擾。這些蒐藏品，別的地方一定看不到，簡直就像時鐘博物館呢。」

她笑著說道，接著發出「哎呀」的一聲驚呼。

「怎麼了嗎？」

我和小楓異口同聲詢問。

「那個時鐘，和我家的一樣。」

永山太太站起身，朝牆壁走去。

「是以前我丈夫從一位開舊工具店的朋友那裡買來的。他說這非常有價值，而且對方便宜轉賣給他，算是賺到。」

她站起身，指著那個由赫姆勒公司製造，鐘擺用鐵絲固定的掛鐘。

「果然一樣。他說狀況很好，指針還能走。而事實上，它也確實還能動。」

接著她站在時鐘前，仔細望著鐘盤。小楓的母親從廚房走出，望著時鐘，就此呆立原地。小楓也一臉茫然地望著時鐘。

我也沒出聲，默默地注視眼前這一幕。心想，就是這個嗎？

御手洗所說的，就是這個嗎？但這又有什麼關聯？還是弄不明白。這就是猿時鐘的鐘擺在半夜自行動起來的原因嗎？

9

國丸牽著小楓的手，走出錦天滿宮。一邊玩著她最喜歡的文字接龍。棉花糖、糖果、果汁牛奶、奶茶、茶凍……他們你一句我一句地往下接，先讓小楓在忙著烤章魚燒的母親面前露臉，然後往錦市場商店街走去。

整排都是醬菜店的商店街，有條橫越的巷弄，裡頭有一家兒童走向的點心店，名叫笹屋，裡頭總是擠滿了孩童，無比熱鬧。小楓也很喜歡這裡，當她無精打采時，只要帶她來這裡，馬上就會重拾開朗。

一走進店內，小楓看到她喜歡的果凍條，馬上一把抓。以長條塑膠袋裝著紅、綠、黃等顏色果凍的這種零食，撕開其中一頭就能吸食，一條十圓。還有做成五圓日幣的模樣，裝在透明玻璃紙內的巧克力，一顆五圓。黃豆粉飴也很喜歡，一個十圓。

平時小楓就算走進笹屋，也不會開口說要買些什麼。國丸不是她爸爸。他是在爸爸的工廠裡上班的工人。因為明白這點，所以小楓總是看著商品，有所顧慮。如果拿在手上，就表示是她想買的東西。國丸會讓店裡的阿姨看小楓拿在手上的零食，然後付錢。這時小楓會戰戰兢兢地抬頭望向國丸，小聲的說一句「謝謝」。小楓從來不曾請父母帶她來這裡。所以他們不知道她在這家店會有這種舉動。

擺在點心店裡的這些兒童走向的點心，是怎樣的價格，她心裡有數。就連冰淇淋也只要二十日圓。所以國丸幾乎每天都會繞來笹屋一趟，買點心給小楓吃。他對小楓說，妳吃了很多甜食，晚上得好好刷牙才行哦，小楓也回答他「好」。

小楓的父母每天都很忙碌。母親在錦天滿宮參道旁的店面裡，整天忙著烤章魚燒，招呼客人。父親則是因為鑄造工廠經營不善，整天為此發愁，無暇將心思放在孩子身上。小楓就讀的小學就在附近，她能加入鎮上的孩子們，和導護媽媽一起走，所以母親在送孩子出門後，幾乎都不會再關照她。所以國丸結束上午的工作後，都會趁午休到小學接小楓，帶她回到天滿宮的參道上，到她母親面前露個臉，讓她安心，然後買麵包給她當午餐。國丸順便也買自己的份，和小楓一起用餐，一起玩，就此度過午休時間。這已成了固定模式。

有時母親會給女兒吃她自己烤的章魚燒，所以像這種日子，國丸也會吃章魚燒當午餐。

小楓的父親半井肇所經營的半井鑄造工廠，以前員工有五、六人之多。但其中一、兩個人辭職後，現在只剩二十五歲的國丸一人。當初人多時，大家都會陪小楓，但現在人都沒了。小楓沒有兄弟姊妹，而住附近的小學生當中，似乎也沒她的朋友。

某天國丸忙得無法下班，奉社長之命出外辦事，在鎮上奔波時，驀然發現小楓獨自蹲在柏油路上，以蠟石在石頭上畫人偶圖案自娛。她那孤獨的模樣，令國丸為之心酸，於是他都會趁午休和工廠下班的黃昏時分（不過最近常加班，有時下班都已經是深夜）

陪伴小楓，而這天也一樣，傍晚五點多時，他先離開工廠，在路上找尋小楓的身影。接著他陪小楓玩了將近一個小時之久，然後急忙找點東西充飢，又回工廠加班。

小楓家位於從半井鑄造工廠徒步約一分鐘就能走到的錦天滿宮參道旁，參道裡連車輛也無法駛進，很安全，所以小楓向來都是獨自在參道上遊玩。母親總是一再叮囑，要她只能在參道周邊遊玩，讓她可以從章魚燒店看到人。

小楓的生活圈就是這般狹小，國丸也強不了多少，因為國丸所住的宿舍，就在對面那棟建築的二樓，與小楓母親的章魚燒店只隔一條參道之遙。

可能是覺得孤單寂寞吧，每到午休時間以及工廠下班的下午五點，小楓也會主動找國丸。有時國丸晚點走出工廠，會看到小楓獨自站在外頭的馬路上。像這種時候，國丸都會趕著早點完成工作，朝馬路奔去。他不能讓小楓失望，所以如果傍晚有可能留下來加班，他一定會事先告知。國丸每天都陪小楓玩，甚至還教她算術。

如果父母有空，像這種時間應該是由父母來陪伴，但她是個父母都很忙碌的八歲孩童，在這個下班時間，除了和國丸見面外，應該也沒別的事可做。而在國丸方面，鎮上曾經有位女性銷售員想主動和他聊天，但這種時候國丸總是帶著小楓，在路旁和對方站著聊，所以女方逐漸與他疏遠，兩人就此沒進一步發展，國丸因而沒有女朋友。

國丸的長相可愛，很受商店街上的年輕女孩喜歡，但他關心的對象，卻是小楓的母親。小楓的母親澄子個頭嬌小，算是略顯豐腴的體型，但她有雙大眼，長相可愛，而且為人親切，個性開朗，在鎮上頗受歡迎，店裡生意興隆。男人們常跑來跟她買章魚燒，刻意找話題和她聊上幾句。這些男人也常對澄子說，妳要不要下海從事色情業啊。

國丸之前也考慮過，是否該像其他工人一樣離開這家工廠，但澄子對他很好，看得出她很倚賴國丸的幫忙，更重要的是，小楓實在很可愛，所以現在完全不考慮辭去工廠的工作。要是他離開這裡，小楓不知道會多孤單，想到這點，國丸便備感難過，他明白自己不可能這麼做。

就算半井鑄造工廠倒閉（從最近工廠的業績，以及社長那自暴自棄的態度來看，真的很危險），我也會在這附近找份工作，為了小楓留在這個鎮上。國丸是很認真地這麼想，一直到小楓出嫁為止……當然不至於這麼誇張，但他打算一直陪伴到小楓找到許多好朋友為止。

笹屋店內有一張忘了撕下的東京奧運海報。

小楓望著海報說道：

「體操的遠藤先生真帥。」

「馬拉松的圓谷先生也表現很好。」

國丸也說。

「真教人感動。」

「東京奧運，運，換你接了，國丸先生。」

小楓如此說道，想玩文字接龍。

「運動。」國丸說。

「動作。」小楓說。

「作業。」

「葉片。」

「片是吧。騙子。」

國丸接道。他依稀記得這樣的接續方式。常玩文字接龍，便不時會出現同樣的接續方式。但小孩子就算一再重複的玩文字接龍，似乎也不會覺得無聊。他發現孩子玩得樂此不疲，所以這樣的反覆練習對孩子來說，具有其學習效果，孩子就是藉由這樣學會字彙。既然是這樣，那我就非得陪她玩不可。

他們玩著文字接龍，就此回到錦天滿宮的參道上。因為這麼一來，小楓進入母親澄子的視線中，澄子就能放心了。陪小楓玩時，國丸也都刻意讓小楓出現在她母親的視線範圍內。

玩文字接龍時，國丸不小心接了「子」，就此落敗。尾字接「子」的人就算輸。因為一旦用了「子」，就無法再接下去。不過，即便輸了，小楓也不會向國丸提出任何要求。有些孩子會看對方輸了，就以懲罰遊戲的名義出難題，或是做出讓對方感到不舒服和壓力的言行。不過，小楓一概不會這麼做。即使國丸不小心說出「子」這個字而輸了比賽，她也處之泰然，就只是笑咪咪的樣子，沒多說什麼。也許她還不知道懲罰這種做法，不過，這點也是讓國丸覺得她可愛的原因之一。

錦天滿宮是祭祀學問之神菅原道真的神社，不過立在短短的參道入口處的鳥居，兩端都插進左右兩側建築的牆壁內。這座鳥居原本應該也是立於寬敞的土地上。就算這是都市化的浪潮造成的結果，但這種都市在全國各地可說是絕無僅有了。國丸認為，這正說明了都市或是市街發展所帶來的壓迫感。

位於鳥居南側的兩層樓建築，一樓是章魚燒店，二樓則是販售錦天滿宮參拜紀念伴手禮，鳥居南側的前端就直接貫穿二樓牆壁。石鳥居前端插進二樓的賣場裡，而這間屋子就是小楓家。

鳥居的北側前端則是貫穿建在參道旁的公寓二樓。這棟公寓的二樓，長期以來都是半井鑄造工廠的員工宿舍，不過現在員工只有國丸一人，所以宿舍裡也只有一個房間，鳥居的前端就插進國丸的房間裡。

章魚燒店的二樓如果只賣伴手禮，根本無法做生意，也會一併販售年輕人走向的T恤、牛仔褲等衣服，以及女學生走向的廉價飾品。最近東京奧運相關的商品也不少。柔道的安東．赫辛克（Antonius Johannes Geesink）、東洋魔女[7]、體操的遠藤選手、小野選手，印有他們臉龐的咖啡杯也賣得不錯。

半井肇租下這棟屋子，當住家兼作店面，讓妻子澄子做起這項生意。澄子夏天時在一樓賣草莓冰，因此一樓內部有一處擺放桌椅的空間。二樓賣場有個小小的起居室，一樓的內部另有半井家的廚房和夫妻倆的寢室。

一樓和二樓的生意，光靠妻子一人張羅不來，所以二樓另外請來附近的兩名婦人兼職當店員。這裡從早上十點開到晚上八點，所以是下午三點換班。

澄子的父親在大阪十三車站經營一家章魚燒店，她從小就都會幫忙店裡的生意，所以烤章魚燒對她來說駕輕就熟，而且如前所述，她個性開朗，為人親切，人又長得漂亮，所以生意興隆，支撐著半井夫婦的家中經濟。

而另一方面，丈夫的鑄器工廠生意卻是每況愈下，債台高築，已快撐不下去。半井付不出工人的薪水，一一將他們解雇，儘管如此，工廠還是難以維持，他被逼得走投無路，甚至打算要自殺，以保險金來償還債務。

半井似乎沒對妻子說出他心中的盤算，但每天和他在一起的國丸已猜出幾分。如果以現在這種程度的工作量，國丸充當社長的左右手認真加班的話，靠他和社長兩人還應付得過來。國丸認為這樣也還過得去，但工廠還是一步步走向倒閉。

連夜喝劣酒，社長最後開始會在家中動手毆打妻子，澄子對他徹底死心，不再與他說話，兩人的關係出現裂痕。至少就澄子來說，兩人再走下去已沒任何意義。

社長開始變得自暴自棄，這是酒鬼特有的生活態度，早上都不會準時到工廠。後來他被逐出家門，轉為在工廠的休息室裡過夜，所以再也不會遲到，不過，由於宿醉未消，工作上常有疏失，偷工減料的情形嚴重，產品品質下滑，逐漸失去客戶對他的信賴，陷入訂單驟減的惡性循環中。國丸就算想幫他，也使不上力。

7. 日本國家女子排球隊在一九六〇年代稱霸女子排球比賽時的外號。

與社長的衝突場面愈來愈多，國丸也對社長這種不講理的態度感到死心，但澄子和小楓這對母女深深吸引著他，所以他不對未來抱持任何展望，因而遲遲沒離開這位頭腦不清的社長。

至於澄子，她開始認為只要有小楓在就夠了，就算離婚也無所謂。她覺得丈夫個性陰沉、與她年紀差距大，兩人很合不來，再加上丈夫生意經營不順，變得更加陰鬱，逐漸喪失男性魅力，這都令澄子備感焦躁。

國丸每天都和小楓一起。這孩子持續過著貧窮、缺乏父母關愛的日子，激起她的同情心。進入十二月後，東京奧運的話題已沒什麼人提，聖誕節腳步慢慢接近，國丸和平時一樣，走進笹屋買點心給小楓後，他一邊學小楓教他的各種遊戲玩法，一邊走回參道。

小楓知道許多遊戲，也不知道她是在哪兒學來的。例如有個遊戲叫「煎餅烤好沒」。玩法是兩人伸出手掌朝上，然後小楓一邊唱著「煎餅烤好沒」，一邊以食指戳向三個手掌，而在她唱到「這個烤好了」時，她戳中的手掌就得翻面。

接著又開始唱歌，跳過已翻面的手掌，陸續往下戳。等歌曲唱完時，戳中的手掌會再翻面。就這樣，最後誰手掌朝上，誰就輸了，就是這樣的遊戲。

不過，這似乎是適合多人玩的遊戲，兩個人玩的話，只有三個手掌，玩起來很無趣。至少國丸是這麼覺得。

另一個遊戲「轉圈圈」也是如此，這也是用雙手玩類似的遊戲，但兩個人實在玩不起來。小楓似乎明白國丸的感受，從那之後，便很少說要再玩。

小楓接著說要玩家家酒。她撿來一旁的兩片枯葉當作盤子，上頭擺著掉在地上的果實，說這是包子，遞給國丸。國丸不知道小楓要他做什麼，內心感到不安，但小楓完全沒提出要求，就只是端起一個看不見的茶壺，朝看不見的茶杯倒茶，對他說一聲「請喝」。於是國丸拿起茶杯，假裝喝茶。

這場遊戲就這樣結束。可能也是因為國丸缺乏好點子的緣故，他心想，如果有更多道具，就能做咖哩飯、壽司，這樣遊戲就能繼續下去了。

接著國丸替小楓出數學題。他以蠟石在地上寫下算式，例如三十加二十五，五加四十五，要小楓解答。小楓說這個很有趣，總會跟著他學習。他還教小楓九九乘法表。小楓也從沒說過「無聊」，或是「我不想學了」這類的話。非但如此，她還會主動央求國丸出題目。

國丸心想，照這樣看來，小楓和我不一樣，她也許能成為一名資優生呢。國丸打算日後要提高一個位數，出「五百圓減兩百八十圓」這類的題目，將水準拉高，好讓小楓可以幫得上母親的忙。但要是過程中小楓感到排斥，那可就糟了，所以他還是耐住性子，持續出簡單的問題。

他一邊出問題，一邊穿過商店街，這時，他看到有位聖誕老公公站在路旁朝行人發傳單。於是國丸指著他說：「啊，是聖誕老公公。」小楓聽了之後為之一愣。

「小楓，妳該不會不知道聖誕老公公吧？」

「我知道啊。」小楓說。

「聖誕老公公的日子就快到了。妳已經許好願，說出自己想要什麼了嗎？」

經國丸這麼一問，小楓很直接地說道：「聖誕老公公都不來我家。」

「咦？」

「我家信奉佛教，所以聖誕老公公不會來。」

國丸沒聽過這種事，所以大為吃驚。

「聖誕老公公是基督徒，所以不會到我家送禮物。」

聽小楓這麼說，國丸更驚訝了。

由於當時太過吃驚，而且也不該干涉澄子的家務事，所以國丸沒再多問，小楓也對聖誕老公公的禮物顯得興趣缺缺。

但其實並非如此。隔天不經意地聊到這件事情時，小楓說，她也曾在聖誕夜入睡前，瞞著爸媽，偷偷把襪子放在枕邊，但到了早上，滿懷期待的檢查襪子，卻沒看到禮物，大感失望。

國丸說不出話來，為之茫然。同時感到憤慨，心想，這樣真的好嗎？小楓的父母為什麼能這樣做？澄子難道也覺得無所謂嗎？

學校裡的朋友，似乎都受到聖誕老公公的眷顧，這些孩子當中，有人甚至是和尚的孩子，但大家都收到了禮物。小楓說過，為什麼聖誕老公公不來我家呢？看來，這才是她的真心話。他明白小楓心裡很受傷。

國丸大受震撼，回到自己房裡後，回想起這件事，他暗自流淚。於是他想幫小楓想辦法，這想法無比強烈。

國丸心想，小楓的母親另外開了一間飾品店。從二樓的眾多商品中，挑一個送女兒當禮物不就好了嗎？但接著他心念一轉。不，不對。小楓同時也會幫忙母親的工作，所以擺在二樓店鋪裡的商品，她全都記得。如果拿來當禮物擺在她枕邊，聰明的小楓馬上會識破。而且澄子烤章魚燒的工作忙碌，沒時間偷偷買禮物送小楓。

不，不是這樣。國丸再度改變想法。個性陰沉又急躁的社長，如果要他買聖誕節禮物給孩子，肯定會大發雷霆。現在工廠所面臨的困境，已占滿他的思緒，他正為工廠的存亡而奮戰，所以這些快樂的事只會令他光火。做孩子的應該要了解父母的辛苦才對，像聖誕老公這種事，當然應該要忍耐啊，社長一定是這麼想。如果是社長，很可能會說出這種自私任性的話來。國丸想偷偷向澄子詢問此事，但一直苦無機會。

國丸和小楓見面，若無其事的詢問她現在最想要的是什麼。小楓猶豫了一會兒後，戰戰兢兢地說，她想要的女孩玩具組，百貨公司裡有，但是太貴了。

某天國丸提早完成工作，帶著小楓前往四條通的高島屋百貨公司，請小楓告訴他，兒童用品賣場的玻璃櫃裡，哪個是她說的玩具組。店內熱鬧地播放著聖誕鈴聲這首歌。牆上寫著：「離聖誕夜還有十六天。本店的聖誕老公公也備有心意十足的小禮物。」

國丸望向小楓手指的方向後，頓時明白，哦，原來女孩玩具組指的就是家家酒玩具組啊。國丸猜想，應該是洋裝、鞋子、飾品等一應俱全的換衣洋娃娃吧。

這玩具做得很好。全都是粉紅色，採塑膠材質，有許多家電產品，例如電視、收音機、洗衣機、冰箱。還有砧板、菜刀、瓦斯爐、碗等廚房用品，以及桌椅、梳妝台，全都等比例縮小，且一應俱全，滿滿的裝進一個大紙箱裡。

以小楓的個性，一定能好好運用這些玩具，快樂地玩家家酒遊戲。

「嗯～真不錯呢。」

國丸若無其事地說道，接著邀小楓去食堂用餐。

和他一起看商品這件事，他不希望小楓留下深刻的印象。

10

這天是十二月九日，寒冷的臘月已經到來，離聖誕夜只剩兩週的時間。雖然睡得很沉，但總覺得最近持續睡眠不足，所以國丸醒來後，打算上個廁所，喝口水後，再回床上睡回籠覺。最近連週日也奉命加班，持續好幾週都是這樣，但昨天半井社長突然宣布明天放假，並說他要到大阪調度材料，與訂貨的客戶交涉。

國丸靠向窗邊，俯視澄子經營的章魚燒店，發現她難得沒開店。小楓現在人在學校，不過她說今天老師會帶他們到公園遠足，非常開心。似乎下午四點才會返家。這麼一來，澄子也能享受暌違許久的休假，好好休息一下了。

因為機會難得，這時候就該讓身體充分休息，於是國丸一直賴在被窩裡不起來，但他實在睡不著，於是他起床摺好棉被，穿上衣服。他將夾克的拉鍊拉到喉嚨的高度，想找個地方吃午餐，就此來到吹著臘月寒風的街上。家裡存放的吐司麵包已經吃光了。

但這一帶的咖啡廳和餐廳，他都已經吃膩了，他想去遠一點的地方。在這種千篇一律的生活中，舌頭渴望未知的新鮮味。

他信步走過河原町，越過四條大橋，朝祇園的方向而去。今天不是星期天，路上行人稀少。這是個很適合逛街的日子，但工作日在路上溜達，還是覺得很不自在。上班族日子過久了，如果不是為了辦公事而在街上行走，而且又不是星期天，走在人潮中便會覺得很不自在。感覺就像蹺班，或是淪為失業者一樣，很是不安。

等紅綠燈時，他望見澄子站在對面的最前排。他望著澄子，澄子也發現了他，抬起手跟他打招呼，接著改為揮手。國丸也舉起右手。

紅綠燈由紅轉綠，澄子急忙走出人行道，小跑步朝國丸跑來。右手拎著一個手提包，以及一個像便當盒的白色小盒子。

「國丸。」

來到他面前後，澄子以清亮的聲音說道。

「你怎麼會在這個地方？」

她笑著問道。

「要去哪兒嗎？」

經她這麼一問，國丸反而不知如何回答，他並沒有明確想去的地方。他搖了搖頭，一時為之語塞。既沒有女友，也沒朋友的他，自然不會因為與人有約而前往某處。他只是想來這裡找找看，有沒有什麼特別的餐點。

「我只是在想，中午吃什麼好。總是在錦天滿宮那一帶用餐，都吃膩了，所以想到這裡看看有沒有什麼特別的，就這樣晃過來了。」

澄子聞言哈哈大笑。

「既然這樣，要不要一起吃烏龍麵？有家好吃的店，我很喜歡。啊，可是吃烏龍麵的話，應該還是一樣沒什麼特別。那裡也有親子丼哦，男人都會想要吃點比較實在的餐點。」

「對，我喜歡吃親子丼。」國丸說。

「就說吧，那我們走！」

澄子笑著說道，一把握住國丸的手，國丸心頭一震。不過澄子這似乎只是反射性的動作，她轉身朝自己來時的方向走去後，便馬上鬆手，所以國丸略感失望。

「剛才我還在猶豫要不要吃，從店門前路過呢。」

澄子開心的說道。

「不過，你會不會有其他想吃的？」

「沒有。」國丸應道。

「什麼嘛，國丸，你是不是覺得很無聊？」

澄子邊走邊問。如此興趣缺缺的口吻，就算會給澄子這種感覺，也是沒辦法的事。但她的提問同樣也是令人不知該如何回答。如果問他鑄造工廠每天的工作是否很無聊，那倒也是，確實很無聊。但因為對小楓的關愛，以及能和澄子見面的期待感，令他每天都感到快樂。而今天也是，就此在街角與她不期而遇。

前幾天才演過這樣的一齣廣播劇，但他可不像劇中人一樣，有放棄工作，就此鬧失蹤的念頭。不過，對於生活欠缺變化的不滿卻從未停過，但這種事不管從事什麼工作都還是會遇上。

「國丸，你臉上寫著，你每天都過得很無聊。」澄子說。

「才沒有呢。」

國丸反射性的說道。

「為什麼？」

澄子就像在逼問。因為沒細想就脫口而出，所以國丸再度不知該如何回答，沉默了半晌。

「為什麼不會覺得無聊？國丸。」澄子問。

「怎麼這樣問。」

「為什麼？說嘛。」

「因為能見到太太妳。」

不得已，國丸只好實話實說。

「咦？我？我能讓你排遣無聊嗎？」

她一邊笑，一邊以尖細的聲音大聲說道。

「我自己也很無聊啊。我每天都在想，想從事可以大聲說話的工作。面對許多人，大聲說話的工作。一整天傻傻地烤著章魚燒，我實在厭倦了。雖然也會有客人和我站著閒聊，但這樣根本不夠，我想更大聲地聊，聊久一點。」

國丸聞言後笑了，他從來沒這麼想過。

「我不是在大阪長大的嗎？當初要是能當藝人就好了。但偏偏我是在京都，還和個性那麼陰沉的丈夫結婚，真是走錯路了。因為打小我從來就沒決定過自己的人生。當時我覺得女人不該自己做決定，就連結婚也是透過相親。國丸，你怎麼看？我們這對夫婦很不合對吧？」

這同樣也是很難回答的問題。她的丈夫是國丸的上司，而她丈夫也沒到厭惡澄子的地步。澄子老是問一些難以回答的問題。

「不過，雖然陰沉，但我從以前就喜歡京都。喜歡從八坂神社通往三年坂的小路，因為想到能就此住進京都，我才答應嫁他。真是個錯誤的決定。」

澄子說這番話，到底在想些什麼。

「剛結婚時，我對我先生說，我們一起去散步吧。因為我從小就對那一帶充滿憧憬，很想打扮成藝妓走在路上，我到現在仍沒嘗試過呢。後來很快就有了小楓，被迫經營起章魚燒的生意，完全沒辦法再去散步了。」

國丸點了點頭，感覺到卡在他心頭的某件事。澄子的這種說話口吻，他依稀有點記憶。接著他猛然想起，以前他母親也說過類似的話。經這麼一提才發現，澄子也許與他母親很相似。

當然了，她們歲數截然不同。國丸記憶中的母親已上了年紀，母親臨死時，感覺已完全成了一位老太婆，所以難以比較。但母親年輕時，與他同年齡層，拿她當女人看的男人們，對她的感覺或許就像現在自己在看澄子一樣。活潑、可愛、笑口常開，或許某些人還會覺得她是位美女。

記得好像在哪兒聽過，男人會愛上和自己母親很相似的女人，或許真是如此。國丸自己很明白，他深受澄子所吸引。或許是因為知道她是別人的妻子，正因為知道是不能招惹的女人，才會更受吸引。

而更主要的原因，是他常在工廠裡和社長面對面，對社長感到極度失望和鄙視，這更加重了他這個念頭。半井社長終究不適合當一名領導人。一旦事情進行得不順利，就馬上怪罪別人，像孩子般滿腹牢騷，鬧彆扭，自暴自棄，從不記得他說過什麼有魅力的話。

不同於他，澄子就有魅力多了，最重要的是她個性開朗。她笑口常開，說話風趣。能將現場的氣氛轉為歡樂，這是她的天賦。她身材嬌小豐腴，有一張足以擔任電視明星的可愛臉蛋，還有豐滿的雙峰。她常穿短裙，大方展露身材，擁有男人難以招架的性感。

「我認為我很適合當藝妓。我喜歡別人看我，不過人們往往無法從事自己最適合的工作。」澄子說。

澄子帶著他進入巷弄裡的一家老店，國丸點了親子丼。澄子如同她之前所宣告的，點了烏龍麵。

「不知道為什麼，我很喜歡吃烏龍麵，比章魚燒更喜歡，一天三餐都吃烏龍麵也行。」澄子說。

走出店門後，澄子似乎很想去八坂神社，但她自言自語道：「因為小楓就快回來了。」改為向國丸邀約道：「我們去鴨川那邊吧。」就此邁步前行。

從四條大橋旁往下來到河邊的步道，兩人並肩往北邊走去。這裡有許多情侶，每次擦身而過，澄子就會轉頭望向他們。

「我們看起來或許也像情侶吧。」

澄子說。

「國丸，你今年幾歲？」

「二十五。」

「小我七歲，我年紀比你大呢。年紀相差太多了。等你三十歲時，我都三十七了。你四十歲時，我就四十七了，成了老太婆，真可悲！」

說到這裡，澄子莞爾一笑。

「以前就是在這座河灘上對罪犯斬首，或是將做壞事的女人曝屍此處，對吧？我可能也會遭受曝屍處分吧？」

澄子說這話時，宣傳車剛好從頭上的車道駛過，像在灑水般，播放著音質很差的〈聖誕鈴聲〉。

「聖誕鈴聲……」

國丸馬上說道，因為他已想好某個計畫。

「嗯，聖誕節就快到了。」

澄子巧妙的接話。接著，兩人陷入沉默。國丸一直猶豫不前，但眼看沉默持續良久，於是他開口打破沉默。

「小楓她……」

話說到一半，接著他不知該怎麼接話。那孩子對聖誕老公公充滿期待，很希望他能來，如此直接的說法，國丸說不出口。他不想傷害任何人。

「應該會希望聖誕老公公送她禮物……」

最後，他喃喃自語地說出這番話。

「小楓她對聖誕老公公不感興趣。」

澄子突然很直接地這麼說道，國丸大吃一驚，再度為之無言。他既錯愕，又茫然。沒這回事，明明就不是這樣！這句話在他心中形成湍急的漩渦。

「那孩子已經很久沒自己提到聖誕老公公了。」

這是當然。孩子明白父母不想談這個話題，自然就不會自己主動提及。

「她認為我們家信奉佛教，所以基督教的聖誕老公公不會上門來。」

因為家中信奉佛教，這不是孩子的智慧會想到的說法。這番話也許不是出自澄子，而是出自社長之口，但她難道不知道他們以前說過這句話嗎？難道是忘了？小楓不過是如實說出父母曾對她說過的話罷了。

「是嗎……」

國丸就只是如此低語一聲，沒能再多說什麼。

「就是這樣。」

「就算收到禮物，小楓應該也不會排斥。我希望聖誕老公公能送她禮物。」

因為不敢干涉他人的家務事，所以他無法明說。

「不。」

澄子笑著搖頭。

「那孩子是真的不感興趣，她不會想要聖誕老公公送她禮物。」

國丸心想，妳怎麼知道。這是一位母親該說的話嗎？他一時懷疑起自己的耳朵。明明身為人母，怎麼會這麼遲鈍呢？就連身為旁人的我，都如此深切了解那孩子的內心想法，但孩子的親生母親怎麼會完全不了解呢？

「國丸，你每天都和那孩子聊天對吧？那你應該知道才對。她沒說希望聖誕老公公送她禮物對吧？」

澄子此話一出，國丸只能沉默。

國丸原本想的是……在和澄子談過之後，他對澄子說，妳因為工作忙碌，沒空偷偷買禮物對吧？既然這樣，我幫妳買，妳可以幫忙偷偷放到那孩子的枕邊嗎？他原本計畫要拜託澄子這麼做。

國丸是認真的。他一直在等機會見到澄子，向她說出這個提議。身為一個外人，除了拜託澄子這麼做之外，別無他法。能像這樣在外頭和她見面，是求之不得的好機會，結果卻得到這樣的回應。如果是對小楓的父親，亦即半井社長，他實在無法開口這樣請託。

國丸想起自己小時候。沒有兄弟姊妹，只有他一個獨生子的孩童時代。因家裡窮，住長屋[8]裡，在他還相信有聖誕老公公存在的那個年紀時，父親還住在那狹小的家中，不過大部分時間他都抱著一升裝的酒瓶，坐在六張榻榻米大的房間角落。

每個人腦中都殘留著戰爭的記憶，人心就此變得頹廢。在那個時代，親人或朋友之中有人喪命，是司空見慣的事。而父親每天也都會從身上傳出酒味，酒醉後，以他的破鑼嗓子大喊。母親則是坐在另一頭的角落，將副業的工作攤在和室桌上，默默工作。

這世上有聖誕節這種習俗，他的父母可能連這個都不知道吧。因為國丸從沒提過，所以父母可能也心想，自己的孩子一定是對聖誕節不感興趣。但學校的朋友常聊到聖誕節的事。這是一種流行的新風俗，帶有自由和美國的味道，大家都顯得興致盎然。就算要大家別太過投入，一樣攔不住。

在那無可救藥的時代，自己多麼想要禮物，只有當事人自己才知道。窮人家的孩子更是如此。孩子心裡認為，如果是聖誕老公公的話，應該不會因為孩童的家境貧窮而左右其決定。

到了上國中，明白這背後隱藏的秘密後，他才清楚明白自己沒收到禮物的原因。但他並未因此而看開，反而更加心情沉重。貧窮的罪過，是一種難以化解的不合理，重重加諸在他身上。他怎麼也想不透。世人為何要造就出這樣的風俗，讓孩子有這種感受呢，這令他感到無比納悶。

國丸想到，當時母親有件事令他百思不解。他當時見朋友有個高級的鉛筆盒，自己也很想要有一個。因為他現在的鉛筆盒盒蓋已經破損。他告訴母親後，母親對他說，會叫爸爸買給你，國丸聽了很高興。

但當天晚上，母親被父親痛毆一頓，哭得不成人形。要是出面勸架，自己也會受傷，所以國丸只能跑到隔壁廚房的木板地避難，等候這場風暴結束。

隔天他提到鉛筆盒的事，結果母親的想法大變，一臉認真地告訴他：「不可以奢侈，我們人要學會忍耐。不管是怎樣的鉛筆盒都一樣。」國丸大吃一驚。

因為是那個時代，國丸想要的鉛筆盒，並不是比他原本使用的鉛筆盒貴上好幾倍的高級品。價格應該也差不了多少。他雖然只是個孩子，但也猜到應該是父親不准的緣故。既然這樣，為什麼不坦白說是因為爸爸不准呢？如果是這樣，為了不想讓母親為難，他會打消這個念頭。為什麼母親要把臉轉開，若無其事的說出那樣的話來，彷彿這原本就是她自己的想法似的，實在無法理解。母親不像在演戲，而是打從心裡這麼相信，而說出那番話來。

隨著成長，他漸漸覺得，這就是女人。在暴力下哭過之後，母親體內的一切，連同她的思想在內，彷彿完全都變了個人。丈夫對妻子的暴力行為，不單只是一種施虐，似乎還帶有某種含意，年幼的國丸有這種感受，感到不可思議。

8. 日式的窄長型建築，分租給多戶人家同住。

國丸在心中立誓，不管怎樣，因監護人的愚昧而犯下的這種罪過，我絕不會犯。等我長大後，不管再怎麼窮，絕不讓孩子純真的心靈變得跟遲鈍的大人一樣。在鴨川的冷風吹拂下，他感覺到當初對日後的自己所立下的誓言，以及對晚輩們所抱持的這份責任的壓力，如今已來到他面前。他才二十五歲，還沒有妻小，但和當時的他一樣不幸的孩子，現在已出現在他面前。

國丸想幫她一把，他覺得這是他的責任。這份欲望無比強烈，但他卻完全使不上力。明明對方的母親就在一旁，他卻連開口問都辦不到。我會去買禮物，妳可以代為放在小楓枕邊嗎，至少今年就當作是特例吧。就只是這樣的請求，有沒有辦法製造機會，主動談到這件事？如果能辦到的話，小楓不知道會多開心。

就在這時，突然有個柔軟之物纏向國丸的左手手肘，國丸為之一驚。那是澄子的右手，接著是左手。

「這樣可以嗎？就這樣一起走。不願意嗎？」

澄子輕聲細語地問道。國丸大為驚訝，感覺到心跳得又快又急。他怎麼可能不願意。他一直都夢想著能像這樣和她一起走在街上。但他明白這天絕不會到來，就此死心。澄子是他公司老闆的妻子，並非單純只是人妻。

「我怎麼會不願意。」國丸說。

「喏，什麼感覺？」

澄子如此問道，國丸心想，澄子是想要怎樣的回答呢，他一直思考這個問題，但還是想不出結果。

「就……很開心。」最後他擠出這句話來。

「真開心。」

澄子也這麼說，國丸在宛如飛上雲端的幸福感中，感覺一件懸而未決的要事就這樣變得模糊。他已經沒機會說了。

兩人就這樣默默走了一百公尺。國丸心想，此刻完全不需要言語，他甚至希望這份幸福能永遠持續下去。

他幻想著，如果和澄子同住一個屋簷下，小楓也在的話……如果他能有這樣的未來，他願意賭上性命，不管再大的困難，再大的不幸，他都會勇敢面對。每年都能毫無顧忌的在小楓枕邊放上聖誕節禮物。

「要不要找地方坐？」

澄子在他耳畔說道，接著她纖細的手臂倏然從國丸的左臂鬆開。就只是這樣的動作，國丸便覺得澄子又變回原本他伸手無法企及的女人，心中備感孤寂。

他們來到鴨川畔的水泥堤防外緣。個頭嬌小的澄子已蹲下身，小心翼翼的依序將雙腳伸向前方的水泥斜坡上，接著右手碰觸身旁的石頭，示意要國丸坐下。

澄子的迷你裙往上捲，露出大腿。國丸將視線移開，緩緩弓身坐下。澄子見他坐下後，將那個白色紙包裹放在膝上，鬆開繫繩。手提包也擺在一旁。

「你知道這個嗎？這叫鍵麻糬，我剛才買的。我很喜歡吃這個。當初結婚時，我京都的朋友送我這個，因為太好吃了，我一吃就愛上。大阪沒有這麼高尚的糕點，想說好久沒吃了，特地跑去買。」

掀開蓋子的盒內，塞滿了撒上黃色黃豆粉的方形糕點。

「一起吃吧。感覺就像野餐一樣，真開心。今天還出太陽，沒那麼冷。」

確實如此。風已止息，陽光照在臉上，明明已是歲末時節，卻一點都不冷。澄子用盒裡附的一小根竹籤，很吃力的切開埋在黃豆粉裡的一塊方形糕點，接著插起當中切好的一小塊。

「來，啊～」

直接送到國丸面前。

國丸抬起臉，依言張嘴，讓她把糕點送入口中。

「喏？這餅皮很好吃吧？」

澄子如此問道，將剩下的一小塊也送進自己嘴裡。

「嗯，真好吃，就在這裡全部吃光吧。」

「不，得帶回去給小楓吃才行。」

國丸急忙說道。澄子聞言，笑著點頭應道：「說得也是。」

「國丸，你真的很疼小楓呢。」

聽澄子這麼說，國丸緩緩點頭。

「國丸，謝謝你總是陪小楓一起玩。」

澄子一本正經地說道。她視線從國丸臉上移開，改為注視著鴨川的水流。

「不，我也玩得很快樂。」國丸說。

「我知道，你是最替小楓著想的人，真的很謝謝你。關於聖誕老公公的禮物，我也想過要送她，雖然那孩子不感興趣。不過，這樣會惹我先生不高興。」

國丸的內心瞬間凍結。接著他心想，原來澄子也是這樣。

他原本就已料到幾分，她並非不懂女兒的想法。澄子和他那每天晚上遭丈夫家暴流淚的母親一樣，被丈夫的想法感染，改為堅信不疑。

「是因為工廠的資金調度有困難，所以才……？」

經國丸詢問，澄子仍舊沒直視他，微微頷首。

「那麼，禮物由我來買。」

國丸見機不可失，拿定主意，就此說出他的計畫，但澄子卻很用力地搖著頭。

「我丈夫一定不會答應的，絕不能這麼做。他一定會說，連我自己都沒收過禮物，而且現在爸爸的工作出了狀況，開出的支票都快不能兌現了，處在生死存亡之際，孩子配合父母的想法，也是理所當然的義務啊。」

國丸不發一語，強忍心中的憤怒。這是哪門子義務，又不是秉持什麼多了不得的思想。沒錢卻又只想著自己買醉，就只是因為這樣吧？孩子才沒必要為這種蠢事犧牲呢。

「不過是聖誕節禮物罷了，也算不上什麼忍耐啦。就算跟他提，他也不會聽的。我也常在想，到底怎麼做比較好，不過像聖誕節只算是小事……」

國丸仍舊無言以對。他對小楓的關愛，常與自己的經歷重疊。這股憤怒，同時也是對他那傻父親的憤怒。

「他變得很堅持。總是說，不過就只是孩子的聖誕節罷了。要是送了一次禮物，成了習慣，以後永遠都得繼續送下去才行。現在明明是處在隨時都可能要跑路，一家三口露宿街頭的危險時刻啊。」

「不會永遠，很快就會結束的。」

聖誕老公公的信仰，就只會出現在孩童時代。

「而且太太妳也在工作，不至於流落街頭。」國丸說。

和丈夫的工廠不同，澄子的章魚燒店生意興隆，妻子反而還比較有生存能力。

「最近他對此也很有意見。」

她撥起左側的劉海，讓國丸看她的額頭。

「之前他狠狠打了我這裡一拳，腫了好大一包。」

確實可以看見頭髮底下的腫包和瘀青。

「為什麼……為什麼要這麼做……」

國丸以輕細的聲音說道。為了壓抑自己不斷湧現的怒火，他只能選擇輕聲低語。有這麼可愛的太太，那麼可愛的女兒，為什麼他沒注意到這是他受之有愧的幸運呢？國丸甚至感到很不可思議，像社長那麼沒用的男人，竟然還討得到老婆。

看在國丸眼裡，半井的工廠之所以無法經營下去，是他自作自受。他很想叫半井別再酗酒，要他認真投入工作中。但他卻沒這麼做，老拿家人出氣，真是世上最差勁的笨社長。也許比國丸那沒固定工作的父親還好一些，但根本就是五十步笑百步。

「這是常有的事。我每天晚上都挨他揍，暗自流淚。」

澄子向小她七歲的男人訴苦。

當初父母那悲慘的畫面，頓時浮現國丸面前。母親那不斷挨揍，被抓住後腦，額頭緊抵向榻榻米，放聲哭喊的模樣。父親喝醉酒，昂然而立的姿態，猶如滿面通紅的惡鬼。

「小楓她……」

這是國丸最擔心的事。

「雖然他很少對小楓動手，但之前小楓哭著想保護我，所以被一把推開，膝蓋擦破了皮。」

國丸眼前火花迸裂。對那孩子出手，這件事不可原諒。唯獨這件事不可饒恕。

國丸也有過同樣的體驗。他大喊住手，緊緊抱住父親的背，結果被甩開，痛毆一頓，接著肚子被踢了一腳。然後他被推落玄關的土間[9]，拉著頭髮和後頸拖出門外。

就這樣一路拖行來到附近的公園，丟進沙坑裡。然後撒了他一臉沙。沙子甚至跑進嘴裡，聽見沙沙的聲響。至今他仍清楚記得那聲音和味道。

9. 日式房子入門處沒鋪木板的黃土地面。

他還記得小楓膝蓋貼的ＯＫ繃。那是她父親打傷的嗎？小楓說是她自己跌倒造成。

「我已經受夠了，我想離婚，我再也無法忍受了。在那種大叔底下工作，你竟然有辦法忍受他，真是服了你。」

澄子笑著道。

「我工作賺錢是無所謂，但要我一輩子養那種丈夫，我可受不了，鬼才要呢！」

澄子就像在對著河面吶喊似的，以強烈的語氣說道，收起臉上的笑容。

11

在錦天滿宮這個鎮上，尤其是國丸所住的公寓，以及半井夫婦和小楓居住的章魚燒店和成衣店這兩棟建築附近一帶，當時發生了很不可思議的事。

由於假日也上班，外加持續加班，國丸幾乎都沒離開鎮上。而在他常去採買的店家、用餐的店家、喝啤酒的店家裡，就算不想聽，也還是會聽到鎮上的傳聞。鎮上的居民最近晚上都睡不著覺，似乎都為此喧鬧不休。

而令人費解的是，他們始終查不出睡不著覺的原因。並不是因為噪音，也不是因為商店街的霓虹燈整晚光線刺眼，擾人安眠。天滿宮的商店街沒有霓虹燈，而且到了就寢時刻，部分燈光也都會照規矩關閉。由於這裡是天滿宮的參道，汽車不會駛進這裡，電車離這裡也有一大段路。

但不知為何，仍有許多居民半夜會多次醒來。而更奇怪的是，比起一樓住戶，二樓設有寢室的住戶更有這種傾向。國丸住的那棟公寓二樓的住戶，很多也都有這種現象。此事傳進國丸耳中。如果要再追加其他讓人覺得不可思議的事，那就是以前這一帶從沒發生過這種事，今年是第一次發生。

國丸住的這棟建築，是半井鑄造工廠的員工宿舍，以前原本是一棟公寓。國丸單身，不過這裡也有提供夫婦同住的大房間，以前也有半井鑄造工廠的員工攜家帶眷住進這裡。如今他們已不住這兒，所以與這裡解除了充當員工宿舍的合約，改由一般的夫婦入住，不過也有人是全家搬離此地。社長在公司裡也說過這件事，同樣住二樓的國丸自然也明白此事。

社長想知道箇中原因，國丸自己也很感興趣，因此他拜訪左鄰右舍，打聽事情的始末，以及住戶搬走的原因。結果聽到了難得一聞的怪談。

搬家的那戶人家，夫妻倆都嘔吐不止，內臟出了毛病，搬回鄉下居住。也有人雖然沒搬家，卻經歷了很不可思議的體驗。

據住戶所言，他們在屋裡擺設父母傳下來的佛龕，裡頭有兩個祖先的牌位。早上起來一看，兩個牌位都背對著他們。夫婦倆都覺得是父母或祖先嫌棄他們，就此變得神經衰弱，還請靈媒來看是怎麼回事。結果靈媒指出，他們父母已經不想再理他們夫婦倆了，而且昔日遭明智光秀襲擊，命喪刀下的信長家臣，他們的亡靈在背後作祟。

信長在烈火中自盡的本能寺，確實就在這座小鎮上。話雖如此，信長遇襲的本能寺又不是這裡。不管如何，那對夫婦就此更加無法入眠，開始出現頭痛、暈眩等不適症狀，最後甚至看到鬼魂。

那位丈夫開始聲稱，在國丸的房間同樣面向的那條走廊盡頭處，站著某個東西。他辭去工作，夫婦倆爭吵不斷，上精神科求診，開始服藥，最後甚至出現全身關節疼痛、全身倦怠、行走困難等症狀，就此臥病在床。

說完這件事後，半井社長不住點頭。「我的事業會這麼不順利，也都是因為信長家臣的亡靈在作祟。」他一本正經地低聲說道，聽了真教人失望。自己的怠惰都擱在一旁不談，只要找到好藉口，就馬上拿來替自己脫罪，這就是社長的壞習慣。

不過，千年古都京都，像這種怪談俯拾皆是，這也是不爭的事實。棋盤式的街道，到處都有人慘死，只要加以探尋，便不難找到相關的故事。

社長對此不再有更進一步的興趣，但國丸卻對鎮上的這場騷動感到好奇，此事一直在他腦中揮之不去。之所以會這樣，也是因為國丸自己也都是快天亮的時候醒來。今天早上同樣也是四點半醒來，然後重新入睡。

原因不明，所以他想查明原因。並不是因為作噩夢，也不是身體不舒服。不過，從床上起身時，感覺頭好重。這表示他沒熟睡。從他小時候開始回顧，過去從沒這樣的經驗。以前只要他一旦睡著，便絕不會在天亮前醒來。

國丸沒遭受其他更嚴重的危害，就只是會自己醒來。他既沒目睹亡靈，也沒感到身體不適。沒發生頭痛、暈眩的症狀，食欲也沒因此降低。更沒感到全身倦怠、關節疼痛，但這也許單純只是因為他還年輕。

不過，國丸的親身體驗可不光只有天快亮的時候醒來這件事，還有另一件恐怖的經歷。那是今天早上發生的事。他因覺得頭部沉重，不太舒服而坐起身。他回想當時自己為什麼會醒來，但一樣想不出半點頭緒。

不過，當他抬起頭時，看到一個奇怪的東西，他大叫一聲，就此完全清醒。由於還是寒冬時節，天還沒亮，房內一片漆黑。在看不清景物的昏暗中，他看到一個不該有的東西。他定睛細看後，馬上明白是怎麼回事，頓時因大受衝擊而背脊發涼。

是那個穿過牆壁，朝室內挺出的天滿宮石鳥居。正確來說，是擺在它上面的布袋和尚[10]擺設。白皙的臉蛋，面露柔和笑容的布袋和尚。雖然不是特別喜歡，但國丸從小長大的那座長屋的層架上，一直擺著這尊布袋和尚，所以國丸可說是看著它長大。

這原本是母親所有，母親說這是以前一位很照顧她的人所贈送。這算是她母親的遺物，所以捨不得丟，就這樣帶回屋裡，擺在突出的鳥居上方。

在他看到布袋和尚的瞬間，睡迷糊的腦袋先是感到納悶，接著感到強烈的恐懼。不可能的事情發生了。布袋和尚一樣是擺放在鳥居上方。但它的臉不見了，變成一片白的無臉男。

他當自己是在作噩夢，馬上以棉被罩住臉，有股想趕快熟睡的衝動，但他還是鼓起了勇氣。他極力跪著起身，快速環視屋內。昏暗房間的四個角落、與天花板的交界處。幸好沒有什麼不乾淨的東西。

他移膝朝鳥居的方向靠近。靠近細看布袋和尚後，這才明白原因。它並不是五官消失，而是改為以背部面向他。也就是說，它轉過身去。

國丸鬆了口氣，不是布袋和尚本身產生了變化。布袋和尚沒有頭髮，所以後腦一片白，看起來就像五官從臉上消失一樣。再加上鳥居位於高處，從床上只看得到頸部以上的頭部。布袋和尚的身體被石鳥居遮住，看起來就像是白色的無臉男從高處窺望一般，一時間沒能看出那是布袋和尚的後腦。

當然了，它的正面五官完好。搞什麼嘛。國丸暗自鬆了口氣，全身的緊繃就此洩去，但同時冒出另一個疑問。為什麼布袋和尚的擺設會在鳥居上方轉了半圈呢？

過去同樣沒發生過這樣的情形。在這間屋子已住了兩年半，從沒發生過這樣的異狀。只要人在屋內，布袋和尚就會進入視線中。回家、出門、聽廣播、在屋裡走動時，幾乎都會看到它的臉。但從來沒見過它背部朝前。

在入睡前，它也是正面朝前。之後國丸便進入被窩裡睡覺，完全沒碰觸它。也沒人會進入屋內，所以除了他之外，不可能有人會將布袋和尚轉面。

想到這點，頓時有另一個念頭令國丸背脊一涼。難道有人進入我屋內？他起身如廁，回來時前往玄關確認有無上鎖。門鎖確實鎖著，完全沒有開過的痕跡。

布袋和尚白天一直沒任何變化。就只有在晚上他睡著時才有動作，轉身背對著他。為什麼？

他再度靠近布袋和尚，加以確認，似乎連位置也有更動。微微朝他的反方向遠去，也就是往牆壁的方向退去。鳥居的上方呈斜坡狀，布袋和尚是往下坡行進。斜坡的盡頭是牆壁，但它尚未走到牆壁處。而是在牆壁前方停住。

10. 日本的七福神之一，為彌勒佛的化身。

國丸在棉被上盤腿而坐，靜靜思索。雖然只是很短的距離，但布袋和尚確實往下坡移動，而且還轉了半圈。為什麼會有這種事？

他捱不住寒氣，改為趴在床上，罩上棉被。原本想維持這個姿勢繼續思考，但一陣睡意襲來，他馬上又進入夢鄉。最後在鬧鐘的鈴聲下醒來，上班時間到了。他猛然憶起布袋和尚的事，抬頭望向鳥居上方，只見那背對他的布袋和尚仍留在原位，似乎沒再有任何動作。

國丸以茶包泡了杯紅茶，啃了兩片吐司，就此前往工廠。

來到半地下室的工廠一看，那座大型的送風機仍在轉動，於是他關閉開關，順便也將頭頂那面朝馬路的通風扇也關閉。為了讓昨晚做好的風鈴冷卻，一整晚朝它吹風。他觸摸排在木板上的鑄器，已完全冷卻，能交貨了。於是國丸為了進行今天的工作，朝鍋子生火。只要產品能在夜間冷卻，工房就能更有效的運用，這樣做事才有效率。

他正在製作沙製模時，隔壁的家庭主婦拿著傳閱板走下樓來。對方請他看過之後蓋章，傳給下一戶人家。國丸應了聲好。仔細一看，上面寫著今晚七點要在工商會議所一樓舉辦鎮上會議。

午休時他和小楓碰面，出數學題，和她一起玩，吃澄子做的章魚燒當午餐，然後回工廠進行下午的工作，五點多下班後，又和小楓見面，帶她到大吉一起吃晚餐。

望向章魚燒店，店內燈光明亮，澄子還在工作，而不知為何，今天一整天社長都沒到工廠露臉。不過國丸知道作業內容，所以他自己一個人默默工作，今天同樣完成多件鑄造好的產品，於是他打開通風扇，以大型的送風機吹風降溫，就此離開工廠。

他和小楓在章魚燒店前告別，打算到傳閱板上所寫的鎮上會議中露臉。鎮上有幾個愛說話的人，算是熟面孔，所以他去參加會議不會無聊。眾人齊聚開會的原因，應該是討論晚上睡不著覺的事吧。他想聽聽看大家怎麼說。

走進工商會議所一樓的會議室內，裡頭只有五個人。曾在走廊上見過鬼魂的有馬不在裡頭，可能是身體欠安，不克前來吧。

這天的會議，其實稱不上會議，只能算是眾人聚在一起閒聊。來的全是男人，也沒議長主持，始終都在發牢騷。說到牢騷的內容，果然就是晚上無法入睡，以及半夜裡多次醒來。此時國丸也有同樣的煩惱，所以他很認真聽他們討論。

有人提到早上起床，發現牌位由正面轉為背對，還提到有馬上精神科求診。因為是同一棟公寓的住戶，國丸也知道他的事，問到這件事後，有人便說出在公寓內聽聞的消息。說完後，國丸為之一驚。佛龕裡由正面轉為背對的牌位？今天天快亮時，鳥居上的布袋和尚轉了半圈，他自己的這項經歷不也是同樣的現象嗎？之前他從沒這麼想過，今天終於注意到了這點。

國丸臉色大變，不過鎮上的人皆沒發現。因為大家都只專注在自己想說的事情上。國丸奉社長之命，多次參加鎮上會議，但他都不會踴躍發言，所以顯得不太起眼，不會引來眾人的注意。只要在角落裡什麼也不做，大家也不會搭理你，所以感覺還挺自在的。

今天聚在這裡的人，似乎就只是提出晚上睡不著覺、半夜醒來等牢騷。這造成睡眠不足，導致身體狀況變差，影響工作。例如頭痛、無法長時間久站工作。像有馬這樣看到奇怪的東西，或是遇見靈異事件的人，倒是一個都沒有。眾人就只是不斷反覆提到自己莫名半夜醒來，原因不明。

就只有國丸獨自一人不斷思考著「旋轉，是旋轉」。不論是牌位的事，還是他房間裡的布袋和尚，都是同樣的現象。兩者都是物體轉了半圈。牌位是轉為背面，布袋和尚則是成了無臉男。

這和怨靈、詛咒無關。國丸心想，原因已經查出，就只是旋轉。但他無法進一步推理。為什麼會旋轉呢？在佛龕裡頭，以及石鳥居上方的東西，為什麼非得旋轉不可呢？而且都發生在半夜。白天為何就不會動？背後的原因究竟為何？

國丸獨自坐在會議室的角落裡，猶豫著該不該說出自己昨晚的體驗。但他心裡感到排斥，雖然很難說明清楚，但這是他本能的感覺。真要說的話，是一種近乎自我防衛的感覺。這時候先保持沉默比較安全，說出來的話會有危險，感覺彷彿聽到有人在耳畔向他如此低語。而重要的是，雖然想告訴眾人，借重他們的智慧，但眼前似乎沒人可以給他答案。

回到房間後，國丸背倚著牆壁，持續思索。前方就是從牆壁裡挺出的石鳥居前端，布袋和尚就擺在上方，不過今天早上國丸已將它擺正，所以現在好端端的面向前方。能看見它面露柔和笑容的白色臉蛋。

這景象果然很怪異，他再次興起這樣的感受。通往錦天滿宮的參道入口處所設立的鳥居，兩側的前端貫穿左右人家的牆壁。國丸住的公寓位於北側，而貫穿牆壁的鳥居前端，正好從國丸的房間裡冒出。當初覺得有趣，所以國丸自願住這個房間。並將布袋和尚擺在石鳥居上方。

他試著回想剛才居民們抱怨的內容。最後大多是同樣的話一再反覆，所以他也沒認真聽，不過國丸之所以最後沒說出他今天早上的經歷，是因為沒人問他：「你有沒有遇到什麼怪事？」或是「你半夜會醒來嗎？」如果有人問，他或許會說。他並非已下定決心絕不說出此事。放在鳥居上方的布袋和尚轉為背面的事，搞不好一不小心就說出來了。

他保持沉默的另一個原因，就是這個從屋裡挺出的鳥居。要是他主動開口，大家應該就會說——對了，你住的地方就是天滿宮的鳥居前端挺出的那個房間對吧。確實有可能變成這樣，到時候大家就會問東問西，感覺會惹來不少麻煩。

會半夜醒來的並非只有他。既然這麼多人都有這種現象，那麼，眾人的異常現象就不能全怪罪在這座從屋裡挺出的鳥居上。不過，在睡到一半會莫名其妙醒來的人當中，若問到誰的寢室最古怪，那肯定非國丸莫屬。這麼一來，一定會讓人產生諸多聯想，議論紛紛。

今晚的聚會共有五人參加，這或許表示目前在這鎮上，感受到嚴重異常的就只有五個人。或許還有其他人會在半夜醒來，但也許是症狀輕微吧。已嚴重到開始身體不適的人，可能就只有剛才那五人。而嚴重到就醫的那對夫婦，已經搬離此地。另外還有一人因為身體不適，無法前來參加聚會。

五人當中，有兩人和他一樣是松坂莊的住戶。如果將搬走的那對夫婦，還有看到鬼魂的人也算進來的話，就有五個人了。不，要是連他也算，就是六個人了。全是松坂莊的住戶。一共有九人之多。這九人當中，多達八人是住在二樓。只有一人住一樓。

其他三人是對面公寓的住戶，也就是社長夫婦和小楓他們的住家，而這三人也都是在二樓的房間作息。換言之，大家都睡在二樓，在奇怪的時刻醒來。

全都是公寓的住戶呢，沒人住獨棟房，而且住二樓的人特別多。住一樓的住戶，就只有一個人感覺有異常。住二樓的人占絕對多數，而且都體驗過異常現象。

等等，他又注意到一件事。鳥居。鳥居周邊的公寓。石鳥居周邊的公寓，而且是其中二樓的住戶，都有半夜醒來的經歷。換句話說，在這種房間裡睡覺的人，常會因無法入眠而苦惱。這當中存有這樣的法則性，這是為什麼？

二樓？他又注意到一件事。鳥居前端貫穿牆壁，剛好是在二樓，這也有關係嗎？

他突然想到，小楓不知道情況怎樣。錦天滿宮的鳥居貫穿二樓房間，而國丸就睡在這種房間裡。這裡是鳥居刺穿的北側人家。至於南側的建築，則是小楓的房間。小楓沒遇上什麼異常現象嗎？國丸很在意此事，打算明天問個清楚。

12

他突然在一片漆黑中睜開眼，天花板的木紋映入眼中。他頓時明白，啊，我又醒了。天尚未明，屋裡和窗外都一片漆黑。不必拉開窗簾，也知道外頭仍是一片昏暗。望向枕邊的鬧鐘，四點半，和昨晚一樣。在這種奇怪的時間醒來，而且還一再重複，為什麼？已變成習慣了嗎？這實在教人高興不起來啊。

他試著微微從枕頭上抬起頭，雖然不會覺得很不舒服，但腦袋好沉重，這不是睡了一夜好覺的感覺。不過他試著回想，倒也不記得做了什麼噩夢，感覺好像做了什麼夢，但到底是什麼夢呢？不管再怎麼想，都想不起內容，就只是有那種感覺殘留。夢只會留下感覺。不知道是從哪兒看過這句話，說得一點都沒錯。

他猛然憶起，望向鳥居上方，微微發出一聲驚呼。布袋和尚的臉，又變成了白色的無臉男。那是它的後腦，果然又轉了半圈，同時往牆壁微微移動。

他似乎睡得不舒服，沒有想要睡回籠覺的欲望。雖然還不至於到頭痛的地步，但覺得很不舒服。他甩了甩沉重的腦袋，緩緩坐起身，接著在棉被上盤腿坐正。他重重吁了口氣，然後做了個深呼吸。手抵向牆壁，撐著身體緩緩站起身，想先上個廁所。

走出廁所，洗好手後，他確認玄關是否有上鎖。情況也和昨晚一樣，無任何異常。

門緊緊鎖著，所以沒人入侵。

他靠向那挺出的鳥居前，一把抓住布袋和尚，將它拿起，檢查它的底部，但沒任何奇特之處。國丸將它轉正，和睡前擺同樣的方向，接著他想深深吸一口戶外的新鮮冷空氣。也不知道為什麼，就突然有這樣的欲望。於是他拉開窗簾，想解開兩面玻璃窗中間的半月鎖。這時他突然暗呼一聲「咦」，望向自己的手。

傳來的手感完全不如他所預期，很輕鬆就解開了鎖，半月鎖很輕鬆便轉動了，而且握柄的部分很輕易的往下掉。這是因為半月的前端就只是微微卡在榫眼上，幾乎就只是微微勾住而已。只要食指放在半月形的握柄處用力，根本還沒使上全力，它就自行脫落，半月鎖自行轉動，就此解開。

這房間的窗戶已經老舊，所以半月鎖也同樣老舊。相接的金屬部分似乎已經生銹，摩擦力高，不易轉動。所以將半月鎖壓進榫眼裡，以及朝外轉開時，都需要特別用力，因此剛才他原本也以為得特別用力。

但根本還沒出力，半月鎖就輕鬆解開。也就是說，它早已處在快要解開的狀態。在上鎖後，半月鎖往解鎖的方向轉動了不少。

這就怪了。因生銹而變得很緊的半月鎖，不管什麼原因，都不可能會在半夜時自己朝解鎖的方向轉動半圈才對。如果是窗框換新，所有活動部位都很滑順，而且還滴過潤滑油，銜接部分的摩擦減至最低，這樣倒還能理解。但是這扇金屬框的窗戶並未滴潤滑油，而且它既沒換新，動作也不滑順。半月鎖對應的榫眼也微微生銹，外表粗糙，不易轉動。它有這麼容易解鎖嗎？

國丸想憶起上鎖時的情形。昨晚睡覺前，我是怎麼做的呢？難道我只將半月鎖的前端微微壓向榫眼，很隨便的鎖上？

他想起來了。不是這樣。他當時用力轉動半月鎖，使足了力，深深地壓到底。當時甚至覺得這樣不可能會鬆開，足見他壓得有多深。他清楚記得。為什麼他記得這件事呢？因為他記得當時自己心想，我壓得這麼深，到時候要解開會不會很吃力？

那麼，昨天清晨他醒來時，又是怎樣呢？他試著回想。昨天同樣也是天快亮的時候醒來，但那時候半月鎖的情況怎樣？也是處在這種即將解開的狀態嗎？

他不清楚。昨天天快亮時，窗戶沒開。等等，他大感震驚。昨晚就寢前，他將半月鎖緊緊鎖上。他想起了這件事，這表示窗鎖打開過。

但是國丸不記得這幾天他曾解開半月鎖，打開窗戶。明明不記得曾經解開鎖，卻有上鎖的記憶？既然是要上鎖，那它原本就一定是開著的。什麼時候打開的？我什麼時候打開這扇窗？反過來看，它是從什麼時候開始關上的呢？

他展開思考。想不出來，他已不記得了。上鎖的事，已成為無意識的習慣動作。手自行做出這樣的動作，所以不論是開窗還是關窗，都沒記憶。

儘管如此，他還是很努力地回想，結果微微想起了些許畫面。他有好一陣子沒有鎖上半月鎖的記憶了，不只是這幾天，因為現在是冬天，天氣寒冷，所以原本就不會開窗。這表示他沒解開半月鎖。前天一整天，以及大前天，他都沒開窗。這麼說來，半月鎖應該一直都是鎖著的才對。

前天晚上睡覺時，以及隔天早上醒來時，窗鎖都沒解開。他沒開窗，然而，昨晚就寢時，他卻用力鎖上窗鎖。明明沒解開過窗鎖，但昨晚為什麼要上鎖？

也就是說，半月鎖解開過。但那是什麼時候解開的？什麼時候開的窗？我明明沒開窗，為什麼半月鎖會解開？是誰在什麼時候解開窗鎖？誰開的窗？

過去他從沒想過這件事，直到現在才發現。昨晚睡覺時，這窗戶如果是開著的，那反而奇怪。我明明不記得自己開過窗啊，所以這窗鎖不應該會解開才對，解開窗鎖反而才奇怪。

就寢前他朝窗戶上鎖，這已養成習慣，他一直都這麼做。而昨天他沒打開窗戶，前一天也是。現在不是夏天，由於屋內寒冷，他一直都不想開窗。因此，昨天從他早上起床出門上班，一直到回家睡覺這段時間，都沒開過窗。這樣的話，昨晚就寢時，那半月鎖就一定是鎖上的。但他在就寢前，卻清楚記得他動手上鎖。也就是說，那半月鎖確實是打開的。這是為什麼？為什麼沒鎖？他這才發現這點，大感奇怪。

當時他並未多想。因為覺得睏，而且要是不保有充足的睡眠，他從事的是危險的工作，很容易受傷。那時候他就只是拉起半月鎖的握柄，用力往下壓，然後便回到床上，蓋好棉被就寢。

他因鬧鐘鈴聲而醒來，起身關掉鬧鐘後，再次盤腿坐在棉被上。覺得不太舒服，昨晚沒睡好。但是也沒辦法，上班時間到了。

他望向鳥居上方，布袋和尚什麼事也沒發生。也沒轉過身去。它臉朝正面，面露和藹的笑容。國丸站起身，拉開窗簾，檢查半月鎖。它同樣完好地鎖著，沒有鬆開過的跡象。

他沖了杯即溶咖啡，朝烤麵包機裡放入兩片吐司，烤好後抹上奶油，就此啃了起來。接著他喝起咖啡。平時在睡眼惺忪的情況下喝了咖啡，總會就此清醒過來，但今天早上卻始終迷迷糊糊，很晚才完全清醒。都是因為半夜醒來過一次。

他脫去睡衣，換上長褲，穿上毛衣，外頭披上灰色的工作服，步出屋外。上班時間走到工廠，徒步只要一分鐘，非常輕鬆。不像有很多人得長時間搭電車通勤，這點他很感謝社長。

信步來到地處半地下室的工廠後，他發現樓梯旁那片薄薄的合板門半開著，半井社長就睡在裡頭，國丸嚇了一跳。這扇門沒鎖，為了在整晚熬夜趕工時，可以在這裡小睡片刻，才特地闢了這麼一處狹小的空間，而社長昨晚似乎就在此過夜。他感到納悶，不清楚是什麼原因。是喝醉酒，走不回家嗎？雖然不知道他上哪兒喝酒，但如果社長能走到這裡，再多走幾步也就到家了，沒必要睡在這裡。

走進工房一看，大型的送風機仍在轉動。他碰觸產品，得知它已完全冷卻，於是便關掉開關，朝馬路轉動的通風扇也一併關閉。

他朝鍋子生火，朝沙製模內注入金屬的作業還沒做完，但數量剩不多了。這樣的話，應該上午就能完成。接下來昨晚做好的產品就能裝箱了，他在腦中擬定作業的步驟。

他在工作時，感覺社長似乎起床了。他在廁所的洗臉台前刷牙漱口，邊洗臉邊發出很大的聲響，接著用粗俗的聲音吐痰。國丸從以前就不喜歡會發出這種聲音的男人。

接著社長走進工房裡。

「早安。」

國丸向他問候。

他感到納悶，因為社長沒任何反應。社長是個沒禮貌的男人，而且向來都以這種像流氓般的傲慢態度自豪，不過早上向社長問候，他好歹也會回應一聲。但今天卻沒任何回應。

國丸望著他，想知道他是怎麼了，但社長似乎無意參與工作，準備直接走出屋外。

「社長。」

國丸朗聲朝即將消失在樓梯上的社長喚道。連續兩天蹺班是嗎，這樣可傷腦筋呢，有些事需要社長下達指示才行啊。但社長卻不予理會，逕自走上樓梯，不見蹤影。不得已，國丸只好獨自作業。

過了將近一個小時，國丸感覺入口處有人，轉身查看，發現是社長站在那裡。他臉色蒼白，眼睛浮腫。難道酒還沒醒？

「社長。」國丸喚道。

「您是怎麼了？」國丸問。

「你還好意思問呢！」

社長以粗獷的聲音說道，國丸微微側頭，不懂他這句話的含意。
「你自己摸摸良心，有沒有什麼話要對我說的？」
「啥？」國丸問。
「沒有嗎？」半井社長咆哮道。
「你是要我說什麼？」
國丸如此詢問後，社長大步朝他走來，一把揪住他胸口。國丸感到畏怯，向後退縮。
「你和我老婆在鴨川散步對吧！」
社長以激動的口吻說道，國丸這才明白，原來社長看到了。
「這樣還有心思工作嗎？自己的部下和老婆，大白天就那樣親熱起來。」
「不是這樣的，社長。」國丸極力解釋。
「哪不是這樣啊！」社長怒吼道。
「我們是在路上偶遇，就在四條大橋前面。」
「為什麼去那裡！」
「因為這一帶的餐館我都吃膩了，想找個不一樣的地方吃午餐，走到了那裡，結果巧遇太太，就在等紅綠燈的時候。」
「說得好聽，我看你們是事先約好的吧。」
「別開玩笑，我說的句句屬實。」
「如果只是剛好路上遇到，還會事先做好午餐的便當嗎？」

「便當？」國丸驚訝地問道。

「你們兩人親暱地坐在河邊，用筷子夾起某個東西送進嘴裡，我全都知道。」

「哦～」

國丸就此憶起。

「那是鍵麻糬，是一種點心，太太在祇園買來的。她說她最喜歡吃鍵麻糬了。」

「少騙人了，你這個小鬼，忘恩負義的傢伙。也沒想想你會有今天是誰造就的！」

「社長，你誤會了。」

社長緊揪著國丸的上衣，國丸抓住他的右手想要鬆開它。

「你們這個樣子，我哪還有心思工作啊。」社長說。

「我和太太之間什麼都沒有，請你自己去問太太。」

「大白天的，你們公然那樣勾著手走路。明明打得那麼火熱，還說你們之間什麼都沒有？」

「不然你說我們會有什麼？請你自己去問太太吧。」

「我問過了。她竟然跟我說，既然這樣，那你就出去住吧，我很快就會帶小楓離開這個家，所以你暫時先在這裡過夜。」

社長指著背後的休息室，國丸點了點頭。這樣他就明白了，但他還是感到茫然。原來已經把話說到這個分上了，這樣是真的想離婚嗎？所以社長才會睡在工廠裡是嗎？

「真是忘恩負義啊。我太太和你全都一個樣。枉費我這些年來一直這麼賣力工作，竟然背著我和年輕人胡搞。」

「我們才沒胡搞呢，太太沒那樣說吧。」

「就算她沒說，也都清楚寫在臉上。因為我們都當那麼多年夫妻了，我比你更了解那個女人。」

國丸呆立原地，不發一語。說得也是……

但澄子決心與社長離婚，並不是因為他的緣故。目前他和澄子之間什麼事也沒發生。

「你別以為你做出這樣的事來，我會跟你善罷甘休，因為你實在是恩將仇報。偏偏挑在我諸事不順，生死存亡的這個關鍵時刻，現在我根本無心工作！」

半井社長大吼一聲，就此轉身衝上樓梯，往屋外奔去。

社長一整天都沒回工廠。是又跑哪兒去喝酒了嗎？

國丸完成他自己一個人能處理的工作。將產品裝箱，堆放在工房角落，再來就等社長拿去交貨了。如果現在正處於生死存亡的關鍵時刻，那就更不該喝酒啊。

下午五點時，小楓出現在上方的馬路上，國丸走上去牽起她的手，邀她一起去笹屋。兩人一起朝天滿宮的鳥居走去，路上國丸向小楓詢問。

「最近妳會不會晚上睡不著？會不會半夜突然醒來？」

「會。」

小楓悄聲道，點了點頭。

「咦？這樣啊。」

國丸驚訝地應道。他心想，連小孩子也會。

小楓回以一笑。

「前天晚上我醒來後，覺得害怕，就走到樓下的房間，鑽進媽媽的被窩裡，和她一起睡。」

國丸頷首，他猜也是這樣。

「為什麼會醒來呢？」

雖然覺得孩子不可能知道，但國丸還是問了。

「最近鎮上有許多人都會在半夜醒來呢。」

說完後，小楓臉上仍掛著笑臉，頭則是偏向一旁，嘴裡還不忘吸著國丸買給她的果凍。小楓在感到不解或是困惑時，臉上都掛著微笑，這是她的習慣。國丸很喜歡她這個模樣，覺得可愛極了。他認為像小楓這樣的孩子實屬少見，到底是像誰呢？她父親就不用說了，和她母親也不像。

「小楓。」

國丸叫喚她的名字。

「嗯？」

小楓面帶微笑的仰望國丸。

「妳爸媽昨晚吵架了嗎？」

小楓聞言後低下頭，微微收起笑容，應了聲「嗯」。

「妳爸爸大聲吼嗎？」

小楓又點了點頭。

「媽媽有挨打嗎？」他低聲詢問。

「他們叫我到樓上去，所以我不知道。」小楓說。

國丸頷首。他也不想再追問下去。

「妳爸爸在工房裡睡覺。」

國丸如此低語，但小楓沒任何反應。

13

鑄造完成，並經過冷卻後的產品，加以裝箱完畢，國丸叫來一輛小貨車，和司機一同把貨運上車後，他也一同坐進前座，送往位於大津市的公司。

回程他請司機載他到加茂大橋下車，從那裡搭市電返回錦天滿宮。接著他收拾工廠內的物品，進行打掃。轉眼已即將六點，小楓出現在上方的馬路上，於是他們一起到大吉吃晚餐。社長一直都沒到工廠露臉。

用完餐後，他帶著小楓前往笹屋，小楓一路上吸著果凍，兩人就此來到天滿宮的鳥居下。國丸一邊出計算題，一邊望向章魚燒店，發現澄子正笑咪咪地望著他們，與社長的模樣形成強烈對比，彷彿什麼事都沒發生似的。

之前在鎮上會議中，有名男子說他家位於小楓家後面的公寓，此刻他臉色蒼白地從一旁走過。他看起來身體狀況不佳，之所以沒發現國丸他們，可能也是這個緣故。

國丸也想到自己的身體狀況。雖然稱不上多好，但還不至於到生病的地步。

「小楓，晚上還是睡不著覺嗎？」

國丸向一旁的小楓詢問。

「嗯……我不知道。」

小楓開朗地應道。

國丸回想自己小時候，因為小孩子長得正快，很需要睡眠，很少晚上睡不著覺。就算睡不好，但一早醒來也就忘了。因此，雖然覺得不太可能會做出「我不知道」這樣的回答，但這純粹是出於大人的想法，對孩子來說，這是很自然的回答。

他最近還是常失眠。就連早上四點多醒來，也不是第一次醒來，而是感覺像在淺睡中不斷輾轉難眠，而到了四點時，再也無法忍受，就此睜開眼睛。

如果能睡著的話，就算四點半醒來，好歹也睡滿六個小時，應該不會覺得太難受才對。但早上醒來時，總是覺得倦怠難受。果然是因為沒睡好的緣故。明顯狀況不佳。為了小楓好，應該早日查明原因。

與小楓道別後，他回到房間。從屋內挺出的鳥居，擺在它上方的布袋和尚仍舊安好地面朝前方，臉上掛著笑容，位置完全沒更動。

他拉開窗簾，檢查半月鎖，它也一樣完好的鎖著。仔細看握柄，也沒有動過的跡象。他伸手觸摸，卡得很緊，不易轉動。這樣的話，以後睡覺時就不必上鎖了。

他打開煤油暖爐，沏了壺茶，聽了一陣子廣播。漸感疲憊，一陣睡意襲來，於是他換上睡衣，從壁櫥裡取出棉被，就此躺下。

他關掉燈光，閉上眼睛，想靜靜地想些事，結果腦中湧現的，果然全是澄子、小楓，以及社長的事。失去妻子的社長，說來也可憐，但是他個性粗暴又陰晴不定，外加自私任性，所以打從以前國丸就不曾尊敬過他。所以實在對他起不了同情心。

這對夫婦今後打算怎麼做呢？澄子似乎真的想離婚，但社長會同意嗎？澄子很受大家歡迎，但社長要找到下一個女人，恐怕沒那麼容易。而且公司倒閉後，他也剩沒多少錢吧。

夫妻倆一旦離婚，獨生女小楓會跟媽媽走。嗜酒如命的父親，沒辦法養育女兒，而想必他也不會自己主動說要監護權吧。

國丸暗自想像，與丈夫離婚後的澄子，是否會主動和他說話呢？他覺得會。他希望澄子能再來找他談天，如果能到某個遠方的城市，三個人一起生活，他和小楓的感情會變得更好。

不過這麼一來，他不就能擁有澄子了嗎？最後會是這種結果。但他實在難以置信，這都是因為過去他都不敢存有這種幻想。如今真的有這個可能，卻感覺這樣的未來像是一場夢，儘管內心雀躍不已，卻沒有那種真實感，甚至感到害怕，這就如同是從社長手中奪走他的妻子。

如果他和澄子到其他地方重新生活，那個個性陰沉的男人絕不會放著他們不管。不管要花幾年的時間，再怎麼大費周章，他也一定會報復。即便是逃到北海道或沖繩，那個執著的男人也一定會查出住址，對他們不利，絕對不會善罷甘休。與他認識多年的國丸很清楚這點，半井肇就是這樣的男人。

以前社長曾經聲稱，有個人讓他在工作上丟臉。雖然國丸覺得那沒什麼，但半井社長多年來一直抱怨那個男人，怎麼說也說不膩，而且還加倍奉還。他派人追查對方的下落，奪走男子的工作。

社長在工作上稱不上能幹，也沒什麼本領，但在這方面倒是才能過人，而且無比執著。國丸常想，要是他在工作上也能燃起這樣的熱情不是很好嗎？

半井社長在工作上常出差錯，他常精神渙散，喜歡酒色，欠缺冷靜。他不想磨練自己工作上的技術，偶爾一時興起，訂立長期計畫，但最後卻欠缺貫徹執行的信念，他這種人不適合開創事業和從事製造。

社長那個世代，也就是已邁入中年的男人們，當自己的妻子可能有外遇，另結新歡時，會有什麼感覺呢？之所以會這麼想，是因為國丸有個永難磨滅的記憶。那是關於母親的記憶。

國丸的母親每到夜裡，就會被喝酒的父親毆打，暗自落淚，所以國丸總覺得她是個可憐的女人。當然，就算是現在，他也不認為自己的理解有錯。但自從成年後，他的想法起了些改變。不，說改變或許誇大了點，應該說是微微做了修正。

母親似乎是個花蝴蝶，當時國丸還只是個小學生，所以母親應該是三十五歲左右。她長得可愛，實際上也很有男人緣，不過那肯定是因為她散發一股毫無防備的氣息，彷彿只要有人加以誘惑，就會馬上上鉤。坦白說，她也沒什麼頭腦，花花公子見了她，應該會在心裡想，這個女人很好騙。

如果母親明明有丈夫，卻還和其他男人上床，那一定是在外頭，而不是在自家的長屋裡，他不記得自己見過類似的情景。那種長屋滿是左鄰右舍，而且房間又小。父親在離家出走前，一直都是窩在屋裡無所事事。但父親當時還是感覺到異狀，只要一喝酒，就找母親麻煩。

但也不能因為這樣就說母親不對，她應該是想趁自己還年輕時，找個有經濟能力的正經男人，好脫離和丈夫一起深陷泥淖的生活。如果這麼想的話，她與一般的花痴或自甘墮落的女人又有所不同。一起同住之後，她才逐漸發現，丈夫討厭工作，討厭與人接觸，排斥體力勞動，只會藉由喝酒來逃避。當初剛認識時，她沒能看出丈夫的真面目。當時母親還年輕，而父親也還沒那麼墮落。

但母親的男人運奇差無比，甚至到致命的程度，這點是可以確認的。為了擺脫現狀，母親努力找尋更好的男人，但始終不順利。她沒有評斷男人的眼光，一來也是因為她總是受對方的臉蛋吸引。

想到這裡，國丸猛然發現一件事。那些不工作，一無是處的男人，原本就沒有能力，是為了在底層爬行才誕生在這世上，這句話說得一點都沒錯。但能讓這種男人產生工作意願的，不正是女人的力量、女人的魅力嗎？說到底，母親不具備這樣的力量。國丸後來逐漸有了這樣的想法。

砥礪男人，使其成長的力量，最重要的是讓男人拿出幹勁的力量。如果沒有這樣的魅力，也沒有評斷男人的眼光，就只是夢想著藉由男人的財力來讓自己過好日子，這種女人很容易受男人所騙。往往只想到以身體來當作回報，而這種東西只要給過幾次，男人就會膩了。

國丸看著母親的種種，此刻回想起來，忍不住產生這樣的念頭。說她男人運不好，還算好聽，說到底，其實不過就這麼回事。

當他沉浸在兒時回憶中時，旋即有件事浮現腦中。那是討厭的記憶，所以他都盡可能不去想。但不管再怎麼想要揮除，還是會定期地憶起，可能因為這就是人活在世上的必經儀式吧。

他記憶猶新，那是色彩鮮明的畫面，就像刻印在腦中的彩色照片般，不管歷時再久，再怎麼經驗累積，都無法加以掩蓋。不會消失，也不會褪色，化為大腦皮質的一部分。而褪色為深棕色的回憶，則是其他平淡的光景。

國丸就只見過一次，那是父親和母親大吵一架，轉頭走出長屋後，過了幾天發生的事。當時夕陽傾沉，國丸穿著一件短褲，所以應該正值初夏。那天出門前，他告訴母親會跟玩伴們一起打棒球，會晚點回家，所以母親也就此大意。

附近有一名男子，常會主動關照他們，以他自己的舊棒球手套送國丸，於是國丸整個下午都拿它和朋友們玩軟式棒球。他也沒料到這麼早就結束。陽光已開始泛黃，長屋旁的路燈已經點亮。他從後門進入家中後，傳來女人的喘息聲，嚇了一跳。之所以會發現那是母親的聲音，是因為他常聽到母親的哭聲，否則大概不會料到是母親吧。

他本能感覺到危險，就此躡腳而行，重回屋外。在外頭呆立好一陣子，但偏偏又無處可去，所以他在長屋外繞了兩、三圈，但實在想不出能上哪兒溜達，心想，差不多可以了吧，於是便靠向窗邊往內窺望。

窗簾緊閉，但還是留有一道細縫，眼睛湊近後，可看見昏暗的室內。裡頭沒點燈。母親和一名陌生男子一同靠向牆邊。兩人沒有緊緊相擁，或是糾纏在一起，國丸看了鬆了口氣，但母親的裙子往上捲到胯下的高度，立起單邊膝蓋，露出一雙雪白的大腿。

男子打著赤膊，下半身蓋著毛毯。兩人似乎在交談，但接著母親被拉向男子身上，倒進他蓋著毛毯的膝蓋上，於是國丸急忙從窗邊移開。因為倒向男子身上時，母親張開雙腿，連私處都看得一清二楚。

他心想，他們應該已經辦完事了，但還沒恢復到平常的生活。至少得等到他們穿上內衣褲為止，他來到遠處的岩石旁，就此坐下。太陽就快下山了，到時候男子就會回去了吧。他心裡這麼想，靜靜等候。

隨著夜幕低垂，眼前浮現的是剛才目睹的那幕衝擊的光景。母親白皙的腿。因為有微光照向那一帶，所以她張開腿的瞬間，一覽無遺。

會發生這種事，是因為家裡太小的緣故。要是有二樓，或是多一個房間，該隱瞞不讓孩子看到的事，就能好好隱瞞。孩子在這種時候，除了等候之外別無他法，所以做父母的應該再多想想才對。孩子沒有抱怨和表達不滿的權利。

國丸坐在外頭，朝門口注視良久，但男子遲遲不現身。天黑後，孩子只能回到有父母在的家中。但他不想主動走進家中，和那個男人打照面。如果過了幾天，等剛才的印象變淡後，或許就能和他見面。但他不想要現在。

這種心理，想來還真是不可思議。國丸很討厭粗暴的父親。就算母親勾搭上別的男人，就某個層面來說，這也是理所當然的事，道德又算得了什麼，這套說法對他父親相當管用。但雖然心裡這麼想，卻又不希望母親在外面的男人厚著臉皮叫他一聲：「嗨，小弟弟。」

「小信。」

傳來母親的叫喚聲，仔細一看，母親從門口探出身子，衝著他笑，國丸大吃一驚。因為母親平時都叫他「信二」。「小信」這種做作的叫法，顯然是意識到有客人在，而此刻是因為那個男人。

國丸心想，這表示母親特別看重剛才那個男人，想介紹他給國丸認識。否則母親會叫他「信二」，而且在晚餐前，她會先叫那個男人離去。

男子仍在屋內，這表示他可能會用完餐才離去，此刻母親叫喚國丸，是打算三個人坐在餐桌前共進晚餐嗎？他看出母親的心思，令他感到心情沉重。

國丸緩緩從岩石上站起身。仔細一看，母親的笑臉已從門口消失。母親應該已看到他坐在岩石上，但是看母親剛才面露微笑的模樣，似乎什麼也沒想，她的遲鈍令國丸吃驚。他大可突然走進家中，但他卻坐在家門前的岩石上，這表示他知道屋裡發生什麼事，難道母親都沒想過嗎？

孩子知道這件事，表示他撞見了，母親難道沒想到嗎？窗簾就算關得再密，還是會有縫隙，母親不知道嗎？母親在感受力上的遲鈍，向來都令國丸感到不可思議。國丸的母親有時出奇地漫不經心，是個樂天的女人。樂天固然不錯，但她那遲鈍的觀察力實在是致命傷。世人都擁有的觀察力，唯獨她沒有。

她被丈夫毆打啜泣的模樣，兒子明明已見過好幾回，但隔天她卻完全忘了這件事，若無其事地面對自己兒子，或許這就是需要有某方面的感受力障礙。國丸時常這麼想。否則在那種處境下，應該是活不下去才對，母親算是帶有缺陷的人。

國丸想，澄子也很類似，兩人明顯是相同類型的女人。以澄子的情況來說，每天有生意要照顧，所以勢必得切換心情，笑臉迎人，否則就做不了生意。母親大概也一樣。父親離開長屋後，她便前往一家小建設公司上班，因為丈夫不會給她生活費和孩子的扶養費。

國丸慢吞吞地走進家中後，只見春風滿面的母親站在廚房的木板地上。一面朝他招手，一面朝和室房走去。來到房內後一個轉身，充滿朝氣地朝兒子招手，臉上滿是笑意。

國丸站在和室房的門檻上，看到明亮的燈泡底下，有名男子坐在坐墊上，自己倒著啤酒喝。棉被已收拾完畢，搬出了和室桌。

「嗨，你好啊。」

男子臉上掛著笑容說道。雖然對象是孩子，但他倒是沒擺架子，國丸對他略有好感。

「他是宿利先生哦。」

國丸記得當時母親向他介紹那名男子。希望不是他自己聽錯，當時母親說的那句話，至今仍是個不解之謎，因為他不懂這句話的含意。這是指男人的姓氏，還是名字呢？或是職務名稱？也許是工作上的某句行話。也可能是母親為了討生活而去上班的那家公司的上司職務名稱。母親上班的公司都會承接工地的工作，所以保有一些以前流傳下來的用語。

母親介紹完後，旋即轉身回廚房去了。她正在做菜，鍋子裡的熱水快滿出了，她很擔心。不得已，國丸只好坐向男子面前。

男子比想像中來得開朗，感覺和那個時代的男人不太一樣，不會動不動就生氣，而且態度傲慢。就這層含意來說，他並不是世上常見的那種無藥可救的傢伙。也不顯老態，雖然也不年輕了，卻有一張娃娃臉。國丸當時還只是個孩子，猜不出成人的年紀，不過猜想和母親差不多年紀。他頭上抹了許多髮蠟，頭髮完全服貼，可能有運動的習慣，體格高大壯碩。不時露出一口白牙而笑，給人的印象還不壞。

不過，他肯定就是剛才讓母親露出大腿，坐在她身旁的那個男人，當時的光景深深烙印在國丸腦中，無法消散。國丸備感尷尬，和他聊不起來。

男子也聊得很痛苦。他不知道聊什麼話題可以引起這孩子的興致，感覺很努力在摸索，國丸從這點感受到男子的誠意。但試了一段時間後，男子似乎舉手投降，開始默默喝起啤酒。國丸覺得，這名男子的生活圈似乎很狹小。如果是聊鐵道模型、太空、新型汽車等話題，不是馬上就能聊起來了嗎？

母親從屋柱後方露臉，叫國丸幫忙端菜，國丸就像獲救般馬上站起身。

說來也真不可思議，儘管母親加入談話，卻還是聊不起來。國丸心想，照他們這個樣子來看，真搞不懂這兩人為何會走在一起。桌上擺著刻意準備的菜餚，平時難得一見，看得出母親相當賣力。

三人吃完尷尬的一餐後，男子說了聲「謝謝款待」，朝手錶瞄了一眼，起身說他要回去了，國丸就此鬆了口氣。男子給人的感覺不壞，要不是撞見他和母親的那種畫面，國丸或許能和他變得無話不談。要是他會打棒球就好了，就這個層面來說，覺得很可惜。

「還可以再待一會兒吧。」

母親臉色一變，如此說道。現在確實還早，還不到七點。

「難得有這個機會，而且我看你和小信處得不錯呢。」

此話一出，我大感驚訝，因為我一點都不覺得。我們彼此話不投機，就連唯一共通的話題——職棒，彼此支持的球隊也不一樣。

「可是沒酒了。」他說。

「喝日本酒可以嗎？」母親很認真地說道。

「嗯，這個嘛……」

男子不置可否的說道。

「小信，你幫忙跑一趟買酒。到街角的酒店，用那個瓶子裝滿一瓶。」

母親急忙如此說道，指向家中的一個瓷瓶。

「可是我得走了，我還有工作要忙。」

男子像要打斷她的話似的，如此說道。

「不行，再待一下。」

母親以央求般的強硬口吻反駁。似乎很不希望他離去。她豁然起身，拿起瓶子交給國丸，國丸只好拿著瓶子，穿好鞋，走向昏暗的屋外。

他在酒店買了滿滿一瓶日本酒，走在昏暗的巷弄返回家中。這時，他看到一名體格高大的男子踩著急促的腳步轉過街角，從電線杆前路過。是母親稱呼「宿利先生」的那名男子。

咦，他回去啦？這酒不就白買了？國丸如此暗忖。因為知道家裡窮，所以他懂得節約，這想法已深植在這孩子的心底。

男子來到電線杆前，接著逐漸朝車站的方向遠去，國丸朝他的背影注視了半晌。接著國丸轉向一旁，心想，媽媽現在應該是自己一個人在收拾餐具，我得趕快回去，正準備往前走時，突然又停下腳步。接著，他也沒什麼特別的想法，就這樣跟在男子的後頭走去。如今回想，也許當時他有話想跟對方說。

因為兩人已拉大了距離，國丸的步伐就像跑步般急促。而就在來到將近二十公尺的距離時，男子已抵達站前廣場。他高大的身軀快步橫越廣場，走進車站前的亮光下。他繼續快步從亮光底下路過，高大的背影正要隱沒在車站內的暗處時，男子做了個不可思議的動作。他就像大吃一驚般，上身誇張地往後挺。

牆壁對面出現一名年輕女子纖細的身影，緊摟著男子的左手。她坐在車站裡的長椅上，等候男子到來。國丸猜想，男子之所以吃驚，想必是女子沒和他約好在這裡見面吧。可能原本是約在其他車站，但女子等不及，或是感到擔心，而特地來到這個車站迎接他。

國丸馬上躲向車站前郵局的郵筒後面。這是明智之舉，因為女子來到車站的亮光處，迅速朝左右瞄了一遍。她在查看有沒有人跟蹤。在確認沒人後，她一把抱住男子，與他四脣相貼。車站裡除了他們兩人之外，再無他人。

國丸轉身背對車站，急忙離開站前廣場。他半跑半走地趕回家。瓷器酒瓶捧在胸前，他益發覺得這瓶酒真是浪費了。照對方那個樣子來看，他不會再來了，國丸也不希望他再來。才剛和母親道別，就做出那種事來，看在身為孩子的他眼裡，實在不知道日後該以什麼態度來面對他。

他覺得母親受騙上當了。雖然不清楚那個男人抱他母親是何居心，但那個男人有別的女人，而且是個年輕貌美的女人。比他母親還高，身材也更好。當她現身在車站的燈光下時，他便看出了這點。

他快步返回家中，猶豫該不該告訴母親這件事。母親明顯對那個男人有意思。對方高大，體格健壯，又有一張帥氣的臉蛋，是母親喜歡的類型。她盤算著要倚靠那個男人，帶她脫離這泥淖般的生活。國丸身為她的兒子，看得明白，但這是緣木求魚。從剛才的情況來看，根本是痴人說夢。男子有別的女人，一個像女明星一樣漂亮，給人豔麗印象的女人。

如果將剛才看到的事告訴母親，她想必會很生氣，肯定也會很受傷。也許她不相信這個事實，會說她不想聽，然後把一切都怪罪到國丸頭上，拿他出氣。

國丸直覺，男子另外藏有女人這件事，表示他是別有所圖才會來接近他母親，感覺不單只是看上她的肉體。從小看著父母一直在貧困中生活，因為生活困苦而爭吵不斷，他那觀察力過人的雙眼，已看出成人世界的狡詐與齷齪。

雖然不清楚對方暗藏什麼企圖，但他可以確定母親受騙了。若不趕快想辦法，母親將會墮入不幸的深淵，想到這點，國丸大為苦惱。

14

鬧鐘鈴聲響起。

國丸突然睜開眼，望向天花板。他看得很清楚，現在不是即將黎明的時刻。光線明亮，太陽已高高升起，早已是該起床的時刻。他緩緩伸手至頭頂，探尋鬧鐘，關掉鬧鈴。

在被窩裡磨蹭了十秒左右，等候頭腦清醒，接著雙手高舉過頂，伸了個懶腰，然後一個使勁坐起身。

他緩緩盤起雙腿後，大為吃驚，因為今天早上感覺神清氣爽，沒在即將天亮時醒來。昨晚一夜好眠，睡到早上八點才醒來，醒來時無比舒暢，愉快得都想哼歌了。

他左手抵著牆壁，緩緩站起，來到窗邊，打開窗簾。陽光陡然射進屋內，是晴朗的好天氣。他先望向半月鎖，完全沒變化。他試著碰觸握柄，仍舊緊緊鎖著，看起來沒那麼輕易就能解開。也就是說，和睡前一樣，完全沒動。

他離開窗邊，望向從壁面挺出的石鳥居上方。布袋和尚面朝前方，帶著微笑。和昨晚一樣的姿態，位置也沒變動。保持昨晚擱置時的狀態。

他上了一趟洗手間、喝水、泡咖啡、把吐司放進烤麵包機裡烤。在狹小的廚房木板地流理台前，擺著一組小桌椅。他將咖啡杯擺桌上，朝烤好的吐司抹奶油，就此吃了起來。

他細細咀嚼，喝了口咖啡，想起許多事。首先是他母親。昨晚他想了許多孩童時代的事，然後不知不覺睡著了。就這樣整晚沉睡，直到八點醒來。好久沒睡得這麼沉了，完全沒有睡不好的感覺。

他邊喝咖啡邊思索，過去為什麼一直都睡不好呢？而今天又為什麼睡得好？是身體狀況變好了嗎？他試著回想，昨天做的是不同於平時的粗重活，還坐著小型卡車往返大津。比平時更加勞累，所以才睡得那麼熟嗎？

或許真是如此，但還是覺得不太對勁。先前睡不好的日子當中，有幾天也是疲憊不堪、睡眠不足，但還是一樣沒睡好，天還沒亮就醒來。那又是為什麼？

他靠向窗邊往下望，還沒開店的章魚燒店前，聚集了幾名孩童，在那裡大聲喧譁。似乎是有孩子還沒來，大家在等他。

有一名母親負責照顧這群孩子們，正在向他們問話。這時玻璃門開啟，澄子牽著小楓的手走出。國丸看了，急忙衝向玄關的水泥地，穿好鞋衝向走廊。

他衝下樓梯，奔向馬路，接著快步繞到鳥居下方。他朝在此集合的小學生們奔去，向帶隊媽媽以及澄子點頭致意後，站在小楓面前。

「小楓！」

他跑來後，小楓抬起笑臉，臉上表情寫著：「什麼事？」

「小楓，這時候該說早安吧？」

帶隊媽媽出言提醒。

「早安。」小楓說。

「早安。」

國丸也向她問好，行了一禮。接著急忙問道：

「小楓，妳昨晚睡得好嗎？」

小楓以開朗的聲音應道：

「睡得很好。」

「是嗎，那就好。」國丸說。

「真的呢，好久沒睡這麼好了。」澄子也在一旁說道。

「我也是。」帶隊媽媽也說。

「真的呢，今天覺得神清氣爽。」澄子又補上一句。

「那我們走吧。」

帶隊媽媽如此說道，孩子們開始一個跟著一個邁步前行。

「我們要出發了。」

小學生們異口同聲說道。

「路上小心。」

國丸和澄子如此應道，朝他們揮手。

「今天早上真的睡得很好呢。」

澄子目送孩子們離去的背影，如此說道。那並不是被迫表示同意，才說出這番話來。感覺得出，她是打從心底這麼認為。

「那麼昨晚或前天晚上呢？」

國丸問，澄子搖了搖頭。

「睡不好，半夜裡醒來兩次，昨晚和前天晚上都是。」澄子說。

國丸呆立原地，展開思考。果然沒錯，和我一樣。這當中明顯暗藏玄機，大家都因為共通的原因而引發睡眠障礙。那麼，原因到底是什麼？

「國丸，我要準備開店了。」

澄子說完後，回到玻璃門內。

「啊，好。」

國丸應道，向她行了一禮，接著就這樣在原地呆立了半晌。

到底是怎麼回事？原因是什麼？他陷入苦思。

來到工廠後，看到社長睡在樓梯下的休息室。他也想過，社長今天不知道會不會到工房露面。由於昨天完成大量交貨，今天沒工作可做，沒聽說接下來要做些什麼。

於是國丸決定整理一下工房。昨天已打掃過，所以只剩下器具的整理。他把用具收進箱子裡，堆放在牆邊，接著他後退幾步，環視四周，視線就此停在右手邊的送風機上。

昨晚沒有需要冷卻的產品，所以鐵絲網內的大型風扇靜止不動。他也一併望向裝設在牆上的通風扇，它同樣靜止不動。夏天時，熱氣在地下室蓄積不散，所以才裝設這台通風扇，不過現在是冬天，不需要啟動。

送風機——

他並非從中看出了什麼，但就是莫名感到在意。他靜靜凝視那靜止不動的四片扇葉。由於完全沒清理過，大型扇葉上沾滿了棉絮。

這座大型送風機，是今年年初社長從某處買來。之前都用一般家庭使用的電風扇，但因為風量小，不合用。他打開開關，蹲下身，讓風迎面吹來。機械聲會被風聲蓋過，但只要站向一旁，就能聽到。他伸手碰觸罩在送風機前的鐵絲網。它微微振動。讓送風機持續吹一陣子後，他站起身，繞過送風機，手搭在後方的馬達上，振動變得更清楚了。耳朵湊近後，可以聽到很大的馬達聲。

他持續聽了一會兒後，關掉開關。振動聲慢慢安靜下來，四周變得一片寂靜。這一帶，汽車不會駛進馬路。而且不像錦市場商店街有那麼多觀光客，所以只要機械一停下來，就變得安靜許多。

這時傳來碰的一聲，打破了他的思緒。是門聲，社長起床了。社長捧著一疊文件現身，一面翻動頁面，一面走近，向他指示今天該進行的工作，國丸決定開始著手作業。

國丸望向社長指示的文件，暗自點頭。看過交貨對象的企業名稱後得知，都是他所熟悉的公司。因為是過去多次合作的名古屋工廠下訂的零件，所以他很清楚該怎麼做。

指示完畢後，社長轉身露出他那滿是汙垢的後背，慢吞吞地走向化妝間洗臉。接著，社長一如往常，發出很大的聲響漱口，並誇張地吐了口濃痰。待一切結束，他一臉厭煩樣地參與作業。既沒說早安，也沒說半句話，板著臉開始進行作業。

但這樣正合國丸所願，他不想說應酬話，也不想當社長發牢騷的對象，或是陪他談那些無聊的話題。

國丸默默地作業，不時轉頭看那台送風機。大型的扇葉似乎承受了光線的照射，微微散發出光芒。看起來就像在強調它的存在一般。

送風機是吧，他感到莫名的在意。

將近六點時，他不經意的望向一旁，發現小楓走進工房裡。因為這裡危險，她父親禁止她進入，但今天小楓因為沒看到爸爸，於是便偷偷進入。而且冬天時，這裡很暖和。若換作是夏天，則熱得教人不敢踏進。

「國丸先生，還沒好嗎？」

小楓問，她知道國丸不會罵她。

「啊，還差一點點，等我一下哦。」

國丸如此說道，以戴著厚手套的手，迅速將鑄造好的產品擺在木板前。然後打開大型風扇的開關，同時開啟牆上的通風扇。

響起嗡嗡嗡的怪異低沉聲響，風開始吹向仍帶有高溫的產品。

「好了，讓妳久等了。」

國丸確認好後，如此說道，迅速脫下手套，擺在層架上。接著他帶小楓走上樓梯，橫越馬路，準備前往大吉時，小楓突然說她想吃雞肉炒飯，所以他們改逛寺町商店街，走進一家西式餐館。

用完餐，去過笹屋後，國丸帶著小楓到他家玩心算遊戲。一起喝茶吃點心，玩撲克牌，接著母親澄子前來接小楓，國丸向她們道晚安。剩他自己一個人後，他邊聽廣播邊看雜誌，由於無事可做，他便攤開棉被開始鋪床。

他換好睡衣，關掉煤油暖爐。前往窗邊確認半月鎖上鎖，拉上窗簾，確認布袋和尚面朝前方後，鑽進被窩。最近這已成了他的習慣。

閉上眼後，再度想起母親還有父親的事。那是他不願想起的記憶，但最近不知為何老會想起。那是某天傍晚，國丸從學校返家的路上發生的事。他正準備返回長屋時，有人拍了他背後一下，轉頭一看，是父親。

他還是一樣氣色不佳，沉著一張臉，不帶半點笑容。國丸因為害怕而後退一步，他怕父親又要動手揍他。但這時的父親雖然臉上沒有笑容，卻沒傳出酒氣。他無精打采，兩頰消瘦，整個人看起來小上一圈。

國丸不懂這是因為在戶外的緣故，還是因為父親真的變瘦了。在狹小的房內，喝酒發飆的父親看起來就像小山一樣巨大，而且滿是野獸的威迫感，不是可以主動和他說話或交談的對象。

「你媽最近好嗎？」父親如此問道。

國丸心想，原來是要問這個啊。這種事不該問我，只要回家看媽媽一眼不就知道了嗎？

「信二，你過得好嗎？」父親又問。

「嗯。」

國丸應道。接著父親又問了令人感到意外的問題，他沉默了一會兒後，開口道：

「你媽是不是在生氣？」

「咦？」

國丸不禁發出一聲驚呼。父親沒頭沒尾的問這麼一句，他一時不知該怎麼回答。不過，事後他心想，當時父親應該是很在意母親平常會不會向他抱怨，例如說「你爸真是個沒用的男人」、「他不在家，我反而清靜多了」、「真是受夠了他的暴力和嗜酒如命」諸如此類。

當時他完全沒想到這件事，不過說來也真不可思議，母親完全沒提到離家出走的丈夫。國丸懷疑是自己忘了，試著在憶海中搜尋，但果然不是他自己忘了，母親確實完全沒提到過父親的事。

於是國丸回答道：

「她沒生氣……」

但在說這句話的同時，心裡也湧現一股迷惘，覺得不是這麼回事。

母親確實沒說，平時也會露出笑容，整體來看，心情似乎也不錯，所以國丸才會說她沒生氣，但母親內心是如何就不得而知了。雖然沒說丈夫壞話，但這不能證明她沒生丈夫的氣。

而且母親心情不錯，或許是因為另結新歡的緣故，這連國丸這樣的小孩也看得出來。但這種事，他對父親實在說不出口。

「你媽在工作嗎？」

可能是沒寄生活費來，對此感到歉疚，父親又接著這樣問道。

「嗯。」國丸點頭應道。

「這樣啊。」

父親靜靜地說道，轉頭望向一旁，點了兩三下頭，接著點了四五下，然後一再地點頭。那模樣實在很令人納悶，國丸靜靜望著父親那憔悴的側臉。之前同住一個屋簷下時，父親從未流露出這種若有所思的神情。總是什麼也不想，就厲聲咆哮，動手打人。

「她在哪兒工作？」

「某家事務所……」國丸回答。

「哪一家事務所，叫什麼名稱？」

在他的詢問下，國丸側著頭裝不知道。其實他知道名稱，但他覺得還是別說比較好。要是父親喝醉後闖進那家公司，會引發不必要的麻煩。

「我不知道，因為我沒問。」

國丸戰戰兢兢地回答。

他保持警戒，怕父親會突然怒火勃發，破口大罵：「明明只是個孩子，幹嘛這麼顧忌！」然後揮拳揍他。幸好父親在外面不曾這麼做。但他倒是突然問了一句：「你媽有男人是吧？」令國丸大吃一驚。

他萬萬沒想到，父親竟然會對一個孩子問這種事。雖然覺得他直覺真準，但國丸不可能實話實說。

國丸沉默不語，父親緊盯著他的臉，國丸極力擺出一張撲克臉，最後父親把臉轉向一旁。

「那個臭女人，敢在外頭有男人，我絕不饒她。」

他以低沉又兇狠的聲音低語道，國丸為之背脊發冷。而他也就此曉悟，接下來不管發生什麼事，唯獨這件事絕對得隱瞞下去，死也不能說。

國丸此時回想起父親當時那咬牙切齒的側臉。那是怎樣的情感呢？儘管如今國丸已長大成人，還是弄不明白。父親問他，媽媽是不是在生氣。這表示父親明白自己的胡來是一切的原因。所以對於自己現在沒有女人的狀況，父親早已看破，一副了然於胸的神情。

像父親這種一臉窮酸相的男人，不可能會另結新歡。他甚至還咬牙切齒的咒罵道，我自己孤家寡人無所謂，但老婆有別的男人這件事，絕對無法容忍，也不可原諒，國丸實在無法理解這樣的父親。

這方面到底是怎麼一個道理，國丸無法理解，直到現在他還是不明白。父親離家出走，不是因為受不了自己的老婆嗎？那麼，像這種無趣的女人，就算另外有了男人，也無關緊要吧？

之所以會在意，是因為還存有一份依戀嗎？還是說，他之所以受不了妻子，是因為妻子老是和男人玩樂，因此，儘管其他事可以原諒，但唯獨和男人玩樂這件事絕不能原諒，是嗎？

不過，母親找男人這件事，應該不算是玩樂。她是在追求更好的生活。妻子是因為他的酗酒和暴力，而放棄了他，為了追求更好的生活而四處找尋男人。父親明知如此，卻不認同自己的老婆另結新歡，這實在不講理。

既然生氣，那就應該送扶養費來。這樣就有辦法過生活，母親也就沒必要找男人了，這理由也說得通。明明是他自己種下分手的原因，而分開後也沒寄錢來，見妻子另結新歡，卻又生氣，這到底是根據哪門子的道理？

還是說，父親完全搞不清楚狀況？他因為酒喝多了，思考能力嚴重退化，完全搞不清楚狀況，也不好好思考，就只會發飆嗎？以酒鬼的情況來看，或許都像他這副德行，沒必要太高估他。他們這種人是不講道理的。

如果是這樣，那麼，半井社長應該也一樣。以他的情況來說，他經營一家工廠，好歹曾經努力過。與他那遊手好閒，只會喝酒的父親不同。社長總認為是妻子不好，怪妻子不懂他有多賣力，但他的說法也不合理。酒鬼想得出的道理，通常都只是遷怒之辭。

後來過了很長一段時間，母親過世。她受騙上當，被迫從事土木工作，過度勞心勞力的結果，罹患了癌症，死前受了不少折磨。原本爽朗的個性、笑口常開的開朗神情，也逐漸改變，可能是病痛的緣故吧。父親至今仍杳無音信，不過，母親原本是那麼健康，最後卻因病辭世，而父親是個臉上不帶半點生氣的酒鬼，想必早已不在人世了吧。

國中時代，工藝老師相當疼愛國丸，那是他有生以來第一次能力受到肯定。後來在別人的安排下，到川口鑄器工廠擔任實習生。他在那裡認真工作了七年，剛好工廠老闆的徒弟，也就是現今的半井社長，正在找尋工匠，所以國丸便趁母親過世的這個轉機，遷往京都，直到今日。

如今回想，還真是不可思議。在京都這塊土地，遇見和母親很相似的女人，而且對方身處和母親類似的遭遇中，正迎接同樣的人生歧路。她和母親一樣，正準備做決定，而且這次國丸將成為那名新歡。多麼諷刺的命運啊。他覺得這世界實在是既奇妙，又可怕。

母親蹲下身說：「啊～頭好痛。」她人在廚房的木板地上，流理台前的暗處。國丸問她：「媽，妳不開燈嗎？」母親回他：「別開燈，開了頭會更痛。」

母親吩咐國丸到車站前的藥局買止痛藥回來，要他走向漆黑的戶外。這時突然有暗影擋在大門前，國丸發出一聲驚呼。有兩道人影，一個是父親，另一個是母親的新歡。

有不祥預感的國丸，就此大為恐慌，差點哭了出來。就在這時，他感到劇烈頭痛。他直喊疼，我的頭也好痛。這句話才剛說出口，他便突然醒來。

映入眼中的，是漆黑的天花板，以及熄燈的日光燈。好暗啊，這是他率先得到的感想。四周仍一片漆黑。

因為天還沒亮，他知道自己還在做夢。討厭的夢境。但好在是這時候醒來，如果繼續夢下去，便會看到驚人的發展。能就此醒來，不必目睹那幕慘狀，實在很慶幸。他打從心底鬆了口氣，轉身面向一旁。

這時他猛然發現一件事，就此完全清醒。今天他已經算是醒來了，沒能一覺到天亮。他豁然坐起身。

和他料想的一樣，他想起之前思考的事。他早料到自己今晚恐怕會睡不好，昨晚他抱持確認真偽的心態，上床就寢。

果然被他料中，的確半途醒來。他緊緊按頭，維持夢中的姿態。頭好痛，他明白那是預知夢，不過，現在和夢中的他又有點不同。這不是劇烈的疼痛，與其說是頭痛，不如說是覺得頭很沉重。

他望向枕邊的鬧鐘。五點半，比前天醒來的時間還多睡了一個多小時。若以就寢時間來看的話，他睡了七個小時左右，但還是覺得很不舒服。疲勞完全沒消除。

他甩動昏沉沉的腦袋，抬頭望向鳥居上方的布袋和尚。因為他就算不想看，也一定會看到。接著他倒抽一口冷氣。果然，它轉過身去了。還沒完全以背部面向他，但幾乎已轉了半圈，位置也向下滑動了些許。順著石鳥居上方的斜坡往下滑，一路退到牆邊。

竟然有這種事。他的思考仍處於混亂狀態，頭腦尚未清醒。感覺彷彿仍身在夢中，而且微微頭痛，不是可以冷靜思考的狀態。

他伸手搭向牆壁，撐著上半身緩緩站起。站在棉被上突然一陣踉蹌，連身體都受到了影響，足見睡眠對人們來說有多重要。

他靠向窗邊拉開窗簾。玻璃起了整面白霧，但看得出外頭仍一片漆黑。冬天的黎明總是來得很晚。

他望向半月鎖，因為昏暗看不太清楚，但他手指搭向握柄後，馬上便輕鬆解鎖，幾乎處在半解開的狀態。

昨晚明明已確實上鎖，他仔細確認過此事。睡前他轉動半月鎖，將它牢牢壓進榫眼深處，但現在半月鎖卻朝他的方向轉動了一大截，差點就完全解開了。

他打開窗戶，冷冽的寒氣襲來。但國丸就這樣原地佇立，凝望前方。

前方是很不可思議的一條窄細的空中通道，鳥居的上方部位。這條不可思議的通道，通往參道另一頭的人家，一面白色的牆壁。鳥居直接貫穿的另一戶人家的牆壁，澄子和小楓她們的住家。

國丸腦中突然興起一個古怪的想法，他記得小楓家的窗戶也同樣是老舊的半月鎖。這樣的話，她們窗戶上的鎖，現在不也是處在近乎解鎖的狀態嗎？

不，不對。二樓的店員說，那裡的窗戶和窗鎖都很緊，所以每天她都會滴潤滑油。這麼一來，就會和他房間裡的窗戶不同，那邊的窗鎖將更容易轉動，現在或許已完全解鎖。

如果我這邊的窗鎖解開，她們那邊的窗鎖不也是開著的嗎？腦中突然興起的這個古怪想法，令國丸大受震撼，在這一片漆黑的清晨時分，他讓自己的臉頰和脖子暴露在十二月的寒氣中，暗自思忖。

那離奇的謎團，此刻即將解開。某個巨大的旋轉物體發出轟隆巨響，開始轉動起來，這個幻想來到他腦中，令他茫然自失，感受到一股幾乎無法站立的興奮。

國丸馬上轉身回到屋內。他蹲在仍留有餘溫的被窩上，耳朵貼向牆壁。但什麼也感覺不到。牆壁冰冷又安靜。

國丸站起身，陸續將耳朵貼向房內的每一面牆、門、屋柱、衣櫃，以及衣櫃上方。但縱使他讓五感發揮至極致，還是聽不出什麼端倪，感覺不出任何異常。

他靠向從牆壁挺出的鳥居，耳朵貼向石鳥居，接著他大受震撼。

雖然很微弱，但他感覺到了。嗡嗡嗡的低沉聲響，微微潛伏在暗夜下。

國丸回到窗邊，跨過窗框，來到屋外。窗戶底下是向外挺出的一樓屋簷。這他早知道了。他來到屋簷上，接著爬上鳥居上方，跨坐在上頭。

已即將天亮，此刻參道上沒半個人，所以他想冒險。這或許是會遭神明責罰的行為，但他認為這麼做是為了這世界，為了他人。於是在凍人的寒氣中，他跨坐在鳥居上方，緩緩向前移動。

來到鳥居正中央後，他就此停住，上半身往前倒，耳朵貼向他跨坐的石鳥居。結果……

在逼近黎明時分的寂靜中，清楚傳來一陣低吼聲。他大吃一驚，這到底是什麼？

他不在意會弄髒睡衣，就此抱著鳥居，靜止不動，接著他發現，隨著那奇怪的聲響，他同時全身感覺到石鳥居傳來微微的振動。

振動？

在冷冽的寒氣下，國丸人在半空中喃喃自語。

過了一會兒，他繼續前進，前往小楓的房間窗戶旁。他得確認清楚才肯罷休，為此，他不惜在夜裡來到戶外。

他右手抵向牆壁，左手伸向理應鎖著半月鎖的玻璃窗，指尖往玻璃微微一推。

結果……

玻璃窗無聲的滑動。

國丸就此安心。果然和他想的一樣，滴過潤滑油的窗內半月鎖早已解開，所以這扇窗是開著的。

國丸在鳥居上方注視著空中，他不敢相信此時他所面對的事實。

15

等等——國丸回到屋內後，在被窩裡思索。如果到了早上，窗戶的半月鎖就會解開的話，店裡不就會大為緊張嗎？因為那裡是店面。不過，接著他改變想法，認為應該不會太過緊張。值早班的店員會以為是澄子打開的，而澄子如果早上發現沒上鎖，或許會以為是值晚班的店員忘了鎖。既然這樣，那她就自己在睡前逐一確認，這樣就沒事了。其實澄子是個很粗線條的女人，再加上最近人手不足，所以就算有什麼不滿，或許澄子還是會忍下來。而且這牽涉到三個人，會造成追究責任的分散。

國丸決定展開實驗，隔天傍晚在離開工廠時，他將工廠裡用來冷卻鑄器的大型送風機和通風扇全關了，就此回家睡覺。果不其然，隔天早上，鳥居上方的布袋和尚完全沒動，他也睡得很熟。

在半井鑄器工廠，為了能提早交貨，都會對鑄造好的產品吹上一整晚的風。這麼一來，隔天早上便完全冷卻，也就能交貨了。換言之，大型送風扇整晚都在運作。而布袋和尚就只會在這種晚上移動。

我明白了！國丸喃喃自語。問題出在送風扇。最近令錦天滿宮一帶的住戶大感苦惱，原因不明的失眠問題，其真正主因不是別的，就是他上班的工廠，而負責風扇開關的人就是他自己。

但為什麼送風扇會引發鎮上住戶們的失眠，而他房裡的布袋和尚也跟著自行轉動呢？這還是個解不開的謎。也有人抱怨家中的牌位改為背對他們，但這應該也是同樣的現象。和布袋和尚同樣的原因，佛龕裡的牌位轉了半圈。

整天深思這個問題的國丸，猛然一驚。該不會是……不是因為風扇轉動的緣故，而是因為讓風扇轉動的馬達？

不，不對，也許是兩者所造成。強力馬達與大型風扇這個旋轉物體的兩相組合，也許該將這兩者合為一體來看。風扇的中軸沒位在正中央的位置上，馬達也有這個可能。因為長期使用而造成軸心偏離，這也不無可能。這麼一來，當然會發生振動現象，畢竟這個大型風扇已年代久遠。

通風扇同樣也是老古董。嵌有通風扇的壁框，上頭沾滿油汙，外觀看起來相當老舊，狀況連連。難道就是那鬆弛的壁框引發振動？

手放在大型送風機的馬達上，感覺得到振動。把耳朵湊近，還能聽到嗡嗡的低吼聲。這聲響和振動，與鳥居上方聽到的細微聲響很類似。

也就是說，一切的原因就是振動。在人體感覺不到的細微振動下，布袋和尚和牌位就此浮動、旋轉。甚至還會移位，妨礙居民的睡眠。曾聽說以漆器製成的牌位，底部的中央部位會逐漸隆起。順著振動，會以此為中心旋轉。

身體感覺不到的細微振動，在一晚的時間內傳遍整個天滿宮小鎮，振動令這廣大的地區為之搖晃，一直持續到早上。

可能就是這樣，這就是正確答案。國丸下了這樣的結論。雖然覺得睡不好覺，但國丸還不至於到生病的地步。可要是換成一個敏感的人，整晚躺在床上都感覺到那細微的振動，不僅會因為那不對勁的感覺而醒來，那股不舒服感還會對精神造成嚴重的傷害，最後甚至產生幻覺，因極度恐懼而引發精神障礙。

這樣理解就對了，但還是有不明白的地方。國丸房裡的鳥居上方擺放的東西，有時會動，有時不會動，並非只有關閉風扇的晚上才不會發生。有時就算開啟風扇，它一樣不會移動。這理由何在？不過，在沒開啟風扇的情況下，倒是不曾移動過。

持續思考此事的國丸，在工廠裡又有驚訝的發現。工廠的大型送風機，與裝設在牆上的老舊通風扇，一共有兩個轉動風扇的馬達，會不會就是它們所造成呢？

半井鑄器因為工作的緣故，會在工房裡蓄積熱氣，得用通風扇將熱散往上方的馬路上。由於工房算是半地下室，夏天時熱氣蓄積不散，無法長時間工作。只有當牆上的通風扇以及冷卻產品用的送風機同時打開，他就此回家，讓風扇吹一整晚時，國丸房裡擺在鳥居上的布袋和尚才會移動。只要有其中一座風扇沒開，就不會動。如果只有送風機或通風扇其中一個開啟，布袋和尚就不會動。

還有其他不可思議的地方。姑且不提晚上睡不好的事，國丸房裡會移動的，就只有擺在鳥居上的東西。至於擺在榻榻米上、衣櫃上、廚房流理台旁的東西，則完全不會動。這又是為何？

或許只是因為動作較小而忽略了，但如果是這樣，為什麼只有石鳥居上方的東西會有那麼大的動作變化？

倘若送風機的馬達和風扇是一切的原因，那麼，古都急速都市化可說是其原兇。就像石鳥居插進左右兩旁建築的牆壁裡一樣，鎮上不該有的鑄器工廠，竟然就位在鬧街的正中央。五十歲的社長當初二十多歲開始經營這家鑄器工廠時，這一帶還不太熱鬧。

然而，不論是天滿宮還是本能寺，現在就像是商店街裡的店舖一樣。這些名勝無法遷移，但鑄器工廠是該遷往郊外的時候了。深夜時分，冷卻用的風扇在小鎮的中心處搞得整個市鎮都為之振動，為居民帶來困擾。

然而，光是地點的問題，還不足以說明一切。因為鑄器工廠兩旁的住戶，以及馬路對面的住戶，都沒抱怨失眠的問題。而離工廠有段距離的位置，例如像國丸住的地方，那一帶的住戶都抱怨連連。所以半井鑄器才就此逃過一劫。

仔細調查的話會發現，鳥居前端插進牆壁裡，感覺只有天滿宮鳥居周圍的住戶在抱怨，這又是什麼原因呢？

鳥居？為什麼是鳥居？國丸偏著頭苦思。

而國丸屋裡會移動的東西，就只有擺在鳥居上的物品，這是什麼原因呢？為什麼會這樣？

今天二十一日，社長突然說今天放假。訂單減少，沒有工作可做的日子愈來愈多了。

雖說今天放假，但社長似乎無處可去，他搬來一台舊電視放進休息室裡，躺在床上，整天看電視。這麼一來，如果待在工廠裡，只會更加尷尬，於是國丸跑到街上閒逛。這個時間，小楓還在上學。

他突然靈機一動，改前往圖書館。從科學書籍專區的書架上逐一找出「振動」相關的書籍，疊放在面前，坐在椅子上開始閱讀。他對每本書的內容都感到興趣濃厚，而在看到「共振」一詞時，吸引了他的注意，就此專注地埋首細看。他直覺這就是答案。

共振的定義，描述如下。

「振動的物體，與外部的振動同步，引發更大的振動。」

另外也寫道：

「振動物體從外部再加上與其固有振動數相同的振動後，振動幅度變大的現象。以聲響的情況來說，往往稱之為共鳴。

「像鐘擺這類的振動物體，若加上外部周期性的力量時，其振動數與物體的固有振動數愈接近，愈能有效吸收外力的作用，物體的振動就此變得更強烈的一種現象，也稱作共鳴。

「將振動數相同的兩個音叉擺在一起，使其中一個發出聲響，則另一個也會發出聲響，這就是一個例子。像小提琴之類的弦樂器，音箱與弦的振動產生共鳴，就此發出漂亮的音色。

「另外，地震時，地震波的波動數若剛好與建築物的固有振動數一致，便會因共振而加強振動，產生更嚴重的損害。」

接著介紹綽號多聞丸的楠木正成小時候的故事。他見寺院沉重的吊鐘微微搖晃，便趁吊鐘往外晃時，以手指往外推，如此一再反覆，最後憑藉幼童的力量，讓吊鐘大動作的搖晃起來。就是這樣的一個小故事。

另外有個真實故事，有座剛落成不久的鐵橋，軍隊步伐一致的在橋上行進，以此作為慶祝儀式，結果鐵橋大動作搖晃起來，最後就此崩塌。

這兩個都是同樣的現象，吊鐘和鐵橋都有其固有振動數，多聞丸是以手指，軍隊則是以眾士兵整齊的步伐，讓振幅變大。吊鐘的例子是出於刻意，但鐵橋則是其固有振動數的週期剛好與軍隊的步伐一致，是個出於偶然的例子。

就像這些例子所示，即使不倚賴手指或步伐這類的外力，但如果和吊鐘或鐵橋一樣擁有固有振動數的外部物體能傳遞振動的話（有時是聲音），就能引發同樣的現象。施加具有同樣固有振動數的外力，便會不分物體大小，助長其振幅，有時會引發不可能的現象。

舉個典型的例子，曾有一名女性以聲音震破玻璃杯。她先輕敲玻璃杯，微微使其振動，然後再施加同樣固有振動數的人聲，引發共振，然後增加振幅，透過聲音不斷增加振幅，最後使玻璃碎裂。

國丸心想，像建築物或橋樑這類的巨大物體，莫非也擁有固有振動數？偶爾會發生與地震波共振的現象。國丸就此在圖書館陷入恍惚狀態，原來世上的一切事物，都擁有其固有振動數啊。

他持續展開思考，而最令國丸感興趣的，是小提琴的琴弦與音箱間的關係。只要設計出與琴弦擁有同樣固有振動數的音箱以及內部空洞，振動就能從琴弦傳往音箱，在兩者的共振下發出響亮的樂音，震懾整個寬廣的音樂廳。

他感受到一個很大的提示。半井鑄器工廠的大型送風機，以及牆上的老舊通風扇，這兩個旋轉體造就出固有振動。而擁有同樣固有振動數的物體，剛好就存在於附近，存在於離工廠不遠的鎮上……？

沒錯，所以振動所帶來的影響，不是發生在工廠周邊，而是在離工廠有段距離的地點。那麼，位在離工廠有段距離的場所，剛好擁有同樣固有振動數的物體又是什麼呢？是鳥居！國丸在心中大叫。就是立在錦天滿宮參道上的石鳥居。

他腦袋一陣茫然。那是獨自一人找出正確答案時，那份孤獨的空虛。

意想不到的回答，竟然遠在天邊，近在眼前。兩者都悄悄存在於伸手即可觸及之處。國丸的公寓發生那不可思議的危害，起因於這座鳥居。讓布袋和尚轉了半圈，讓他睡不安穩，小時候的噩夢每晚浮現。

而在別人的屋子裡，則是佛龕的牌位轉了半圈，住戶看到幻覺，引發精神障礙。

這是石鳥居的固有振動數，剛好與半井工廠裡的兩個旋轉體發出的固有振動數一致，或是非常相近，鳥居有效地吸收了這股力量，產生共鳴共振，同時令緊鄰兩戶人家的二樓產生振動，因而造就出這個怪現象。

國丸回到房間後，打開窗戶，望著鳥居上方，以及對面小楓和澄子的住家，獨自沉思。

真有意思。他在原地佇立，逐漸覺得好笑。既然這樣，只要在離開工廠時，事先讓工廠的送風機和通風扇轉動，不就能以這座鳥居當橋樑，透過它到澄子家和她幽會嗎？在快天亮時，神不知鬼不覺地前往她們家，從窗口進入，等辦完事後，再神不知鬼不覺地偷偷回到自己屋裡。

沒聽過這麼古怪的偷情方式，想必沒人會想到利用鳥居往返兩地。由於家庭暴力太過嚴重，最近社長被妻子趕出家門，都睡在工廠的休息室，所以沒人會礙事。

但有件更重要的事實，在國丸面前展開。他也發現了這件事。向來都不相信神明存在的他，認為這次真的是神明的指引。

但他同時也想讓鎮上的居民知道他所查明的事實。一旦知道此事，居民當然會要求停止讓風扇轉動。這樣會對工作帶來妨礙，所以社長會強力反對。就算不是這樣，工廠明明就已經快倒閉了，現在還要被迫關閉冷卻風扇，怎麼受得了。他可以預見會引發嚴重的問題。

幾經苦惱後，國丸隔天只對半井社長說出他查明的這件事。因為社長曾叫他調查這件事，所以他認為向社長報告成果，是社員的職責，不過，沒人想得通的這項事實，他獨自一人查出了真相，若說他完全沒半點自負和驕傲，那是騙人的。國丸當時還年輕，他後來一輩子都為這件事感到後悔。

社長聽完他的報告後，大吃一驚，呆立了半晌，過了一會兒，他才向國丸叮囑，要他別告訴任何人這件事。

國丸也沒細想，就點頭同意。因為他早料到社長會這麼說。站在社長的立場，應該是認為，如果鎮上會議要他關閉風扇，那可就麻煩了。國丸心裡這麼以為，但其實並非如此。

16

在聖誕夜的前一天，二十三日的午休時間。國丸走出工廠，找尋小楓的身影。因為工作上不斷傳來瑣細的要求，他一直忙著工作。他從寺町商店街來到澄子的章魚燒店所在的參道上，看到了小楓。

她直接跪坐在水泥地上，朝向客人坐著等候章魚燒，或是拿到章魚燒後坐下來吃的木製長椅，將裝有章魚燒的竹皿擺在上頭，以牙籤戳著吃。因為還只是個孩子，擺在長椅上的章魚燒比小楓的嘴巴還高，所以她始終都揚著下巴，奮戰良久。

國丸突然一股激動之情湧上心頭，暗呼不妙，急忙轉身逃離現場。他回到寺町商店街，躲進行人絕不會進入，只有半井家的人才會使用，僅只一公尺寬的巷弄，抬手撐向潮溼的牆壁。

淚水奪眶而出，停不下來。國丸緩緩將額頭抵向沙漿牆面，接著他感到納悶，問自己為什麼會這樣。看到小楓坐在水泥地上，吃著擺在長椅上的章魚燒，為什麼會大受衝擊，湧出淚水呢？他感到不解。

那是平時常有的畫面。小楓自己肯定也這麼認為，但是對國丸來說，那身影令他看了難過，忍不住流淚。

看到小楓時，他與以前那個痛苦的自己相重疊，國丸有這樣的自覺。小時候的他真的很痛苦。沒半個大人可以商量，學校的老師一點都不可靠，擔任鎮上總幹事的那位大叔，就只關心棒球打得比國丸好的朋友。

而最不可靠的，就屬母親了，這點更令他難過。母親似乎不懂什麼是溫柔，對事物的理解總是前後矛盾，一點都不纖細，一切都和國丸的理解不同。平時倒還好，她臉上總是笑咪咪，可是一旦面向國丸，往往都會轉為帶有攻擊性的神情，不停地發牢騷，每次都令他納悶不解。

我又沒給媽媽添麻煩。媽媽討厭我嗎？還是說，她天生看待事情的眼光就有偏差？她沒有愛嗎？還是說，她腦袋不好？國丸常這麼想。

不過，是因為我的成績沒有優等嗎？媽媽也許是對此感到不滿。因此國丸常自己孤零零一人。在班上，有時他也會靈光一閃，想出沒人想得到的點子，獲得老師誇讚。但說到比較搶眼的表現，也僅止於此，因為平常不用功，所以和班上同學相比，成績偏中下。

成績不好，就無法博得導師的認同，運動不好，就交不到朋友。兩者不好的孩子，大多會被孤立。所以國丸沒有好朋友，常自己一個人對著牆壁投球，或是坐在河堤上，望著小河發呆。

有時他會從小楓身上看到以前的自己，但他實在不願這麼想。他會憐惜那個孩子，並不是在憐惜他自己。他只是努力想讓自己在那孩子眼中是個善解人意的大人，不想讓小楓和以前的他一樣，有痛苦的回憶。

國丸自認很了解小楓平時生活中的苦與樂，小楓不會把這些事掛嘴上。但想到自己的過去，國丸心想，她一定是個洞察力過人的孩子。此外，只要看她的神情，大致就能明白她在想什麼。

但還是會不時像剛才那樣，突然來這麼一下，帶給他超乎預期的衝擊，這完全不是他所能預料。為什麼會替那孩子覺得難過呢？更重要的是，為什麼會因為這麼一點小事就落淚呢？

他絕對沒有抱持「可憐」這種情感。國丸從小就很討厭可憐這兩個字，像那些婆婆媽媽們一樣，投以居高臨下的目光，展現優越感，他不想讓自己這麼墮落。他認為這種傲慢的對應方式，對小楓這個開朗又努力的孩子來說，太失禮了。

但剛才他卻無意間替那孩子覺得可憐。儘管貧窮、缺乏父母的關愛、沒有朋友，卻還是一樣開朗，因為小楓的這種表現，而讓他被那種墮落的情感所攫獲，忍不住流下淚來嗎？他試著如此檢視自己。

這麼一來，覺得以前的自己很可憐的那種俗氣的多愁善感，以及低級的自戀，將難以做區隔，國丸無法接受這樣的自己，可能是因為以前他都受此所苦吧。

他不明白。雖然現在還沒弄懂，不過此刻的他被突如其來的激情所支配，擋不住奪眶而出的淚水。他不懂這份情感是從何而來，心中完全沒底，他心想，這應該就是痛苦的情感吧。無法自拔的痛苦。所以有時看那孩子會覺得很痛苦，但這份情感與他孩童時的記憶沒有關係。

國丸獨自前往高島屋，買下小楓想要的大型家家酒玩具組。店員替他包裝好，繫上緞帶後，給了他一個信封。往裡頭一看，有個塑膠袋，裡面裝了幾顆像黑色小石頭般的顆粒，還有一張寫著「給聖誕老公公」的紙張。背面寫著：「孩子的笑臉在等著您。謝謝您溫情的關懷。」

然而，國丸還是感到猶豫。小楓每天都沒人關心，過著經濟不夠豐足的生活，平時都孤零零一人。但國丸認為，如果就此同情她，或是想要加以解救，那就太逾矩了。自己不過只是住在她家對面，一個二十五歲的外人罷了。小楓的問題，基本上是她父母的問題，他不能干涉半井家的家務事。

但看了之後，國丸明白，他無法坐視不管。看到小楓跪坐在水泥地上，獨自默默吃著擺在長椅上的章魚燒，他明白自己再也無法壓抑。

國丸下定決心，要在神不知鬼不覺的情況下，成為小楓生平第一位聖誕老公公。不管有什麼問題，他也要做。在上天的安排下，國丸眼前開創了一條道路，他如何能違抗呢？是神明要他這麼做，要國丸善用祂的鳥居。明明一切都已準備妥當，我能袖手旁觀嗎？國丸如此自問，接著馬上回答：「不可能。」要是真那麼做的話，日後一定會後悔。

一般來說，只有那孩子的父母才能當聖誕老公公。因為外人無法進入門窗緊閉的別人家中，來到孩子的枕邊。能這麼做的，就只有同住一個屋簷下的至親。

但此刻國丸已經有方法了。只要在離開半井鑄器工廠時，事先打開那兩個風扇開關就行了。如此一來，在即將黎明時，就能架起奇蹟之橋，通往小楓的枕邊。

要是沒發現這個意想不到的方法，國丸就會打消充當聖誕老公公的計畫。當初他原本是想託小楓的母親澄子代送禮物，但既然這方法行不通，照理他也只能放棄，不能隨便進入別人家中。

如果澄子能同意由國丸買禮物送小楓的話，她早就自己送了。就是因為丈夫極力反對，所以她才無法充當聖誕老公公。

國丸很明白，當人妻子就是這樣，因為他母親也是如此。只要丈夫動用暴力，妻子這種生物就會發動奇怪的自我催眠，就連女兒因為體諒她而說出「我對聖誕老公公不感興趣」這樣的謊言，她也信以為真。母親理應可以看穿女兒的謊言才對，國丸已多次目睹女人陷入這種令人費解的心理狀態。國丸心想，既然這樣，那就只能請真正的聖誕老公公出馬了。

小楓現在睡在二樓一間小小的起居室裡。因為三人合睡在一樓的寢室太過擁擠。自從他們夫妻倆感情不合後，澄子似乎也不時會睡二樓，但儘管如此，丈夫似乎還是很不高興，所以往往都還是小楓獨自睡二樓。這樣正好，如果她父親睡在一旁，那就太危險了，無法到小楓枕邊放禮物。

國丸的計畫如下：沿著鳥居進入對面房子的二樓後，轉身將窗子的半月鎖牢牢鎖上。靠寺町商店街這一側窗戶的半月鎖也鎖上。然後到寢室，將禮物放在小楓枕邊。接著下樓，從後門走出巷弄。

小楓家的後門只要上鎖後，就得從門外用鑰匙才能打開，但在屋內只要按下鎖鈕就能上鎖，想解鎖的話，只要轉動門把即可，可輕鬆開鎖。

上鎖時，先按下鎖鈕，然後把門關上即可完成，再簡單不過了。如果是從門外的話，沒有鑰匙無法打開。

之後他會繞往工廠，關閉大型送風機和通風扇的開關，然後回到房裡，這樣便大功告成。如此一來，半井家二樓窗戶的半月鎖便不會轉動，到早上為止，都會處在上鎖狀態。

也就是說，面對這個一樓的大門、玻璃門，以及二樓所有窗戶全都牢牢上鎖的屋子，聖誕老公會穿牆進入，在小楓的枕邊留下禮物後離去。這只有真正的聖誕老公公才辦得到。附帶一提，半井家沒有煙囪。

聖誕夜當天午休時，國丸在澄子做生意的章魚燒店四周閒晃，等候和小楓見面的機會。不久，小楓走出屋外跑腿，國丸馬上追向前，對她說道：

「小楓，聖誕老公公今晚會去找妳哦。」

「真的？」

小楓轉過身來，眼中閃動光彩。

「是真的。」

國丸用力點頭，向她打包票。

「聖誕老公公跟我道歉，說他之前都認錯路，所以才會忘了送禮物給妳，真對不起。」

接著又補上一句。

「所以請好好期待明天早上的到來。」

國丸如此說道，接著轉身朝工廠奔去。

一直忙到傍晚，工作還沒做完，直到晚上將近八點才解脫。國丸從沙製模裡取出風鈴和茶壺，擺在木板上，以大型送風機吹風，同時也讓牆上的通風扇轉動後，這才離開工廠。

這不是為了讓半井家二樓的窗戶解鎖，而是要對產品吹風，好在有這樣的必然性。如果沒必要讓產品冷卻，社長人在休息室裡，他很可能會關閉送風機。一旦被他關了，就進不了半井家。

工作完成後，社長什麼也沒說，就跑到街上去了。今晚大概又要到哪個地方喝酒去了。

國丸到他常光顧的定食店吃完定食後，返回屋內，躺在床上望著他買回來擺在牆邊，打算送給小楓的禮物。禮物上貼著一張紙，寫著：

「小楓，抱歉，之前一直沒能送禮物給妳　聖誕老公公」

小楓看了會有多高興，國丸再清楚不過了。因為他自己也有過這樣的經歷。

就在這個時候。咚咚咚。門口傳來很低調的敲門聲。

「咦？」

國丸感到納悶，緩緩坐起身。望向時鐘，已十點多。他實在想不出，這麼晚了有誰會來拜訪他，所以他沒應聲，懷疑是有人搞錯房間，才會敲他的門。

他沉默了一會兒，接著又輕輕地傳來敲門聲。

「誰啊？」

他朝門外應聲。

「請開門。」

是女人的聲音。國丸大吃一驚，一躍而起，奔向門前解鎖，打開門。只見澄子倚著屋柱，呼吸急促。

「妳、妳怎麼了？」國丸問。

「讓我進去。」

澄子簡短地說了這句話。仔細一看，她滿臉通紅，顯然是喝醉了。接著她撞向站在門口的國丸，跌進入門台階處的榻榻米上。由於澄子體型嬌小豐腴，裙子就此捲起，幾乎露出整個大腿。

「我跟我丈夫分了。」

澄子倒在地上，以急促地呼吸聲說道。

「我們又大吵了一架，我跑去喝酒。」

一看就知道她喝醉了。

「讓我在這裡過夜，我不想回去。」她說。

國丸扶她起來，帶她躺到墊被上，因為她看起來很疲憊的樣子。讓她躺下後，國丸以外衣蓋在要送小楓的禮物上，加以遮掩。這是國丸擅自決定的事，最好別讓澄子知道。

替澄子蓋上棉被後，只見她閉上雙眼，發出平靜的呼吸聲，國丸以為她睡著了。於是取來兩個坐墊擺在一起，打算睡在上面。他只有一床墊被，但另外有條毛毯。他決定朝擺在角落的煤油爐點火，讓屋內暖和點。這麼一來，就能靠那條毛毯湊合著睡了。因為他還沒關燈，所以屋內仍舊明亮。

這四張半榻榻米大的狹小空間，馬上便盈滿澄子呼出的酒味。她現在看起來不像能好好交談，所以國丸倚在牆邊思考。他不知道這時候該怎麼做才好，所以低頭沉思，這時澄子開口問道：

「你怎麼了？覺得很麻煩是嗎？」

「不，沒這回事。」國丸應道。

「我要和丈夫離婚。」澄子又說了一次，沉默了一會兒。

「你聽到了嗎？」

她又強調了一次。過了一會兒，澄子喊了一聲：「啊～好熱。」猛然從棉被裡伸出腿來。國丸心想，該把煤油爐關了嗎？

澄子的裙子似乎在被窩裡往上捲了起來，整條腿連胯下都一覽無遺，看見她的長筒襪和吊襪帶。

「那個男人真是無可救藥，你竟然能跟他共事那麼久。」她說。

「二樓那家店我經營得好累，那些大嬸根本完全不聽我的話。」

就在此時，國丸恍然大悟。一早二樓店面窗戶的半月鎖是開著的，所以澄子以為是值晚班的女性不管她再怎麼提醒，都還是忘了上鎖。

「要喝水嗎？」國丸問。

「嗯。」她馬上應好。

國丸一邊倒水，一邊心想，我快克制不住了。打從剛才起，就一直覺得心跳得又快又急。自己一個人睡的時候，偶爾他會想像澄子全裸的模樣。國丸明白，要是澄子真那麼做，他一定會把持不住。但他卻又想抗拒，因為他覺得自己要是這麼做，對小楓的那份純潔的關愛，將就此玷汙。

澄子坐起身，喝了口水，又喊了一聲好熱，粗魯地將她的套頭毛衣脫下。清楚地看見她的襯裙、胸罩，以及豐滿的胸部。自己對小楓那沒半點俗心的關懷，以及對她母親胴體的欲望，為什麼不能個別發生呢？國丸對此感到忿忿不平。要是發生在不同日子該有多好。

國丸試著想起剛才看到的澄子雙峰間的乳溝。那是激起男人慾望的畫面。但是一想到小楓的笑臉，這股情慾便馬上萎縮。說來真是不可思議，不過對母親的情慾，以及對女兒的情感，絕對無法並存。

但最後國丸還是和澄子上床了。對國丸來說，那段時間恍如置身夢中，是難以置信的歡愉。澄子的胴體比想像中還要豐潤、年輕。而且激情又淫滑，令人驚訝。這份意外令國丸的腦中大為混亂，他完全想像不到澄子有這樣的一面。

澄子的反應相當強烈。她叫得很大聲，令國丸擔心是否會讓人聽見，她還嬌喘連連，一再向國丸確認他的心意。澄子說她從以前就喜歡國丸，國丸也說他喜歡澄子。這確實是真心話。

帶著小楓，我們三個人一起生活好嗎？澄子喘息著問道。國丸也一再點頭。這樣的生活，他不知道已暗中幻想過幾回，所以國丸自然不會反對。

半夜兩點時，澄子從被窩裡坐起身。

「雖然我丈夫不會回來，但明天早上我要是從這裡離開，被鄰居看到，那就糟了。」

澄子赤裸的身軀慢慢穿好衣服後，就此站起身。

「等我找到公寓後，會搬離那個家，我會盡快處理好這件事。到時候你可以來找我嗎？」

她抬眼望著國丸問道，國丸頷首。澄子見狀，露出滿意的微笑。

「明天見嘍。」

澄子一臉放心地說道，朝門口走去，接著她猛然轉頭望向為她送行的國丸，緊摟著他獻上一吻。

「你好棒，感覺真好。」

朝他耳畔細語後，澄子走出屋外，關上門。

澄子按照她的計畫展開了行動。與丈夫分手，決定與一名小自己七歲，看起來會和女兒處得不錯的男人展開新生活，而今晚她終於決定要賭上一把。對她來說，結果完全在她的料想之中，一切進行得很順利。

國丸站向窗邊，望著澄子搖搖晃晃朝參道對面的屋子走去。之前覺得不該有非分之想，就只是自己在暗戀的澄子，如今成了他的女人。一想到這裡，便有一股喜悅從體內湧出，覺得自己無比幸福。

17

現在只有他一人。接下來是他自己一個人的時間，國丸繃緊神經。不該為剛才發生的事所左右，今晚得按照之前擬定的計畫行動才行。

他回到仍留有澄子餘溫的被窩，面向從牆壁挺出的鳥居，凝望擺在上頭的布袋和尚。它已後移了不少，在黎明前會一路退至牆邊，最後應該會轉為背部朝外，等到那時候就展開行動。

他站起身走向暖爐邊，熄去爐火，天花板的燈也一併關閉。這個房間與對面屋子的所有半月鎖，現在正微微轉動中。等到天快亮時，應該就會解鎖吧。在那之前先小睡片刻。等天快亮時，就會施展魔法，從那扇窗戶到小楓睡覺的房間，將架起一座神奇的石橋。

他鑽進被窩，蓋上棉被後，聞到澄子身上的香水餘香，並微微帶有女人愛液的氣味。剛才兩人雲雨後的興奮感，令他難以入眠。

澄子的積極性之所以令他感到吃驚，是因為他想到自己的母親。國丸常將澄子的模樣與他母親重疊，所以沒想到她會展現出如此強烈的女性反應。他沒想到自己的母親也會變成這樣。不過話說回來，母親和那名身材高大，長相俊秀的男子，也是這麼激情嗎？就只是他自己不知道而已嗎？

在一九五九年決定舉辦東京奧運後，原本說好只做事務工作的母親，改以燈籠褲、圍裙衣、登山帽這身裝扮，被派去從事土木工作。似乎是擔任事務所社長的那名男子懇請她幫忙，要她在公司步上軌道前的這段時間暫時忍耐。

其實當時為了東京奧運，工程相關人員彼此都用「以緊急工程來讓東京現代化」這句話相互打氣，像地鐵、道路工程、上下水道的完善工程等，奧運的特別需求似乎相當多。為了對東京大改造，聚集了全國的臨時勞工，晝夜輪班趕工。由於人手不足，原本說好只做事務性工作的母親，也被派去幫忙。

當時國丸住在川口的鑄器工廠當學徒，所以母親都自己一個人住。但因為替她擔心，所以國丸常回家探望。母親常說，在那個時代，以整晚開卡車的司機為主，用興奮劑的情況相當泛濫。她到事務所上班時，那些工人們剛忙完晚班回來，本以為他們會回家或是找家便宜旅館過夜，但沒想到他們竟然開始在事務所的角落打起麻將來，一直打到將近中午才罷休。以為他們這下總會回家了吧，但沒想到竟然又直接上起午班的工作。

傍晚喝完燒酒後，接著展開夜班工作。如此操勞的幹法，沒用興奮劑絕對辦不到。周遭的人還有社長，心裡也都猜到他們使用違法藥物。但要是不這麼做，便無法應付工作，這也是事實。

國丸有時也發現母親不太對勁。她眼神空洞，叨絮不休地說著奇怪的事。可能是忘了眼前的人是自己兒子，莫名地脫口說出性方面的事。

這次一定要讓東京改頭換面，成為乾淨的城市，一個足以向全世界誇耀的先進都市。這是日本人從戰前的子彈列車開始就一直懷抱的夢想，長期忍受貧窮的我們，成為得以實現多年夢想的士兵。母親以狂熱的口吻如此說道。國丸大感納悶。因為這不是母親以前那樂天的模樣。他懷疑是那名男子向母親洗腦，然後母親直接拿來向國丸現學現賣。

之後母親連日一臉疲憊地返家，然後睡得像死豬一樣，連飯都懶得煮。因為替母親擔心，所以國丸時常回長屋探望她，這時國丸都會到車站前的麵包店買麵包回來給母親吃。

不過，有時母親似乎整晚沒睡，如今回想，母親可能也被那名社長施打了興奮劑。

母親明顯是上當了。她為了和那個男人展開新生活，以為自己從事土木工作只是暫時，但她不知道社長另外有個年輕的女人，他只當母親是自己手下的一名工人。

某天，母親說她拿到東京奧運開幕式的門票，開心地來到川口工廠的員工宿舍。

「真高興！信二，是奧運門票耶。我們一起去看吧！」

母親大聲地說道，輕盈地站起身，唱起當時正紅的流行歌曲。

接著她每天都很期待能去體育館看比賽，但過沒多久她便操壞了身子，臥病床上。男子到醫院看她，替她出醫藥費，但從那之後就不曾再到家中來，似乎已和母親撇清關係。於是國丸要母親辭去工作，在川口租了間公寓，叫母親前來一起同住。

母親平均一個月一次，說她頭痛欲裂，大叫不已，在屋裡痛苦得直打滾。國丸多次上藥局買母親所說的頭痛藥。

如今回想，他懷疑那是興奮劑的副作用，每次月經來就會感到頭痛欲裂。他不認為母親那麼常施打興奮劑，不過興奮劑就是會對人帶來如此強烈的傷害，尤其對女性。

他當然不清楚父親的下落，當時是他最痛苦的時期。而且母親還罹癌，醫生悄悄跟他說，她已是癌末，沒多少時日可活。母親要國丸去找和她有段情的社長商量，但國丸沒當一回事，因為對方一定只會嫌麻煩。他騙了母親，所以就算母親生病，他也不會設身處地替她著想。母親直到現在還不了解這點。

其實母親似乎將搬家的地址告訴了男子。但一如預期，男子沒跟她聯絡。在之後與病魔對抗的生活中，國丸也不知道母親是否發現自己受騙上當。

鬧鐘的鈴聲響起，四點半。國丸猛然睜眼，坐起身。在起床的同時，國丸心想，這個時間就算他自己房間的窗戶還沒解鎖，但小楓家窗戶的半月鎖一定已經解鎖。

我睡著了嗎？本以為自己不會睡著，但難道是因為習慣而熟睡？他手扶牆壁，緩緩站起身，靠近石鳥居一看，布袋和尚已移到牆邊。

他靠向窗邊，拉開窗簾。半月鎖幾乎已完全鬆開。完全沒滴潤滑油的這個鎖都已經變成這樣了，小楓家的鎖應該早就解鎖了。

他先前往門口拿鞋，返回後打開窗戶。令肌膚為之刺痛的寒氣入侵屋內。他蹲下身掀開外衣，拿起要送小楓的禮物，夾在腋下。他坐在窗框上穿鞋，然後緩緩來到向外挺出的一樓屋簷上。今晚天滿宮的參道上一樣不見半個人影，這一帶的住戶們，現在都處在睡眠的深淵中。

他將禮物夾在腋下，跨坐在鳥居上。要是掉落就糟了，所以他才以這種安全的姿勢跨坐在鳥居上，緩緩向前滑行。

從參道上空橫越後，他緩緩靠近小楓房間的窗戶。抵達後，他手搭向牆壁，伸長左手，手指搭向窗戶玻璃。用力往橫向一壓，窗戶應聲推開。果然不出所料，窗戶沒鎖。

他小心翼翼不發出聲響，慢慢將窗戶開到最大。接著很謹慎地在窗框上移動，跨過窗框，來到室內。國丸來到這擺滿T恤、髮箍、廉價首飾、項鍊的昏暗賣場內，眼前是一條寂靜無聲的油地毯通道。

他轉身輕手輕腳地將剛才進來的窗戶關上，轉動半月鎖，用力將它鎖上。接著走在昏暗的店內，緩緩來到深處，悄悄打開起居室的房門。就此看到將棉被蓋到鼻頭處的小楓，她的睡臉著實可愛。

國丸躡腳走近，輕輕將禮物擺在榻榻米上。接著他完全沒發出半點聲響，把門關上。他所做的事與小偷無異，所以要是被發現，就算鬧上警局也不奇怪，勢必得謹慎行事才行。

接著他躡腳從店內走過，走向靠寺町商店街那一側的窗戶。將這裡的半月鎖也牢牢鎖好後，他走向通往一樓的樓梯。

他小心翼翼地走好每一階，小心不發出任何腳步聲，就此走下樓。但這裡平時是客人也會走的店內樓梯，所以他沒有太強烈的犯罪意識。因為這裡不算是半井家的領域。

當他走下樓時，毛髮為之倒豎。他大吃一驚，幾乎連心臟都快停了，因為有個黝黑的人影就站在樓梯下等他。

因為太過震驚，差點大聲叫了出來。半井社長就等在樓梯的左手邊。

「國丸。」

社長低語道。國丸發不出聲音，就這樣默默呆立原地。

「社長……」

國丸也不自主地跟著低語。因為他仍處在震撼狀態中，幾欲就此腿軟。

「你為什麼會在這兒？」

社長也悄聲詢問，感覺他帶有酒味。

國丸答不出來，他的任何藉口都行不通了。

「我知道你們兩人的事。」

社長低聲接著說道。國丸因太過震驚而兩眼發黑，此時此刻，他已無法為自己辯解。

社長的聲音宛如從地獄湧現般，國丸因罪惡感而垂首不語。澄子那白皙的胴體，仍鮮明地浮現眼前。那是不可原諒的犯罪。

國丸是半井社長的部下，兩人之間明顯存在著從屬關係。如今他睡了老闆的妻子，不論理由為何，都不可原諒。

「所以我殺了她。」

社長若無其事地說道，國丸驚訝地抬起頭來。

「什麼？你殺了她？」

「沒錯，我殺了她。不然還能怎樣？一個和我員工偷情的蕩婦。」

社長喃喃低語，這時國丸反射性想到的是：小楓怎麼了？

這時社長如果說他連小楓也殺了，國丸絕不會就這樣站著不動。他應該會撲向社長，將他殺了。

但他旋即發現，剛才才聽到小楓睡覺的呼吸聲。小楓沒事。

「是真的嗎？或許現在急救還來得及……」

國丸問。如果是這樣，那得趕快救人才行。

「你自己去看，我一再地勒她脖子，她的身體都發冷了。」

國丸這才從昏暗的店內飛奔而過，趕往寢室，打開房門。不久前，才用自己雙手摸遍每一寸肌膚的那具韻味十足的胴體，就這樣橫躺在他面前。身上穿著睡衣，就躺在墊被上。伸手觸摸後，發現她的手臂、脖子、胸部、腹部，都像冰塊一樣冷。

國丸為之茫然，接著他猛然回神，拉起腳下的棉被，一路替澄子蓋到脖子處。此事來得突然，他腦中一片混亂，完全無法思考。

「就算叫救護車也沒用，她已經死了。」社長在背後說道。

「那麼，得報警……」國丸反射性地說道。

「你也有責任，國丸。」

社長毫不客氣地說道，國丸為之沉默。

「所以，就等到早上再說吧。」

社長以命令的口吻說。

「我在天亮前就會死。應該是衝撞京阪線的首班車自殺吧。我已買了保險，小楓是受益人。這麼一來，我工廠的債務就能還清了。」

國丸聽了，腦中又是一片混亂。他這是在善後……但又覺得不光只是這樣，同時也覺得自己罪孽深重，沒資格多說什麼，因此無言以對。但他馬上想到一件事。

「可是小楓她……她早上醒來，看到這一幕的話……」

不知道會受到多大的打擊。剛才之所以替澄子蓋上棉被，也是因為考慮到小楓。

「我會請我住在寶池的姊姊馬上來一趟，請她別讓孩子看到媽媽的遺體。還有，孩子的事就拜託你了，你也要好好照顧小楓。我姊姊沒有孩子，所以將孩子託她照顧，想必她會感到五味雜陳。既然這樣，就拜託你了。因為我實在不是個好爸爸。」

社長以意志消沉的聲音說道。

社長說起話來似乎很冷靜，但國丸認為他同樣腦中一片混亂。社長完全沒問他為什麼會在這裡，他應該不知道原因吧？是因為喝醉了嗎？還是因為這裡是店內？如果是出現在半井家的屋內，情況就不同嗎？

不過，社長又是怎麼進來的呢？他身上應該沒鑰匙才對。

「社長，你是怎麼進屋的？」國丸問。

「我爬上鳥居。」

社長再度若無其事地說道。

國丸先是為之愕然，接著被強烈的懊悔重重擊倒。他不該告訴社長，就是因為告訴社長那個秘密，澄子才會遭殺害。

仔細一想，他應該注意到這當中的危險性才對。我也未免太愚蠢了吧！自己明明很清楚社長那異常的執著有多深，卻還這麼做。他對此感到後悔莫及。

接著像電光石火般，各種念頭從他腦中掠過。真應該早點來才對，要是比社長早點進入屋內，社長就進不來了。因為他一進入二樓，就馬上將背後窗戶的半月鎖鎖上。這麼一來，就算社長爬上鳥居，也沒辦法進入屋內。要是自己再早十分鐘行動的話，日後就能在某個地方，與澄子、小楓三人一起展開新生活。

他同時湧現另一種恐懼。如果當時社長進入二樓後，和他一樣轉身將窗戶的半月鎖鎖上，就換他進不了屋內了。

到時候會怎樣？明天早上小楓得到的，將只有母親的死訊，根本沒有聖誕老公的聖誕禮物。

「我要走了。要一起離開嗎，國丸？」

社長如此說道，國丸這才回過神來。

「好。」

國丸反射性地應道，跟著他走，這是他身為員工的條件反射。

社長關上澄子寢室的房門，打門右邊牆壁的另一扇門。他先走到巷弄裡，等候國丸走出後，這才關門上鎖。

他按下鎖鈕，把門關上，接著拿出鑰匙，插進上方的鑰匙孔。原來這扇門有兩道鎖，國丸這才知道。但澄子應該是不會給他鑰匙才對。難道社長是在澄子的寢室裡發現這把鑰匙，將它拿了出來。

不管怎樣，這一刻，澄子的屍體已處於完美的密室中。如果不是很了解這間屋子裡的門鎖位置，而且擁有鑰匙的話，便不會同時將這扇門的兩道鎖都鎖上。而一樓玻璃門是螺旋鎖，二樓窗戶全都是半月鎖，都無法從外頭加以操作。

「國丸，謝謝你這些年來的關照。」

離別時，社長如此說道。

「不，哪裡。」

國丸不自主地應道，低頭行了一禮。

「茶壺和夏天風鈴，請代替我交貨。」

「我明白了。」

「小楓就拜託你了。」

社長最後這麼說道，轉身朝四條河原町的方向走去。

國丸目送他離去，在原地呆立良久。為什麼我要這麼唯唯諾諾地聽他命令？因為我是員工嗎？那個男人殺了澄子啊！他如此詢問自己。

他在等候怒意從自己心中湧現。他最愛的女人被那個男人所殺，那個任性的男人。令他如此鍾愛的女人，今後還會再有嗎？

但不知為何，不管他等再久，怒火始終沒有湧現。難道是充塞在他心中，深不見底的罪惡感，與他的怒意兩相抵消嗎？

但他覺得不是這樣。在他混亂的腦袋中，感覺隱隱潛藏著一絲感動。社長拜託他照顧小楓那句話，是社長說過的話當中，唯一像樣的一句話。是那個隨便的男人說過的話當中，唯一像是有責任感的父親會說的話。

不管他站在原地等候再久，心情還是一樣沒變。不得已，國丸只好邁步離去，按照原先的計畫，前往工廠關閉送風機和通風扇的開關，拖著沉重的步伐返回公寓。

這是為了扮演聖誕老公公所擬定的計畫，根本就不是什麼殺人計畫。

他躺在房內時，突然傳來一陣急促的敲門聲。他起床開門，只見兩名身穿大衣，十足刑警模樣的男子站在門口。

「你是國丸信二先生嗎？」一人低聲問道。

「是，我就是。」

「我們有話想問你，可以跟我們上警局一趟嗎？」另一人說。

這時，小楓衝上樓梯，從走廊上朝他奔來。

「國丸先生，聖誕老公公送我這個耶！」

她高聲大叫，高舉著已打開蓋子的家家酒玩具組，呈向國丸面前。

「這樣啊，真是太好了。」

國丸也跟著提高音量說道。

「還給了我一封信！」

她把信舉高。見她滿面喜色，想必真的很高興吧，站在她面前的兩名陌生男子完全沒映入她眼中。

國丸心想，真是太好了。她似乎還不知道母親已死的事。社長的姊姊來了，沒讓小楓看見澄子的遺體。

「太好了。」

國丸好不容易才擠出這句話來。因為淚水奪眶而出，說不出話來。

「可是，媽媽不見了，不知道跑哪兒去了。」

小楓說。

「爸爸也不見了，但是我美子姑姑來了。」小楓很開心地說道。

「妳先回家吧，叔叔們接下來有事要談。」

一名刑警對小楓說道，小楓頷首，失望地從走廊上離去。途中她停下腳步，轉頭朝國丸揮手。

國丸已看不見她的身影。因為淚水滿溢而出，停不下來。

18

我回到宿舍，坐向階梯，在公用電話旁等候。之所以會這樣，是因為我宿舍的電話就只有一樓擺設的這台公用電話，要是有人接了電話卻沒叫我，那我就錯過電話了。如果沒人注意到電話鈴聲，那就更不可能接到電話。雖然我很想說明那件事，但御手洗都不聽我說，所以沒辦法，我只好自己守在電話旁。

我坐在樓梯上等了約一個小時後，電話鈴響。我急忙接起電話，果然是御手洗打來的。

「我接下來要去京都拘留所會客，見國丸信二先生。樹律師也會一起去，如果你也想去的話……」

「好，我要去。」

我毫不猶豫地應道。

「不過，拘留所是在哪兒呢？」

「在伏見區，京都車站南邊，在京阪線的深草站下車。一小時後約在鴨川上的水雞橋，可以嗎？你能來吧？」

「從這裡到五條站，十分鐘就到得了，沒問題的。我這就出門。」

「好，那麼……」

「請問，那起事件解決了嗎？」

我打斷御手洗的話，如此問道。

「我是這麼認為，等國丸先生回答過我的詢問後就可以確認。」

「聖誕老公公的謎題解開了嗎？」

「想不透的問題都已解開。」

「如何進入半月鎖和螺旋鎖緊鎖的密室，這謎題也解開了嗎？」

「我剛才不是說了嗎？」

「咦？真的？」

我說不出話來，為之茫然，感到難以置信。

「你來就知道了。」御手洗笑著說道。

「不過，這樣的話，小楓她……」我說。

「今天最好別叫她來，她不在的話，比較好談事情。那就一個小時後，水雞橋見。」

說完後，御手洗掛斷電話。

抵達水雞橋上時，已是下午三點半。從鴨川上吹來一陣風，我瑟縮著身子，這時剛好御手洗他們走來。御手洗和律師手裡都拎著黑色手提包。

樹律師在御手洗介紹後，向我行了一禮。

「聽說你想考京大？」

「算是吧。」我說。

「如果要當御手洗的學弟，那就來法學院吧。」

他隨即說道。

「或者是醫學院呢？」

我沒答腔。報考醫學院，我自忖沒這個能耐，但法學院一樣沒辦法。只要我能考上，不管是文學院、教育學院、美學、哲學，什麼都好。京大這所大學一直是我所憧憬的，只要考上京大，不管什麼科系都好，什麼我都願意做。

一過橋就是拘留所，樹律師在櫃台很熟練地辦妥申請手續，在等候室等候叫名。接著喇叭傳來我們的名字，於是我們走進數字指定的房間，這間會客室出奇地寬廣。

在等候時，透明玻璃後方的門開啟，一名穿著像是灰色工作服的年輕人，在一名身穿制服的中年獄警帶領下走進，坐向玻璃後面的椅子。接著，身穿制服的獄警馬上轉身開門離去。這麼一來，就能在沒獄警的情況下交談了，我對此略感意外。

那名年輕人在玻璃後方朝我們行了一禮。

「這位是國丸信二先生。」

律師向我們介紹。我心想，原來他就是國丸先生啊。多次從小楓口中聽聞他的名字，感覺就像是認識多年的老朋友了。

但他給人的印象和原本的猜想完全不同。國丸信二先生給人的印象很年輕，就像學生一樣，笑起來露出一口白牙，充滿魅力。五官很工整，不輸電視上的藝人。被關進這種地方，照理來說，就算變得個性粗暴也不意外，但他面對我和御手洗這樣的不速之客，卻沒投以充滿敵意的視線，還一一向我和御手洗行禮。

「這位是京大醫學院的御手洗先生，在學校內算是位名人。」

「醫學院？」

國丸先生發出略感意外的聲音。

「為什麼是醫學院的人？」

「待會兒你就知道了。而這位是你也認識的半井楓小姐的朋友，智先生。好像是補習班的同學。」

「嗯。」

他微微應了一聲。接著緩緩轉頭，視線投向御手洗。想必是希望他能說明，於是御手洗開口道：

「國丸先生，幸會，我是御手洗。」

御手洗說完後，國丸也應道：

「我是國丸。」

「您在拘留所待了十多年，這裡的生活感覺如何？」

國丸聞言，面露苦笑。

「不像人們說的那麼糟，住久了也就習慣了……」

「哦，這樣啊。」律師說。

「用不著工作，就有一天三餐可吃。會討厭這裡的，大概就是在社會上有家人，朋友又多的人吧。」

「如果不是很喜歡這裡，也不會明明沒犯罪，卻一待就是十年。」

國丸聞言，再度露出苦笑。

「就算住得舒服，也許還是非出來不可。」

御手洗如此說道，國丸注視著他，沉默不語。他沉默許久後，這才開口打破沉默。

「這樣我可傷腦筋呢。說到我所會的技能，就只有鑄造的技術，這種工作在現今的社會已經不多了吧。」

「我看得一清二楚。」

御手洗說。

「我是指那起事件的內幕。」

國丸再度沉默，接著他低聲問道：

「真的嗎？」

「嗯。」御手洗說。

「專家花了十多年都解不開呢。」

「可能是因為他們裡頭沒有理科出身的人吧。如果是具備這方面知識的人，這並不算是多難的謎題。接下來我要說的話，如果有哪裡錯誤，請告訴我一聲。」

「請等一下。」

國丸抬起右手制止。

「這樣有什麼意義嗎？」

「能看出真相。」樹律師在一旁插話道。

「發現真相是嗎？這麼做根本沒意義。我已經看得夠多了。」國丸說。

「你看到了什麼？」律師問。

「看過太多人睜眼說瞎話。」

「如果你想在這裡再多待十年的話，我就不打擾你了。」

御手洗馬上接話道。

「我還知道你為什麼會那樣說。接下來將看出真相的人，就只有我們四人。地點就在這裡，不是外面的社會。如果有必要，我和小智都會守口如瓶。不該知道這件事的人，我們絕不會透露半點消息。」

「那法庭方面呢？」

「這個國家的法庭，並不代表社會。」

國丸先生聞言後，沉默不語，像在沉思。

「你對一名從未收過聖誕老公公禮物的八歲女孩感到同情，想在聖誕夜放禮物在她枕邊，扮演她生平第一位聖誕老公公。」

國丸聞言，低頭望向地面。

「但這是不可能的事，因為當時她家中是門窗緊鎖的密室。二樓的窗戶有半月鎖，一樓的玻璃門有螺旋鎖，全都牢牢鎖著，是個棘手的密室。鑄器工廠的社長原本持有一樓門鎖的鑰匙，但後來他妻子吵著要離婚，把鑰匙拿走，所以當時他手上沒鑰匙，因此你不可能跟社長借。你原本已放棄送禮物給那女孩，但這時你眼前出現一線希望。那就是在錦鎮上會議中，居民們提出的失眠症狀、身體不適的狀況，以及夫妻吵架頻傳的風波。」

御手洗說。

國丸始終低著頭，沒有要抬起的意思。看他的模樣，似乎很怕御手洗說的這番話中含有真相。

「就只有你一個人對這場風波感到很不安。因為你有預感，造成這場風波的原因，或許就出在你上班的那家工廠。」御手洗說。

「夫妻吵架、失眠、身體不適、看見鬼魂等等，原因都出在鑄器工廠？」

樹律師望著一旁的御手洗，如此問道。御手洗沒看他，而是望著國丸，點了點頭。至於國丸，一樣視線望向地面，沒有要抬頭的意思。

「充當你們員工宿舍的松坂莊，有許多人都說他們身體不適。甚至有住戶在夫妻吵架後，說他看到鬼魂，上精神科求診，最後甚至搬家。而你也……」

「我沒有。」

國丸突然說道。

「你既沒頭痛，也沒失眠嗎？可能因為你年輕吧。你沒有夫妻吵架的問題對吧，因為你單身。不過，應該是有某個原因，讓你懷疑造成這一切問題的主因出在你待的工廠。那大概是擺在你房間裡的某個東西吧。」

「牌位嗎？」

律師問。御手洗搖頭。

「他的房間裡應該沒有佛龕。不過東西會動，擺屋裡的東西會轉動，像擺在層架上的東西，晚上會改變位置。」

御手洗在說話時，一直緊盯著國丸。

「你一直思考這個問題，很快便發現真相，懷疑這是人體感覺不出的細微振動所造成。」

「振動……」

「沒錯，你逐漸察覺出不對勁，並猜出是怎麼回事。原因就在於……」

御手洗望著國丸，律師則是望著御手洗。

「嗯，原因是什麼？」律師問。

「屋內的異常現象，有時發生，有時不會。不見得每晚發生，你從中發現了這件事，因為你很清楚工廠內的機械。沒發現異狀的晚上，你工廠裡的機械沒運作。」

「什麼機械？」

「通風扇。鑄器工廠為了冷卻鑄器，讓熱氣散往屋外，有時通風扇會開一整晚。而開關就是由你負責。」

「風扇……？」律師說。

「沒錯。」

「可是位在半井鑄器正前方的那家定食店老闆，不是說他都沒出現任何狀況嗎？這又該怎麼解釋？不只那位老闆，分散在鎮上的多名被害者，剛好住半井鑄器隔壁的反而不多。他們大多和半井鑄器有一段距離。」

「所以大家才都沒發現原因啊。」

「嗯，為什麼？」

「被害人其實以鳥居周邊比較多。」

「鳥居？」

「沒錯。與工廠有段距離的錦天滿宮鳥居周邊住戶，有多名受害人。所以大家都沒聯想到鑄器工廠，但國丸先生注意到了。」

「鳥居？這又是為什麼？」

律師問。這時，御手洗蹲下身，從他帶來的手提包裡取出一個金屬製的實驗裝置，擺在玻璃前方的櫃台上。看起來像是鞦韆模型。

「我在這根金屬棒下懸掛五個鐘擺，鐘擺吊線長短不一。而在遠一點的位置上，掛著第六個鐘擺，試著加以晃動。」

接著御手洗晃動比較遠的那個鐘擺。然後保持沉默，靜靜注視著那六個鐘擺。我們也跟他一樣，人在玻璃後面的國丸，也是同樣的動作。

接著，五個排在一起的鐘擺，其中一個開始晃動。一開始只有微微的動作，但振幅逐漸變大。

「喏，這鐘擺只有一個開始晃動。這個鐘擺與第六個離它們比較遠的鐘擺，吊線長度一樣。鐘擺的搖晃，儘管彼此存在著距離，還是會讓線長一樣的鐘擺跟著搖晃。這稱作共振現象。」

律師和國丸不約而同地抬起頭，望向御手洗。

「現在搖晃的這兩個鐘擺，其振動數，也就是周波數，完全相同，因為它們有一樣的線長。換句話說，有同樣固有振動數的兩者，儘管彼此間存在著距離，最後還是會吸收對方的振動，而同樣開始晃動，這是它的特性，會引發共振。」

「這麼說來……」

律師話說到一半。

「沒錯，像更大的物體，例如建築物、鐵橋這類的巨大結構，也會發生這種現象。而即便是更細密的振動，像身體感覺不到的極細微快速振動，也是一樣的情形。」

御手洗如此說道，樹律師向他詢問：

「像嗡嗡聲這種既細微又快速的振動，也會引發同樣的共振嗎？」

「會，道理是一樣的。」

「也、也就是說，這起事件是半井鑄器工廠的通風扇引發的振動，與國丸先生的公寓產生共振……」

御手洗聞言後，緩緩搖了搖頭。

「不，是因為鳥居。」

「鳥居？」

律師發出一聲怪叫。

「半井鑄器工廠所引發的振動，與錦天滿宮的石鳥居剛好有相同的固有振動數。所以那座石鳥居引發人體感覺不出的細微共振，而共振又傳向鳥居兩端插進的兩棟房子裡，使其振動。因此這兩棟房子裡的住戶，以及以屋簷和他們房子相連的隔壁住戶，也都受到影響，只在鑄器工廠的通風扇轉動的夜晚發生。」

「是通風扇和送風機。」

國丸抬起頭來加以糾正。

「如果只有通風扇或送風機，是不會發生的，只有在兩者都開啟的晚上才會引發那種現象。」

「哦，這樣啊。」

御手洗如此說道，重重頷首。

「有兩個是吧。原來如此，在鑄器的產品完成的當天，以送風機朝產品吹風，同時也讓工房裡的熱氣散向馬路，所以才會同時轉動兩架風扇……」

「沒錯。」

「原來是兩者合成的振動。」
「風扇是吧……」
律師說道。
「我一直都沒發現這件事。只有風扇轉動的晚上，才會發生那種現象？」
「是的。」
「換句話說，這兩架風扇引發的振動，讓有段距離的鳥居產生共振，並傳進國丸先生住的公寓……引發共振……」
「是共振沒錯。半井鑄器工廠裡的大型送風機，與裝設在牆上的通風扇一同產生的振動數，與那座石鳥居的固有振動數剛好一致。所以距離更遠的那座鳥居，比工廠隔壁的人家更能吸收工廠傳出的振動，在夜間產生振動。」御手洗說。
「對了，還讓牌位也動了起來。但牌位為什麼會改為以背部示人呢？」
「塗漆的牌位，有時底部中央的部位會微微鼓起，容易以這部分為中心轉動。如果細微的振動一直持續的話。」
「這樣啊，原來是這麼回事！」
樹律師大聲說道。
「要是再等久一點的話，或許就會整整轉了一圈，最後恢復原狀吧。還有人們也是……」
「這樣啊。人們就算身體感覺不出來，但腦部卻感覺到細微的振動，在半夜醒來對吧。或是雖然沒醒來，但很淺眠，就此陷入失眠的困擾中。這種情況長時間持續下去，那種焦躁的情緒會助長平日的不滿，最後和配偶起口角，甚至大打出手是吧。」

「沒錯。」

「因此，國丸先生所住的松坂莊，那裡的住戶受害最深。有的夫婦在大吉大打出手，還看到鬼魂，上精神科求診，最後搬離那裡。不過年輕又有體力的國丸先生，則沒受到那樣的影響。」

「是嗎？這麼說來，半井夫婦感情不睦，決定離婚，也是這個原因嘍？」律師說。

「也許他們受的影響更深。不過這無法肯定，半井夫婦會關係決裂，還有其他更直接的原因。就算沒有振動，也一樣會關係決裂吧。附近的住戶明明沒有多嚴重的原因，卻還是一樣常吵架。」

「這樣啊。」

「不過振動帶來的最大問題，不是這個。」御手洗說。

「不是這個……？不然是什麼？」

律師低著頭，盤起雙臂。

「這是一起殺人事件啊。」

「殺人事件……」

「振動是對著殺人事件直接扣下扳機。」

「透過半井鑄器的風扇轉動所造成的振動，以及與它產生共振的石鳥居所產生的振動……」

「沒錯，鳥居的振動影響最深的對象，不是人類。」

「不然是什麼？」

「是半月鎖。」

「半月鎖？」

「沒錯。整晚持續的細微振動，造成人們失眠，讓精神科有錢賺，讓佛龕的牌位轉了半圈，讓國丸先生屋裡的東西移位，但這些事都不會引發殺人事件。引發最嚴重問題的，是半月鎖的轉動。國丸先生的屋裡，被鳥居貫穿的那面牆壁旁的半月鎖，在振動的影響下，早上會自動解鎖對吧，或者是處在半解鎖狀態。」

「啊，原來如此！」

律師大叫一聲。

「國丸先生就是因為這樣而發現這件大事。他的公寓和對面的半井家，同樣都是被鳥居貫穿的屋子，半井家二樓窗戶的半月鎖，也會因振動而自動解開吧。」

「啊，原來如此，也就是說……」

「沒錯，國丸先生猜測，小楓所睡的二樓，窗戶的半月鎖可能會和他房間的窗戶一樣，在即將天亮時會自行解開。」

國丸先生仍是低著頭，不發一語的聆聽著。

「原來是這麼回事啊！」

「於是你在天亮前爬上鳥居，採跨坐滑行的方式前進，一路來到半井家，伸手碰觸二樓的窗戶。手指往玻璃窗一推，窗戶就打開了。也就是說，半月鎖已經解開了，透過振動。」

半井家二樓是店面，窗戶都會嚴密上鎖，不過半月鎖相當緊，以女人的力量難以打開，所以都勤滴潤滑油。這麼一來，它就更容易轉動了。只要一整晚持續振動的話，二樓窗戶的半月鎖就一定會在天亮前解鎖。

「你再度在鳥居上往後滑行，回到自己房間，同時在腦中想——雖然很難以置信，但眼前發生了驚人的奇蹟，因為工廠裡的風扇。」

「沒錯，就是這麼回事。」

「聖誕夜時，只要事先打開工廠那兩座風扇的開關，等到快天亮時，你就能從自己房間的窗戶來到外頭，從鳥居上方前往小楓家，從窗口進入屋內，將禮物放在小楓的枕邊。你發現了這個難以置信的事實，對此感到興奮。也就是說，你能成為小楓的聖誕老公公。這堪稱是神的旨意，是神在你和小楓之間架起不可思議的石橋，命你當她的聖誕老公公。」

「奇蹟之橋是吧……」

「但你卻犯下了懊惱的錯事。鎮上引發的問題，你查明了主因，並告訴了半井社長。不過，這當然也是沒辦法的事。你是員工，如果在鎮上造成這起問題的原因，就在於你上班的工廠，那麼，你向社長報告此事，也是身為員工應盡的義務。

「社長一聽聞此事，就命你絕不能告訴別人這件事。你心想，要是不能打開送風機，就會對製造鑄器的工作帶來影響，應該是因為這個緣故，但其實不然。社長另有一個滿肚子壞水的計畫。」

「滿肚子壞水的計畫，是指殺人計畫嗎？」

「你單純地以為自己終於有機會充當聖誕老公公了，對此覺得開心，但墮入地獄的社長卻不這麼想。社長心裡所想的，是只要天亮前他爬上鳥居，就能趁妻子沉睡時潛入家中……」

「原來如此。」

「社長的工廠經營得不順利，可能就此得了憂鬱症，想要自殺。既然橫豎都得死，乾脆先殺了自己那個見異思遷，改為迷上年輕小夥子的妻子，那個令他滿腔怒火的女人。換句話說，這個奇蹟對你來說是美事一樁，在你和那可憐的少女之間架起一座橋，但是對社長來說，卻開啟了一條殘酷的殺人之路。

「在聖誕節天未亮時，你將事先買好要給小楓的禮物夾在腋下，順著鳥居來到半井家二樓。將禮物放在小楓枕邊，二樓窗戶的半月鎖全牢牢鎖好後，往下來到一樓。

「再來只要先將一樓後門門把上的圓筒鎖鎖鈕按下，把門關上，再繞往鑄器工廠，關掉那兩架風扇的開關，就大功告成了。這麼一來，就算到了早上，半月鎖也不會鬆脫，聖誕老公公的密室就此完成。這是你原本的計畫，但令你吃驚的是，社長竟然出現在一樓。」

人在玻璃後方的國丸，一動也不動。就只是靜靜望著腳下聆聽。「社長告訴你，他殺了自己妻子。而他接下來準備逃亡，所以在天亮前，要你先別報警。但這麼一來，小楓就會看見自己母親的遺體，你提出這樣的反駁。因為你無法忍受這樣的情形發生，你擔心這會對她造成很大的心靈創傷。

「但當時社長應該是這麼說吧。我會拜託我姊姊美子來一趟，請她別讓小楓看見她母親，等帶她走出屋外後，你再報警。當時內心慌亂的社長和你，腦中應該都沒想到鑰匙矛盾的問題吧。

「你肯定已前往一樓寢室，確認過澄子小姐已經斷氣。你對澄子小姐有一份愛，而且對於社長說的話，應該存有很強烈的排斥感。但你畢竟受雇於半井社長，而且與社長夫人暗通款曲，對此感到歉疚，不好違抗社長的命令。於是你們兩人一同走出屋外。社長從寢室裡找到被妻子拿走的鑰匙，將它帶走，從門外用它牢牢鎖住門上的另一個鎖。

「換言之，密室就此變得更完美，這時候比社長原先所預想的還要完美。沒人有辦法進入，除了聖誕老公公之外。

「你腦中一片混亂，完全照社長的吩咐行動。但是和社長道別後，你才猛然回神，想起當初的計畫。前往工廠關掉那兩個風扇開關，然後回自己房間睡覺。不過應該是睡不著吧。

「到了早上，警察來到你的住處，你遭到逮捕。社長後來並未逃亡，而是衝撞京阪線首班車身亡。他身上帶著一封遺書，舉發是你殺了他妻子。應該是想要洩恨，向你復仇吧。」

御手洗說到這裡停頓片刻，會客室裡陷入短暫的沉默。

「你被設計了嗎？」

樹律師說。

「澄子小姐的體內驗出你的體液，表示你們剛發生關係沒多久對吧？而且從你理應無法進入的半井家，大量驗出你的指紋。指紋出現在二樓的玻璃窗、牆壁、門、一樓寢室、澄子小姐寢室的牆壁和門上，還有遺體周邊。所以警方知道你曾經進入半井家。」

「警方認為他們已識破一切，但你完全沒半點隱瞞的意思。因為你只是以聖誕老公公的身分潛入，不是為了殺人而入侵。因此，你沒提醒自己別在室內留下指紋。」

御手洗說。

「還有一件事，那就是鑰匙，半井社長身上沒帶鑰匙。從剛才的話中得知，社長從澄子小姐的寢室裡帶走的家中鑰匙，在他死前扔到了鴨川或是某個地方。為了讓你背黑鍋。」律師說。

「拘留時間延長，無法解釋鑰匙去向的你，在檢察官的追究下，做出自白，說是太太讓你進入屋內，想以這樣的說法維持公審。」

樹律師如此說道，而御手洗也馬上接著說。

「不過後來推翻了這個說法，所以拉長了官司。為什麼你不說真話呢？我剛才說的才是真相。你應該說出這件事才對。這麼一來，官司和拘留就不會拖這麼久了。」

御手洗靜靜注視國丸。

「你對澄子小姐有好感，想和她在一起，對吧？你也很疼愛小楓，沒理由殺人，也沒動機。說你有嫌疑的這套說法，根本就是胡扯。至於為什麼會變成現在這樣，只能說是因為檢察官解不開半月鎖密室之謎。我這麼說對你有點抱歉，不過，造成這一切的原因，是因為他們認為身為被告的你，明明學歷低，卻敢挑戰檢察官高學歷的權威，對此很不是滋味，而且現場滿是你的指紋，又有死者丈夫留下的告發遺書。」

「我沒向任何人挑戰。」

國丸低著頭說道，樹律師接話道：

「現在說還不遲，因為我現在知道真相了。拜御手洗先生之賜，我會朝這方面重新辯護。檢察官和法官都自尊心很高，一想到你要以半月鎖的密室來向他們挑戰，他們就會變得很堅持己見。但你根本完全沒這樣的意思……」

「請別這麼做。」

國丸先生這才抬起頭來，清楚明確地說道。

「你說什麼？」

律師轉為嚴肅的表情。

「你知道自己在說什麼嗎？」

他以法律人士嚴厲地口吻說道。

「我知道，我根本就不想離開這裡。」

國丸很清楚地說道。

會客室再度陷入沉默，最後是律師打破沉默。

「就算你這麼想……」

樹律師轉為說服的口吻。

「審判也不是你想的那樣，由不得你，法庭是發現真相的地方。」

國丸聞言，忍不住笑出聲來。

「有什麼好笑的！」

律師語氣不悅地說道。

「審判這種東西，根本就謊言連篇。律師先生，你應該也知道才對。」

律師聞言為之沉默。

「不管律師你說什麼，最後都還是會回歸到我的自白。法官也是這麼希望，你大可不必如此大費周章。」

「如果我擅自改變辯護內容呢？改成真正的說法。」

「我會解除委任。」

國丸馬上應道，律師為之語塞。

「這樣只會更花時間。」律師說。「不會判死刑的。頂多只會花更多時間審判，就算判無期徒刑，只要在獄中認真工作，你還是會通過表現良好的審核。這麼一來，只要十五年就能成為假釋對象。」

「怎麼可能關十五年就出來。」

「要是放我出去，我才傷腦筋呢。到時候我才五十歲，非得工作不可。等我變成老先生之後再出去不遲。」

「你沒有父母嗎？你媽會很難過的。難道你不想洗刷冤屈嗎？就算是為了你媽的名聲也好吧。」

「我媽早死了，在舉辦東京奧運的兩年半前。我那笨老爸早就下落不明了。反正他八成也早死了，愛喝酒，愛動粗，又整天不正經。我和我媽以前每天晚上都挨他揍。還會用酒潑我、把我拖到附近的公園去、用沙坑裡的沙子往我身上撒。

「在百般虐待後，他在我九歲那年突然離家出走，拋下我和我媽。之後我媽獨力撐起這個家，吃盡苦頭。像那種雜碎，我連他長怎樣都不記得了。」

「你父親從事什麼工作？」

「我哪知道，當時我還只是個孩子。也沒聽我媽提起過，因為我們從沒談過關於我爸的話題。」

「你該不會是考慮到小楓吧？」

律師問道。國丸先是一陣沉默，接著應道：

「那孩子很像我。」

「哪裡像？」

「處境，成長經歷。我也沒收過聖誕老公公送的禮物，而且爸爸是笨蛋，愛喝酒、愛動粗、從不好好養育孩子，這方面都一樣。媽媽雖然很溫柔，但不是很談得來，對外人都很好，但其實愛叨念，又滿腹牢騷，因為長得可愛，所以引來不少男人，而她又喜歡和男人往來，一見到好男人，就忍不住自己貼上去。這方面一個樣。」

「小楓的母親自己主動貼上你對吧？」律師毫不顧慮地說道。

「沒錯，所以我有罪惡感。」

「這我懂，所以你明明沒犯罪，卻想背黑鍋？」

「這種事，我從小就習慣了。」

「你人在天國的母親會難過的。」

「我可不這麼認為。」

「聖誕老公公是吧……」

這時御手洗在一旁喃喃自語道。

「你應該也曾收過某人送的禮物吧？」

國丸聞言，一時間露出震驚的表情，之後默不作聲。他沉默了半晌，接著點了點頭。

「你頭腦真好。不，應該說你直覺很敏銳。」

「因為我一直都學習自然科學。」御手洗說。

「我也曾收過一次禮物：東京奧運的開幕式入場券。我和我媽都充滿期待。

「我媽晚年被男人所騙，從事馬路的陶管掩埋工程，在盛夏的大熱天底下，滿是汗水和泥濘的工作著。她常向我抱怨說，一些穿著飄逸的服裝，塗脂抹粉的女人在路過時，一看到她就馬上跑遠。當時我已經住進川口工廠當學徒，我媽自己一個人住，但我擔心她，常會去看她。每次見面都聽她這麼說。某天她開心的跑來川口，讓我看兩張門票，說是她透過建設公司的管道，便宜買到的奧運開幕式入場券。然後她一再跟我說：『信二，我們一起去看吧。』當時是奧運開幕的三年前。但後來她驗出罹癌，短短半年就離開人世。」

「這樣啊……真教人難過。」律師說。

「你會這麼想對吧。但其實不然，我還替她感到慶幸。你知道為什麼嗎？在開幕式那天，我帶著媽媽給我的入場券，前往千駄谷的體育館。遠從京都前往，帶著我媽的遺照，想和她一起看。因為這是當初我媽念茲在茲，一直很期待的東京奧運。

「當時我已國中畢業十年了。對土木工程的工人來說，東京奧運的意義非凡。我媽說過，包括地鐵工程在內，大家都在各地從事相關工程，合力趕工，要讓東京變得氣派。因為這是戰前就有的夢想，是日本開國以來，第一次舉辦奧運。所以我媽也很期待。她晚年唯一的希望，就是去看奧運。」

我們一直靜靜聆聽。站在後方的我，內心開始有不祥的預感。

「我來到門口，出示入場券。我到現在仍記得當時那名驗票員的神情。不知道該說是冷笑還是苦笑。他臉上浮現那樣的笑臉，對我說：『你被騙了，這是假的，不能讓你進去。』」

我們聽了，都大受衝擊。

「我後來才知道，當時這種詐欺手法四處橫行。因為全國都高喊著東京奧運，為此狂熱，但沒人見過真正的入場券。有些腦筋動得快的人，就賣起了假入場券。我媽就上當了，因為她很容易受騙。

「不過我當時心想，怎麼會做這麼過分的事，如果是其他事還能原諒，但我媽臨死之際唯一的期待，就是奧運，偏偏他們卻賣假的入場券。對我們母子來說，那不是一般的入場券。我媽一直辛苦工作，甚至因此搞壞了身體，那是她費盡千辛萬苦才拿到的入場券，是她的性命。」

我們為之無言，遲遲想不出該說什麼才好。

「因此，我覺得這樣反而好，就只有我一個人被拒於門外。我媽一直到死，都相信那是真正的入場券。要是臨死前步履蹣跚的來到體育館，在門口才知道那是假的，會受到多大的衝擊。想到這裡，就覺得胸中一緊。

「那張入場券，是我媽生前，我們母子倆的情誼，是一種信仰。正因為有它，我媽才能活下去。雖然最後她也沒能活到那時候。

「我與走向體育館的人潮逆而向行，往車站走去，來到月台上，坐上電車，獨自回到日暮里的便宜宿舍，那天我真的很難過。心想，日本人怎麼會做出這麼過分的事來。根本就不配當人，做出這種假入場券的人，根本不是人，真該下地獄。」

「原來是這麼回事啊……」

御手洗低語道。

「這樣我就明白了。」

樹律師驚訝地望向御手洗。

「對你而言，入場券單純只是……」

「嗯，沒錯。單純只是一個禮物。我媽送我的禮物。除此之外，我沒收過任何禮物。當然了，她給我食物吃，給我衣服穿，所以我並不會埋怨。不過，冬天沒有拖鞋好穿，也沒鉛筆盒，在學校裡是吃了些苦。」

「冬天沒有拖鞋，想必很冷吧。」律師說。

「是啊，其實也沒什麼大不了的。不過在我的記憶中，我收過的禮物，應該就只有那張入場券吧。」

「小楓應該也是一樣的情形吧。那年的聖誕節。」

國丸聞言，緩緩頷首。

「沒錯。那孩子之前的人生，也從沒收過父母給的禮物。雖然我有個酒鬼老爸，但我一直到二十多歲，都還有媽媽的陪伴，可是那孩子年僅八歲，就成了孤零零一人。實在太殘酷了。那天晚上聖誕老公公送的禮物，是她唯一的一次。是她過往人生中唯一一次，像做夢般的美好回憶。如果說出實話，那天晚上的聖誕老公公不就消失了嗎！」

說到這裡，國丸從椅子上站起身。

「當初我呆立在千馱谷體育館時的難過心情，我不想讓那孩子也體會到。住對面的一位二十五歲的大叔，從鳥居上方潛入家中，在她枕邊放了禮物？我不希望她這麼想。

反正，就算離開這裡，也不會有什麼好事發生，更不會感到快樂。走在街上的，盡是一些不正經的傢伙。個性冷酷，就算傷了人也不以為意，腐敗墮落的一群人。那樣的話，我寧可永遠留在這裡。請不必替我擔心。」

國丸說道。

「那傢伙可真頑固。」

回來的路上，來到水雞橋上，樹律師說道。太陽已經下山，看不見律師臉上理應浮現的神情。

「他經歷了痛苦的人生，使得他的內心冷若寒冰，既冰冷又僵硬。」

御手洗聽他這麼說，卻未停步，仍舊保持沉默，大步朝車站走去。

19

隔天，我在補習班上課，重新發現一件事。和昨天在拘留所的會客室裡，御手洗讓我見識的鐘擺實驗有關。當時因為太過突然，一時忘我，沒有自己好好動腦細想，但隔了一天，我這才想到那個實驗的深層含意。

不，倒不如說，那是用來說明錦天滿宮的石鳥居共振現象的實驗。不過，那項實驗還帶有御手洗沒說出口的另一個重大意義。那就是小楓家在寶池經營的咖啡廳「猿時鐘」的鐘擺。是叫赫姆勒公司對吧？掛在店內牆上的德國製古董掛鐘，它的鐘擺在半夜會自行擺動的怪異現象，正好可用它來說明。

御手洗也是在「猿時鐘」那家咖啡廳內發現一切真相。因為在猿時鐘內，發生了和他的實驗裝置一樣的共振現象。就是這樣，御手洗才會大吃一驚，大喊說這是上天的啟示。還說要感謝猴子，想送牠們一百根香蕉。

現在我也懂了，徹底改變小楓人生的錦天滿宮殺人事件。十年前，每一位專家都解不開的半月鎖密室殺人之謎，它的解謎提示就在這兒。雖然反應慢了點，但連我也不得不興奮起來。御手洗昨天帶來的實驗裝置，就像是猿時鐘的店內模型一樣。

開始搖晃的其中一個鐘擺，就是掛在店內的赫姆勒公司做的掛鐘，說得更正確一點，是它的鐘擺。其他四個鐘擺，則是掛在牆上的其他時鐘鐘擺。而位於較遠處的第六個鐘擺，另一台赫姆勒公司的掛鐘，它就位在店面隔壁的房東永山先生家。在牆壁的阻擋下，從店內看不到這台赫姆勒掛鐘，但其實它就掛在附近。

而永山先生家所掛的掛鐘，從買來到現在，一直都還在運作，所以鐘擺始終都在擺動，而它是同公司出產的同型號時鐘，這表示位於另一個房間裡，有著同樣長度的鐘擺，也會因共振而開始擺動。那個實驗就是有這層含意。我明白了！

御手洗在短短一瞬間便看出這一切，他看出這家店的牆壁後面，有另一台一模一樣的掛鐘，直到現在仍持續運作。也就是說，他明白店內掛鐘的鐘擺自己擺動起來的原因，緊接著下一個瞬間，他發現鐘擺的說明同時也能解開錦天滿宮的密室事件之謎。所以他才會那麼興奮，而我現在終於也完全明白箇中道理了。

我環視教室，望見小楓的背影。猿時鐘的掛鐘鐘擺突然開始擺動的原因，我得向她說明才行。她光是看御手洗那天的模樣，無法明白這當中的道理。還是告訴她一聲比較好，不過，是否該進一步告訴她其他事，則需要好好考慮。因為這樣她就會知道，在她八歲那年送她禮物，這世上唯一真正的聖誕老公公究竟是誰。國丸先生應該也不希望這樣吧。

離開補習班後，我邀小楓到公園的長椅上坐下，告訴她昨天我和御手洗、樹律師一起到水雞橋的拘留所會客，與國丸信二先生見面。小楓似乎大受震撼，靜靜注視著我。

「他可好？」小楓問。

「嗯，他很好。」

我如此應道，接著補上一句。

「他說他住在拘留所裡很舒服，不想出來。」

她什麼也沒說，沉默不語，接著說道：

「這麼多年來，我也一直很想去拘留所見他。我知道地點，也知道是哪間拘留所。」

她抬起頭望向天空，我靜靜等她接著往下說。

「還寫了信給他，寫了一封又一封。因為不能寫在信紙上，所以我寫在學生筆記本上，已經寫了好幾本。但沒辦法交到他手上，也沒辦法和他會客。」

「為什麼？」

「因為我是女生，沒辦法去拘留所，我媽會擔心的。要是她知道自己的女兒進出拘留所，搞不好會自殺呢。」

「哦。」

我說。

「而且，不光只是因為那裡是拘留所……」

我此話一出，小楓馬上應道：

「嗯，沒錯。」

聽她這麼說，我馬上接話。

「對妳母親而言，他是殺害自己弟弟和弟妹的殺人犯。她一定是這麼想。」

「國丸先生不是會做那種事的人，絕對不可能。」

小楓說。

「他喜歡我媽，而且他和我媽之間沒任何問題。小智，你是不是也這麼想？你實際見過國丸先生後，覺得他像殺人犯嗎？」

「一點都不像。是個很純真的人，人又老實，而且是位年輕帥哥。」

我腦中浮現他那靦腆的笑臉，還有他大喊著「如果說出真相，小楓唯一的美好回憶會就此消失」的聲音。那聲音仍在我耳畔迴蕩。他說那句話，一點都沒為他自己著想，令我深受感動，因而很確定這個人值得相信。

「對吧？我媽一定也明白這點。不過，要是世人都認為他就是殺害他弟妹的兇手，對此堅信不疑，我媽也就不可能讓自己的女兒去和他會客。」

「說得也是，我明白，這也會影響到咖啡廳的經營。」

「對我媽而言，不光只是這樣。」小楓低著頭小小聲說。

「咦？這話怎麼說？」

「雖然我媽嘴巴上沒說，但我明白。如果國丸先生無罪的話，那麼，真正的兇手不就另有其人嗎？」

「嗯。」

「這麼一來，真正的兇手就是我爸。」

「嗯，沒錯。」

「因為不會有別人了，而我爸是我媽的親弟弟啊。」

「啊，對哦！」

原來是這麼回事，我竟然疏忽了，完全沒想到這件事。

「如果自己的親弟弟是兇手，我媽一定會很困擾，甚至不想活了。一來是顧忌店裡的事，二來是世人的眼光。以我媽的立場來看，國丸先生是兇手，這樣反而幫了個大忙。」

「這樣啊……」

我如此應道，恍然大悟。確實如此。以小楓她母親的立場來看，確實會這麼想。

「因為這就是女人的世界，所以連寫信也不行。要是國丸先生從拘留所回信寄到家裡，我媽會擔心到哭，而我媽也會以為我學壞了。媽媽把我養這麼大，我不想再讓她為此無謂的操心。」

「嗯，有道理。」

我很明白小楓的想法。

「要救出國丸先生，就會把妳母親逼上絕路是吧？」

小楓想得真遠。

「這件事過去一直束縛著我。所以，一想到媽媽的心情，我就什麼也做不了。完全無法有任何行動。」

「這樣啊。」

「我只能無視於國丸先生的存在，真的很難過。寫給國丸先生的筆記本，也一直瞞著沒讓我媽知道。」

「妳想讓國丸先生看那份筆記嗎？」

「咦……」

小楓莞爾一笑。

「這不行，我會不好意思。因為知道拿不出去，所以我在裡頭寫了很多自己的事，還有一些煩惱。」

「哦。」

「不過，我很感謝國丸先生。住在錦天滿宮的幼稚園和小學時代，我一直都是孤零零一人。想到當時要是沒有他陪伴我，就覺得很可怕，不知道我現在會變怎樣。我的個性之所以沒變得彆扭，都要感謝他。他真的是我的恩人，所以我才在想，有沒有什麼是我能幫他做的。」

「嗯……」

我應了一聲，無法接話。我心想，怎麼會是這麼複雜的結構呢？進而深切了解到，「體面」這個聽起來平淡的字句背後，竟有如此殘酷的結構。

「在我上大學離開家之前，也許就只能靜靜等待了。」

小楓說。

「他還記得我嗎？」

「當然還記得。」

我馬上應道，並回以一笑。那個人為了小楓，甚至想犧牲自己的人生。對小楓的關愛，是他的一切。在那個人腦中的小楓，一定就停在八歲那個年紀的模樣。

「我這樣的人，他竟然還記得。如果是這樣，我真的很高興，但我也想為過去的事向他道歉。」

小楓說。

「關於我，他有說些什麼嗎？」

「嗯……」

我再度為之語塞。要是說出這件事，便會把國丸先生的想法全說了出來，這樣一定不是他所樂見。

「總之，御手洗告訴我關於猿時鐘鐘擺的事，我希望先讓妳知道。可以嗎？如果妳想聽得更深入一點，或是覺得可以聽到妳想要的答案，就跟我說一聲。我知無不言。」

小楓視線落向自己腳下，緩緩頷首。於是我便將御手洗帶來簡單的鐘擺實驗裝置，在我面前實際操作，並向我解說的內容，全說給小楓聽。

我心想，沒有實物應該不容易聽懂，因而在腳下的地面畫圖，詳細說明了一番。

「這樣啊。」

解說完畢後，小楓深有所感地說道。

「原來是這麼回事。我們店裡掛鐘的鐘擺原來只是一個擺動的機關，這樣我就明白了。它與房東永山先生家的另一台同型號的掛鐘產生共振對吧。」

她靜靜思索片刻後，如此說道。

「真想去會客。等我開始自己一個人住之後，就能去見他了。等我上大學，自己一個人住外面時。雖然有點害怕。」

「害怕？怕什麼？」

「因為那裡也有殺人犯吧？例如暴力集團的人。」

「說得也是。不過一點都不可怕，我在會客時，完全沒見到妳說的那種人。」

「是嗎？」

「嗯。」

「不過，拘留所裡犯人的朋友也會來會客吧？有的會不會很可怕？」

「啊，對哦。」

我如此應道，不過之前沒看到這樣的人。

「不過，妳要是離開父母身邊，或許也不錯呢，因為這樣他們就無法監視妳了。」

「如果是這樣，或許別念京都的大學比較好。如果是京都這邊的大學，就會從我父母家通學，無法住外面了。」

「這樣啊。」

「我還是念大阪府立醫大好了……」

「那麼，在那之前，一切的真相就先由我替妳保留吧？」
小楓再度沉默了片刻，她也一樣還在猶豫。接著她對我說：
「御手洗先生知道一切真相嗎？」
「嗯。」
我用力點頭。
「他已完全解開謎題，所以他現在擔心另一件事。」
「擔心？」
「嗯，他和律師兩人都很擔心。」
「擔心什麼？」
「想將那個無辜的人從拘留所裡救出來。妳也這麼想對吧？」
「我當然也這麼想。」
「將無辜的人長期關在牢裡，這絕對是錯的。」
「是啊。」
「把他那樣的好人救出來。不過這麼一來，又會把妳媽逼入絕境。如果國丸先生重回社會的話。」
「嗯。」
小楓再度陷入沉思。
「為了救他，有一件事是妳辦得到的。」我說。

「什麼事？」

「不過，既然要說這件事，就得向妳道出一切才行。所以妳先考慮兩、三天再說吧。」

我說完後，小楓靜靜思索了半晌，接著向我應道：

「我明白了。」

20

在進進堂與御手洗見面後，他告訴我，樹律師決定不傳被告上法庭，只派代理人出庭。因為要是傳被告出庭，他會拒絕說出真相。

我問御手洗有可能這麼做嗎？他說樹律師似乎也很拚命，用了各種方法。雖然對國丸先生有點過意不去，但我也贊成這麼做。御手洗說，不管要怎麼配合，他都願意。

聽他這麼說，我心情變得很複雜。不光國丸先生，小楓的母親應該也反對。發現真相，不見得能助人。以前我就明白這個道理。但我原本一直認為，說謊只能幫助壞人。就算不是這樣，那個人也跟壞人差不多。但眼前的情況卻大不相同。像小楓的母親，可說是個再善良不過的人了，卻因為罪孽深重的謊言而獲救。

這種情形令我的腦中一片混亂。我想起御手洗曾經在四條河原町說過的那句奇怪的玩笑話——這人世可真是錯綜複雜啊。

我突然想到，小楓不知道情況怎樣。她此刻的心情，肯定更加五味雜陳。她應該希望國丸先生是無辜的。在她那段艱苦的歲月，國丸先生是她的恩人。可是一旦證明他的無辜，就改換她的養父母受苦了。樹律師打算指出小楓的父親是真正的兇手，並要證明這點。一旦證實是自己的弟弟殺害妻子，小楓的母親還能像之前一樣繼續經營猿時鐘嗎？

自從那天從補習班放學，在公園和小楓談過後，過了兩天，她拒絕了我的提議。她說，猿時鐘鐘擺怪談的謎題解說，她目前不想聽。她現在是重考生，已經給父母添了不少麻煩。目前應考中的她，不想打亂自己的心情。她想等考上大學後再聽。現在她想全心念書。我很了解她的心情，所以我也表示同意。

小楓嘴巴上說她想考京都府立大或是大阪府立大，而且她自己似乎也真的是這麼想，但最後她還是順著父母的期望，報考京大醫學院護理系。護理系比其他學院更容易考上，所以她考上的希望相當大。但這終究還是一道關卡，考量到她養女的身分，我很能了解她無法等閒視之的心情。

御手洗似乎忙著協助樹律師處理開庭的事，他們時常開會討論，御手洗也很少在進進堂出現了。這對考試日期愈來愈接近的我來說，影響很大。和他在進進堂見面的日子，我決定不再和他閒話家常，或是聊小楓家那起事件，而是要向他請教一些我不懂的考題。就這樣歲末過去，新的一年到來。

對考生來說，新年的喧鬧根本就是地獄。尤其是京都，天氣晴朗，令人更加痛苦。緊張的季節到來，失眠的夜晚增加，身體很容易出狀況。得努力讓身體保持最佳狀態，但緊張感和絕望感不斷造成精神的負荷，幾欲將人壓垮。我父母叫我回鄉下去，但我決定留在這裡。不想打亂自己持續用功的步調。只要能通過考試，要回去幾次都不成問題。

正月初三，我在進進堂遇見御手洗，他邀我一起去吃年糕湯。我們兩人就此順著三年坂而下，人人都盛裝打扮，我們在人潮中穿梭，前往御手洗常去的一家店，店裡有一座紅白鯉魚悠游其中的池子。

我們端著酒壺，各喝了一杯日本酒，吃完年糕湯後，就此來到路上，朝八坂神社走去。

「這一帶和平安京是同樣的地面哦。」御手洗突然說道。

「這一帶？那麼，其他地方就不是嗎？」我問。

「出現在猴子戰爭的那一帶就不是。」

「咦？」

「羅生門那一帶也不是，整個棋盤式街道都不是。平安京的地面，位於地下一樓。」

「咦？」

「應仁之亂也是發生在地下。在這千年的漫長時間裡，塵埃和黃土堆積成了地面，京都的整個地面都上升了約一層樓高。」

「真的嗎？」

「是真的。以東京來說，腳底下有一層東京大空襲的黑色煤灰層。它就像床單一樣，覆蓋了整座都市。但京都沒有。因為它沒遭受空襲。」

「哦，這樣啊。」

「而歷經千年後，京都的地面成了二樓。時間朝整座市街覆上黃土，將人們所造就的一切，全都深深地埋進地下。」

我略感茫然地靜靜聆聽。

「沒錯。不論是快樂的事，還是痛苦到令人想死的事，時間一概都會將它們埋進土裡，讓一切歸於無。接下來歷史家登場，寫下名為歷史的小說。」

「殺人的悲劇，還有自殺者深沉的悲戚……」

「這會最先被掩埋。若從歷史壯大的展現來看，這世上根本沒有什麼多了不得的悲劇。如果廣島轟炸，或是奧斯威幸集中營這類的事沒算在內的話。所以這些事都非得掩埋在地底下才行。」

「是嗎？」

「小智，其實大學念哪一所都一樣。在大學裡教導學生的事，其實沒多大差別。大學畢業後要研究什麼，如何研究，這才是勝負關鍵。」

我再度無言以對。

「你以為就讀哪一所大學，會決定你的一生對吧？」

「是的。」

「一個十八歲年紀的人所採取的行動，不會決定一個人的一生。如果老師是那樣教你的話，那他可就罪孽深重了。」

「是啊。」

「振動與共振，或許在大學會教到。不過，國丸先生是否為兇手，而且這個真相是否會將小楓以及她母親拉進更痛苦的深淵，在大學裡絕對沒人會教你。在這個麻煩的世界裡生存的技術和力量，以及吸引人的魅力，全都是大學畢業後才開始學習的。」

「哦……」

「一流大學的優秀學生，在這方面往往學不好。當然也有例外，不過，這讓人誤以為那是個以眼界狹隘自豪的地方……如果只有一項能力，就會用它來向人逞威風。而這樣根本無法博得人們的尊敬。許多就讀東大或京大的人，在單純的高中生活中，就像在玩記憶遊戲一樣，錯失了最重要的手段和能力。這點得多加留意才行。」

「是這樣嗎？」

「美國人經歷過許多戰爭，從中學到了許多。所以他們取消入學考，改為重視ＳＡＴ[11]、ＡＰ[12]、有無志工活動或企劃經驗等等的社會體驗、有無運動體驗，以及戲劇、演說、音樂活動的才能。

「日本的一流大學輕視企劃和志工活動，讓只會用功考試的人成為人生勝利組，畢業後賜予計畫領導人的地位。讓只為自己努力的東大生成為官員，然後突然要他們捨棄自我，為世人犧牲奉獻，這根本不可能辦到，所以99％會失敗。然後他們學會的，就只

11. 學術水準測驗考試，為美國各大學申請入學的重要參考條件之一。
12. 美國高中的大學先修課程。

是說些很表面的空話。

「這個國家很快就會改變，這種愚蠢的錯誤早晚會結束，日本的一流大學只是個幻想。畢業大學的評價，只有就業前用得上，一旦來到世界的層級，就沒人會在乎這種事了。大學入學考只是個里程碑，一個過渡站。雖然重要，卻不值得賭上性命。」御手洗說。

很快地來到考試當天，我帶著北野天滿宮的護身符應考，但還是沒能考上京大文學院。我考取了同志社文學院，所以我不想再重考，決定到同志社就讀。

正月初三那天，御手洗對我說的那番話，幫助我做出這項決定。要不是有他那席話，我或許會想再重考一年。不過我發現，御手洗之所以專程找我出去，對我說那番話，或許是他早已看出我考京大會落榜。一想到這點，便覺得羞愧難當，很不是滋味。我不時會向御手洗請教功課，也許他就是從我當時的情況，看出我不具備考上京大的學力。

小楓順利地考上京大醫學院護理系，她就此成為御手洗的大學學妹。我對此嫉妒極了，整晚睡不著，但想到她從小經歷的那些痛苦以及付出的努力，便覺得她能得到這小小的歡愉也是理所當然。

可能是因為有御手洗的全力協助，樹律師的努力也有了成果。二審證實國丸先生無罪，他得以離開水雞橋的拘留所。當時剛好我們放榜，可說是好事連雙。對國丸先生來說，也不知道這究竟算不算好事。

我們約在拘留所門前碰面。當時平靜無風，晴空萬里，一個舒暢的春日。樹律師、我，還有御手洗，他們兩人一見到我，便恭賀我考上大學。我笑著向他們行了一禮，但是否臉上表現出歡悅的表情，我實在沒把握。

兩人外衣的胸前都插著小白花。

「這花是……？」

我開口詢問後，樹律師從胸前插著的兩朵花中取下一朵，插在我胸前，並對我說：

「恭喜你考上。」

「這是什麼花？」我問御手洗。

「很快你就會知道。」

藍色的金屬門開啟，國丸先生穿著一件像工作服的外衣，走出門外。外衣與上次在會客室見面時不一樣，就像剛洗過似的，潔白光亮。

「恭喜你出獄。」

樹律師說。

「在這短短的時間裡出現了奇蹟。你現在完全無罪。可以大步走向任何你想去的地方。」

「沒想到日本也有這種情形。」

御手洗說。

「檢察官審查會再三提出勸告，似乎在法官之間引發不小的風波。其實法官也做好了準備，只是他們沒說。」

國丸先生露出他慣有的靦腆笑容，但接著他臉轉向一旁說道：

「律師先生，你為什麼這麼自作主張？」

樹律師什麼也沒說，靜靜等他接著往下說。

「我這麼早出獄，根本沒辦法生活。既沒年金，也沒地方可工作，這實在太亂來了，律師先生，這樣我會恨你的。」

「你獲得了補償金。你因為冤獄，被關了十多年，這筆錢夠你好幾年花用。我已事先幫你在三條租了一間大樓住宅。離我的事務所很近，所以你只要趁這段時間找工作就行了。我也會幫忙介紹。」

「像鑄器工廠這種……」

「東北多得是。川口有，關西也有。總之，向前走就對了。先去三條看看吧，搭京阪線去。」

國丸收起笑臉，嘆了口氣。

「雖然對你有點抱歉，不過以我的立場來說，身為法律人士，偶爾也會想讓世人見識一下我的本事。」

「真教人傻眼，就是為了這個目的，而利用我嗎？你自己一個人上法庭，也太自作主張了吧。」

「為了表示我的歉意，我不收你律師費。」

「因為你是公設辯護人吧。」

「啊，是這樣嗎？那麼，中元節和歲末也都不必送禮了。你就乾脆一點，看開吧。」

「這花是怎麼回事？每個胸前都插著花，是在紀念什麼嗎？」

國丸提出和我一樣的問題，御手洗主動回答。

「是紀念你出獄，這花說明了一切。」

「咦？什麼意思？聽不懂。」國丸先生問。

「還有一個人想送你禮物，在那邊。」

說完後，御手洗指向前方。馬路一路通往水雞橋，那裡站著一名女性，手上正捧著白色花束，倚在欄干上。她發現我們走近後，急忙離開欄杆站好，接著朝我們邁步走來。

「國丸先生。」

是小楓。

一旁的國丸先生就像全身凍結般，呆立原地。

面帶微笑走近的小楓，遞出花束，硬塞向國丸胸前，開口道：

「歡迎回來，國丸先生。我一直很想去會客，也寫了很多信，但一直都無法寄出，真的很抱歉。不過，這些年來，我沒有一天忘記你的事。」

「小楓？妳是小楓？」

國丸先生好不容易才擠出這句話來。

「是的。」

「妳長大了……好高啊。」

國丸先生感慨無限地說道，我能明白他的驚訝。

「是的，因為我已經十九歲了。」

「我都認不出來，還以為是誰呢。」

「國丸先生還是沒什麼變。」

「咦？會嗎，應該老了不少吧？」

「一點都沒變，還是跟以前一樣。」

國丸接過花束，望向那一朵朵白花。

「這是什麼花？」

「聖誕玫瑰。因為有這朵花，我某天才突然發現。我跟大家說，那是世上唯一真正的聖誕老公公，但其實這朵花知道，送家家酒玩具組給我的，是國丸先生。」

國丸茫然佇立，因為他不懂小楓這句話的意思。

「為什麼它知道？」

我朝插在胸前的白花瞄了一眼。

「那一年，一九六四年，四條的高島屋百貨公司推出『感謝聖誕老公公特賣會』。你還記得嗎？」

國丸先生望向天空，露出在憶海中搜尋的神情。

「啊，嗯……記憶有點模糊，但我記得。」

「當時百貨公司舉辦活動，將花的種子放進信封裡，做為給父母們的謝禮，謝謝他們擔任聖誕老公公，到這裡買禮物。我後來偶然在新聞報導中看到這件事，前往百貨公司確認。就此得知你在四條的高島屋買了這個玩具組給我。」

「種子……？」

國丸喃喃自語。

「有這種東西嗎？是我附在裡面嗎？」

「是的。因為百貨公司送你的種子，就夾在禮物的包裝裡頭。」

「啊，原來如此！」

國丸如此說道，似乎就此憶起。

「裝有種子的信封，啊，確實有。我只將百貨公司寫給聖誕老公公的信抽走，而那裝有種子的信封就這樣夾在包裝紙裡，忘了取出。那天晚上發生了令我很吃驚的事，我變得恍恍惚惚，沒抽出信封就給了妳是吧？」

「是的。和國丸先生你一起到百貨公司看家家酒玩具組的事，我也還記得。事件發生的隔天，刑警還特地將種子送到我位於寶池的家中。我請爸爸教我栽種，朝大門旁的花台裡播種灑水，之後它長大開出白花，長滿了整個花圃。我將它裝飾在咖啡廳裡，分送鄰居。所以我老早便決定好，等你重返社會後，要以這種花做成花束送你。」

國丸先生聞言後，為之愕然。此時發生的一切，似乎遠遠超乎他的預期。

「國丸先生，我真的很感謝你。很抱歉，過去一直都沒向你說謝謝。在錦天滿宮的那段童年時代，如果沒有你陪在我身旁，我不知道自己現在會變成怎樣。我想，一定會成為一名個性彆扭，很糟糕的大人吧。

「是這種花告訴我，一切都是國丸先生所賜。每天和孤單的我見面，帶我去笹屋買點心吃，到大吉請我吃飯，教我算術，教我詞彙，甚至扮演聖誕老公公。要是沒有國丸先生，我或許就沒能活在世上了。

「現在我能考上理想的大學，而國丸先生也證明無罪，我真的很開心。我會好好努力，不讓自己成為一個糟糕的人，我的人生能遇上這麼開心的日子，真的是不知該說什麼才好。這一切全都是國丸先生所賜。」

國丸先生張著嘴，一臉茫然。

「這……這實在太教我意外了，我該說什麼好呢，想不出來，我到底該說什麼才好呢？我只知道，真正覺得感謝的人是我。妳都長這麼大了，還變得這麼漂亮，我完全沒想到會有這麼一天。直到剛才，我還埋怨這位律師先生，說他很自作主張呢……」

這時樹律師手一伸，朝國丸肩上拍了拍。

「自作主張的律師，在深草車站的驗票口等你。」

他說完後便邁步走去，我和御手洗也跟在他身後。

在走了一大段路後，律師轉身望向站在橋上說話的兩人，對我們說道：

「這麼一來，他應該就能原諒我了吧。」

「這可難說哦。」

御手洗毫不客氣地說道。

「如果是我，就不原諒。」

「咦，是嗎？為什麼？」

「硬是被人送回這無聊又汙濁的世界，一定很生氣吧。」

「他最後見到了那名女孩，這樣應該會原諒了吧。」

御手洗臉色凝重地點了點頭。

「總之，御手洗先生，我要答謝你。託你的福，這起案件才得以解決，我也因此立下了大功。我就是想做這樣的工作，才當律師。」

樹律師苦笑說道。

「我只算是做志工，不能接受你的答謝。就我來說，只要他能明白，在這社會上行走的並非全部都是一肚子壞水，以傷人為樂的垃圾雜碎，這樣就夠了。」

御手洗笑著道。

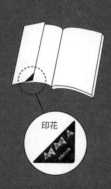

☐集滿4個印花贈品（二款任選其一）：

A：【推理謎】LOGO皮質燙銀典藏書套一個
（黑色，25開本適用，限量1000個）

B：【推理謎】吉祥物『獨角獸』圖案皮質燙金典藏書套一個
（咖啡色，25開本適用，限量1000個）

☐集滿8個印花贈品（二款任選其一）：

C：【推理謎】LOGO皮質燙金證件名片夾一個
（紅色，11.5cm x 8.6cm，限量500個）

D：【推理謎】吉祥物『獨角獸』圖案環保購物袋一個
（米色，不織布材質，41.5cm x 38.6cm，限量1000個）

☐集滿12個印花贈品（二款任選其一）：

E：【推理謎】LOGO不鏽鋼繩鑰匙圈一個
（限量500個）

F：【推理謎】吉祥物『獨角獸』圖案馬克杯一個
（白色，320cc容量，限量500個）

謎人俱樂部會不定期推出最新限量贈品提供兌換，
請密切注意活動官網和粉絲專頁。

?

【注意事項】
◎本活動僅限台灣地區讀者參加。
◎贈品兌換期限自即日起至2019年12月31日止（以郵戳為憑）。
◎贈品圖片僅供參考，所有贈品應以實物為準。
◎所有贈品數量有限，送完為止。如讀者欲兌換的贈品已送完，皇冠文化集團有權直接改換其他贈品，不另徵求同意和通知。贈品存量將定期在【謎人俱樂部】活動官網上公佈，請讀者在兌換前先行查閱或直接致電:（02）27168888分機114、303讀者服務部確認。
◎皇冠文化集團保留修改或取消謎人俱樂部活動辦法的權利。辦法如有更動，將隨時在【謎人俱樂部】活動官網上公佈。

國家圖書館出版品預行編目資料

鳥居的密室 / 島田莊司作；高詹燦譯. -- 初版. --
臺北市：皇冠, 2019.9
面；公分. --（皇冠叢書；第 4788 種）(島田莊司推理傑作選；38)
譯自：鳥居の密室 - 世界にただひとりのサンタクロース
ISBN 978-957-33-3474-3（平裝）

861.57　　108012744

皇冠叢書第 4788 種
島田莊司推理傑作選 38

鳥居的密室

鳥居の密室：
世界にただひとりのサンタクロース

作　　者—島田莊司
譯　　者—高詹燦
發 行 人—平雲
出版發行—皇冠文化出版有限公司
台北市敦化北路 120 巷 50 號
電話◎ 02-27168888
郵撥帳號◎ 15261516 號
皇冠出版社（香港）有限公司
香港上環文咸東街 50 號寶恒商業中心
23 樓 2301-3 室
電話◎ 2529-1778　傳真◎ 2527-0904
總 編 輯—龔橞甄
責任主編—許婷婷
責任編輯—蔡維鋼
美術設計—王瓊瑤
著作完成日期— 2018 年
初版一刷日期— 2019 年 9 月

法律顧問—王惠光律師

讀者服務傳真專線◎ 02-27150507
電腦編號◎ 432038
ISBN ◎ 978-957-33-3474-3
Printed in Taiwan
本書定價◎新台幣380元/港幣127元

謎人俱樂部贈品兌換卡

我要選擇以下贈品（須符合印花數量）：☐A ☐B ☐C ☐D ☐E ☐F

1	2	3	4
5	6	7	8
9	10	11	12

【個人資料蒐集、利用及處理同意條款】

您所填寫的個人資料，依個人資料保護法之規定，皇冠文化集團將對您的個人資料予以保密，並採取必要之安全措施以免資料外洩。您對於您的個人資料可隨時查詢、補充、更正，並得要求將您的個人資料刪除或停止使用。

本人同意皇冠文化集團得使用以下本人之個人資料建立該集團旗下各事業單位之讀者資料庫，做為寄送出版或活動相關資訊、相關廣告，以及與本人連繫之用。本人並同意皇冠文化集團可依據本人之個人資料做成讀者統計資料，在不涉及揭露本人之個人資料下，皇冠文化集團可就該統計資料進行合法地使用以及公布。

☐同意　　☐不同意

我的基本資料

姓名：__________

出生：_____ 年 _____ 月 _____ 日　性別：☐男 ☐女

職業：☐學生 ☐軍公教 ☐工 ☐商 ☐服務業

☐家管 ☐自由業 ☐其他 __________

地址：☐☐☐☐☐ __________

電話：（家）__________　（公司）__________

手機：__________

e-mail：__________

我對【島田莊司推理傑作選】系列的建議：

寄件人：

地址：□□□□□

北區郵政管理局登
記證北台字1648號
免 貼 郵 票

〔限國內讀者使用〕

10547

台北市敦化北路120巷50號

皇冠文化出版有限公司 收